KB263449

《어린 왕자》의 심층분석

장미와 이카루스의 비밀

오이겐 드레버만 지음 / 고 원 옮김

지식산업사

장미와 이카루스의 비밀 —어린 왕자의 심층분석—

초판 제 1 쇄 발행 1998. 6. 25
초판 제 2 쇄 발행 1999. 3. 20
지은이 **오이겐 드레버만**
옮긴이 **고   원**
펴낸이 **김 경 희**
펴낸곳 **(주)지식산업사**

등록번호 1 - 363
등록날짜 1969. 5. 8
주소   서울 특별시 종로구 통의동 35-18
전화   (02)734-1978, 1958 ; 735-1216
팩스   (02)720-7900
천리안 ID jisikco

책값   7,000원

ISBN 89-423-7538-3 93850

이 책을 읽고 옮긴이에게 문의하고자 하는 이는
지식산업사 편집부로 연락바랍니다.

머리말

　20세기의 수많은 독자들에게 앙투안느 드 생텍쥐페리 (Saint-Exupéry)의 가장 아름다운 작품인 동화 《어린 왕자》는 삶의 열쇠와 같은 작품이었다. 《어린 왕자》는 그들에게 고독한 시간에는 도피처를, 환멸의 순간에는 위안을, 그리고 좌절의 순간에는 희망을 안겨 주었다. 그들의 기나긴 탐색과 동경의 길에서 그는 빼놓을 수 없는 동반자이며, 그의 절제된 슬픔은 점점 더 차가워지는 세계의 한복판에 이해의 장소를 제공해 주었다.

　《어린 왕자》가 우리에게 이렇게도 깊은 위안과 공감을 주는 까닭은 잃어버린 어린 시절의 영원한 꿈 때문일까? 물론 그렇다. 그러나 그것만은 아니다. 여기에 덧붙여지는 것으로서, 이 작품은 어른들의 광기에 물든 강압적 세계로부터 예술적, 풍자적으로 인간을 해방시켜 주기 때문

4

이요, 현실세계의 숨막히는 사막 속에서 우리가 비로소 숨을 돌릴 수 있도록 해주기 때문이다. 그러나 가장 근본적인 이유는, 사랑의 조건이 없는 성실성에 대한 믿음을 《어린 왕자》가 어느만큼 되살려낼 수 있기 때문이다. 그것은 인간이 서로 노력과 책임의 세계를 약속하며 또 구현해 보인다. 그것은 죽음 속에서도 깨지지 않는 사랑의 결합을, 우정과 연대의 숭고한 노래를 매혹적인 소박함과 아름다움의 이미지로 보여준다.

생텍스[1]의 《어린 왕자》가 인류에게 꿈과 이상의 형상이 되었다는 것은 얼마나 놀라운 일인가? 그가 보여주는 순결한 동심의 왕국과, 신기한 장미가 피어 있는 보이지 않는 행성에 대해 이야기해 주고자 한밤중에 종소리처럼 울리는 별들은 우리가 일상의 황량함 속에서 거의 잃어버린 것으로 믿고 있었던 넓고 따뜻한 마음과 깊은 꿈을 우리에게 되돌려 준다. 우리는 부지중 모성애와 같은 심정으로 '어린 왕자'가 그의 작은 별에 잘 보호되어 행복하게 살아가기를 소망함으로써, 그가 사실은 생텍스의 작

---

1) 저자는 이 책에서 생텍쥐페리의 이름을 엑쥐페리로 부르고 있다. 신학자인 저자로서는 성인이 아닌 일반 신도의 이름에 애칭이기는 하지만 생(saint : 뿔)이라는 칭호를 붙일 수는 없었나 보다. 엑쥐페리라는 이름이 독자에게는 낯설기 때문에 한글로 옮길 때 생텍쥐페리의 애칭인 생텍스로 표기한다.

품 속에서 인간의 세계를 위하여 그만 죽고 말았다는 점은 거의 망각하고 있다. 생텍스가 그 자신의 삶으로써 '어린 왕자'의 형상에 현실성을 심어놓을 수 있었을 것이라고 독자들은 바라고 있다. 게다가 또 많은 전기 작가들이 그들의 동료인 앙투안느가 '어린 왕자'의 모습으로 자기 자신의 초상을 세상에 남겨놓고 떠났다는 사실을 증언하고 있다.

실제로 《어린 왕자》에 나타난 명백히 자서전적인 특징들을 심층적 정신분석으로 추적하는 일은 반드시 필요하다. 그러나 이러한 작업은 생텍스의 신화를 파괴하고 말 위험을 안고 있다. 왜냐하면 생텍스의 삶과 저술에 한결같이 나타나 있는 모순들을 마치 그를 감싸주려는 듯이 그라는 인물과 분리시켜 시대 상황의 탓으로만 돌리는 것은 불가능한 일이기 때문이다. 그러나 객관적으로 보아 《어린 왕자》에서는 다른 어떤 책에서보다도 인간 생텍스를 더 깊이 왜곡되지 않은 모습으로 만날 수 있는 기회가 주어져 있다. 생텍스의 작품 속에는 그냥 믿기만 해서는 안되는, 작품의 이해를 위해 꼭 알아두어야 할 많은 특징이 있다. 이제껏 어떤 다른 책에서도 보여주지 못한 생텍스의 모습을 이 책에서 읽고 쓸쓸한 사랑의 환멸을 느낀다거나 또는 상처받은 마음으로 돌아서는 독자가 있다면 그를 위해 먼저 다음과 같은 점을 분명히 해두어야 겠다. 생텍스와 같은 위대한 작가는 그가 보여주고 있는 관심과 진술만으로는 결코 이해할 수 없는 사람이다. 생 텍스가 그 자신의 세계관으로 보았던 것보다 사실은 훨 씬 더 사랑스런 모습과 희망 찬 모습으로 많은 위안을 주며, 인간적으로 제시되고 있는 현실 영역에 대한 예감, 아니 더 정확하게 말하면 믿음과 확신을 지녀야만 비로 소 그를 이해할 수 있다. 생텍스의 문학은 예언자적 외침 의 위대함과 가치를 지니고 있다. 그러나 가장 위대한 예 언자들이 전하는 복음의 말씀조차도 사람들이 그들을 따 름으로써 마침내는 부정되기에 이르고 만다. 예언자들의 입을 통해 흘러 나오는 폭풍이 가라앉을 때면 신은 항상 노력이 아니라 선량함을 원하는, 떠도는 침묵(열왕기 상 19 : 22)의 부드러운 음성으로 말씀하셨다. ‘어린 왕자’는 그를 몰락하게 한 원인을 제시하여 극복할 경우에만 비 로소 지상으로 돌아올 것이다. ‘어린 왕자’를 바로 이 지 상에서 살 수 있도록 하자. 이것이 신학적이며 동시에 심 층정신분석학적인 본 논저의 중심 목적이다. 이 책은 생 텍스의 유명한 동화 속에 압축되어 있는 상징들을 자신 의 삶의 방향으로 계속 꿈꾸어 나가고자 한다.

《어린 왕자》를 분석하고자 하는 사람들은 누구나 '바오밥 나무'가 되고 싶은 유혹을 받게 된다. 바오밥나무들은 그 성장속도와 엄청난 크기로 모든 행복의 행성들을 파괴한다. 그 뿌리는 아이들의 세계와 꿈의 세계를 황폐하게 하며, 만족을 모르는 사고의 촉수(觸手)로서 아름다운 장미가 필 수 있는 거룩한 토양을 잠식하고 만다. 모든 해석, 더욱이 심층정신분석학적인 해석은 문학언어를 살해하고 마는 것이 아닌가? 그것은 문학언어에서 직접성을 박탈하여 반성적 음미로 바꾸어 놓는다. 따뜻함과 깊은 감정을 박탈하여 가설과 추상이라는 개념상의 고공비행으로 바꾸어 놓고 만다. 상징적 전체 전망을 담고 있는 압축된 통일성을 박탈하고 분석하고 해부함으로써 그것을 해체시킨다. "인간을 이해하려면, 그 말에 귀기울여

서는 안되기 때문이다."(원주 1)

도대체 무슨 이유로 《어린 왕자》를 정신분석학적으로 해석할 필요가 있는가? 왜 이미지를 단순한 의미 그대로 받아들이지 않는 것인가? 그 이유는 모든 현실적인 문학은 다층적(多層的) 상징 속에 복잡한 현실을 압축해놓고 있기 때문이며, 문학의 언어는 공감을 이루는 관찰과 사색적 분석이 독특하게 어우러짐으로써만 비로소 이해되기 때문이다.

사실 상상력과 구속력의 산물인 꿈과 흡사한 문학적 또는 종교적 이미지는 우리가 거기서 그 구성 요소를 해부해내고, 직접 감정을 소멸시키는 지적 거리를 두게 되면 파괴될 가능성이 있다. 그러나 그것의 역(逆) 또한 진실이다. 사람들은 보통 아침에 잠을 깰 때처럼 문학작품과 꿈에서 현실성과 영향력을 제거한다. 그들은 밤에 찾아온 꿈의 사자에게 불안하게 또는 유쾌하게 미소짓다가 후련해진 가슴으로 모든 것은 단지 꿈이었음을 확인한다(원주 2). 또는 그들은 친구들에게 꿈을 장난 삼아 이야기할 때도 있지만, 그 꿈 속에서 자기 자신을 다시 인식하거나 꿈꾼 내용이 갖고 있는 개인의 진단에 도움이 되는 예리한 측면을 인정하는 일은 없다.

끝으로 사람들은 자신의 꿈을 현실에서 도피하는 데

사용할 수 있다. 문학이라는 세계도 언제든 지식인을 위한 마약의 기능을 가질 수 있다. 그러므로 모든 현실적 문학서적은 독자의 자기 관찰에 기여하지 못한다면 그 본래 의도가 실패한 것이리라.

그러므로 문학작품을 해석하는 일은 피할 수 없다. 그렇다고 우리는 잘못된 자기 우월을 과시하는 바오밥나무가 되지는 않을 것이다. 한 편의 문학작품 속에 현실의 어떤 부분이 응축되어 있는지를 숙고하기 때문이다. 물론 그 속에 응축 되어 있는 삶의 현실을 읽어내는 문학의 해석은 문예학적 해석과는 명백히 차이가 있다. 후자에는 삶을 문학으로 변형시킨 언어라는 수단의 분석이 문제되는 반면, 우리 경우에는 문학적(또는 묘사적) 예술작품 속에 압축되어 표현하고 있는 현실 자체를 서술하려는 시도가 문제되며, 문학의 예술적 가치가 아니라 그것의 정신적·실존적 진리 내용이 문제가 된다. 생텍스 자신이 "논리와 동일한 층위(層位)에 서 있는 것은 사물이지 사물을 연결하는 매듭이 아니다"(원주 3)라고 말할 때, 우리가 반드시 알아두어야 할 것은 '매듭', 압축적 환상, 문학적 의미 창조의 구속력이 '논리'의 피안에서 어느 정도까지 인정될 수 있는가 하는 점이다. 생텍스의 모든 작품은 무엇인가 예언적인 것을 지니고 있으며, 인류를 위한 일종의 복음으로 이해될 수 있다. 그렇기 때문에 이 프랑스 작가의 작품 속에 어떠한 체험과 인식, 어떤 인간적 확신이 각인되어 있는지를 연구하는 것은 그런 만큼 더욱 중요하다. 확실히 "창조하는 사람은 그의 창조물로부터 항상 빠져나간다. 그가 남기는 자취는 순수한 논리이다."(원주 4) 그러나 하나의 창조물이 살아 남으려면 생동하는 인간상과 그 인간상 속에 모사(模寫)되어 있는 인간에 대한 물음이 그 속에 담겨 있어야 한다. 근절할 수 없는 심리적 해부에 대한 욕구가 아니라 실존적 진리를 입증하고자 하는 노력이 예술작품의 해석을 필요하도록 만든다.

또 다른 이유도 있다. 수백만 명의 독자가 이미 《어린 왕자》를 읽었고, 앞으로도 또 수백만 명의 독자가 그 책을 읽게 될 것이다. 몇백 년 후, 아직도 책을 써 내고 있는 우리 시대의 거대한 장서들을 몇 개의 핵심적인 스냅 사진으로 축소시킨다면, 단테의 작품이 오늘날의 우리에게는 이미 중세를, 세익스피어의 작품이 엘리자베스 시대를 상징하듯, 피로 얼룩지고, 소모적인 대결로 뒤흔들린 우리 시대에서는 다만 두 작품, 프란츠 카프카(Franz Kafka)의 《성(城)》과 생텍스의 《어린 왕자》만이 본질적이고 핵심적인 작품으로 간주될 것이다.

카프카의 《성》에 대해서는 의심의 여지가 없다. 이 소설은 인간 존재가 당면한 위기를 이해하기 위한 열쇠를 섬뜩한 방식으로 보여주고 있다. 인간 실존의 무의미성과 소외, 내적인 분열과 고독, 무의 체험과 정체성의 상실감을 이보다 더 치열하게 그려낸 작품은 없다(원주5). 과거 시대는 자신의 초상을 신화나 동화 또는 전설로 그려낼 수 있었다. 카프카의 소설은 관료적으로 관리되고 있는 세계, 이해할 수 없는 불가침의 세계 한복판에 있는 반동화(反童話)이며, 전망 상실과 탈출 불가능에 대한 냉혹한 상상력이다. 이 세계에서는 희망의 메타포들, 도시와 성, 왕국과 명령의 동화적 모습 마저도 불행의 상징으로 그 가치가 전도되어 나타난다. 그러므로 《성》에 맞서는 작품인 《사막의 도시》 《성채》(원주6)의 저자야말로 절망의 반대 증인으로 잘 어울리는 작가이다. 그리하여 생텍스의 이 위대한 유작까지는 생각하지 않는다 하더라도, 그것과 같은 시기에 창작된 《어린 왕자》가 마치 희망의 기도서(祈禱書)나 사랑의 교본처럼 읽히는 것은 우연이라 볼 수 없다. 만약 우리의 혼란스런 20세기도 시대를 초월한 가치를 지닌 동화를 생산할 수 있었다는 증거를 제출해야 한다면 《어린 왕자》야말로 바로 그런 증거가 될 수 있을 것이다.

그러므로 이 작은 책을 연구하고, 그 정신적 세계를 해명하는 뜻은 여러 모로 비인간적인 20세기에 인간적인 것에 대한 희망은 과연 어느 정도까지 존재하고 있으며, 어느 정도까지 존재할 수 있는지에 대해 질문하는 것 이상도 그 이하도 아니다. 명백히 우리는 끝없이 넓어져 가는 사막 한가운데 살고 있다. 그러나 문제는 그 사막 속에 과연 샘이 숨겨져 있는가, 그리고 그 샘은 도대체 어디에 있는가 하는 것이다. 그러므로 우리는 생텍스와 함께 별과 우물의 길을 걸어가게 될 것이며, 한밤중에 얼마만큼의 빛을, 사막 한복판에서 얼마만큼의 물을 발견할 수 있는지를 알아보게 될 것이다. 우리는 그가 알린 복음을 이해하도록 노력해야만 한다. 우리는 또한 그 복음이 어느 정도까지 타당한지를 검토해야만 할 것이다.

제 1 부 복 음

1. 하늘의 아이, 그 종교적 측면

놀라운 일은 본질적인 것을 말하고자 할 때 시인들이 언제나 종교적 상징세계라는 샘에서 물을 긷는다는 점이다. 생텍스의 《어린 왕자》라는 형상도 마찬가지다.

세계 도처의 여러 민족들은 왕자들의 이야기를 우리에게 들려준다. 감추어진 어떤 세계로부터 우리 인간들을 찾아왔으며, 모든 것을 지금까지와는 다른 눈으로 볼 수 있었던 왕자들의 이야기 말이다. 이 원형적인 모티브가 벌써 종교적인 특성을 지니고 있다. 머나먼 별나라로부터 온 왕자 하나가 우리 곁에 나타났다. 그는 단지 잠시 동안만 우리 세계에 머물렀다가 1년 후 벌써 죽음을 맞이하여 별들의 빛이 되어 고향을 찾아가야 했다. 그러나 그가 이 땅에 찾아왔던 것은 결코 헛된 일은 아니었다. 우리는 그가 다시 돌아올 것을 기다릴 수 있게 되었고, 별은 밤의 어둠 속에서 전과는 달리 빛나게 되었기 때문이다. 어린 왕자가 이 세계에 발을 디딘 이후에도 세상에는 변한 것이 없지만 이 세계를 그의 눈으로 바라보는 것은 이제 가능하다. 그러면 지금까지 우리에게 진지하게 보이던 것들이 우스꽝스럽게 보일 것이며, 우스꽝스럽게 보이던 것들은 진지하게, 위대한 것들은 저열하게 여겨지게 되고, 이제까지 보이지 않던 많은 것들이 위대한 것으로 나타날 것이며, 부정되었던 인간성의 여러 가지 측면, 즉 꿈꾸는 것, 기다리는 것, 사랑하는 것이 다시 발견될 수 있을 것이다.

종교가 '하느님의 아이'라는 형상으로 말하고자 하는 것은 바로 우리의 마음이 고향을 찾아가는 것이며,《어린 왕자》에서 보여주듯, 동물과 꽃이 이야기하고 별들이 노래하는 세계에서 우리의 삶이 새로 태어나듯 다시 시작되는 것이 아니겠는가?

"가라사대 진실로 너희에게 이르노니 너희가 돌이켜 어린아이들과 같이 되지 아니하면 결단코 천국에 들어가지 못하리라"(마태 18 : 3)라고 제자들에게 예수가 말했을 때, 그것이 무슨 뜻인지는 사실《신약성서》에 언급되어 있지 않다. 그러나 아이라는 존재에 낭만적으로 채색된 일정한 내용을 투사해 넣지 않도록 조심해야겠지만, '아이’가 종교적 의미에서 자신의 진정한 본질을 유지할 수 있도록 해주는 두 가지의 자세, 즉 신뢰와 성실의 자세를 갖고 있다는 점은 분명하다.

종교적으로 볼 때 ‘아이’는 세계의 배후가 선하다는 것을 한치도 흔들림 없이 신뢰함으로로써 지탱되는 삶, 그러하기에 ‘어른’의 삶을 뿌리에서부터 규정하고 기형화시키는 ‘불안으로부터 안전’을 필요로 하지 않는 삶을 나타내는 기호이다.

어떤 인간이 불안감을 갖게 되면 그는 ‘어린’ 것을 두려워한다. 불안은 그를 계속 채찍질하여 더 크게, 점점 더 ‘성인’이 되도록 만들어 마침내 그가 자신의 한계를 완전히 벗어나 ‘악함’의 본래 단어 뜻(원주 8)처럼 부풀어오르게 되고 자신도 모르는 사이에 끝없는 꾸밈과 외적 능력만을 내세우는 ‘거짓된 모습’(원주 9) 뒤에 서 있게 된다. “너희 중에 누가 염려함으로 그 키를 한 자나 더할 수 있느냐?”고 예수는 산상설교(마태 6 : 27)에서 달래듯 타이른다. 불안 속에서는 이러한 진리를 산다는 것이 불가능하다. ‘아이’는 ‘어른’들이 거드름 부리고 허풍 떠는, 이들 만성적인 불안에 시달리는 불안 보급자들의 불안이 가득한 가상(假象) 세계를 단념하고, 진리에 대한 꺾이지 않는 용기—신의 축복은 진리를 받아들이는 이에게만 내리는 것이다(마태 5 : 3)—를 가지고, 여기에 또 더 부드럽고, 더 너그럽고, 더 평화롭고 또 더 정의로운 세계(마태 5 : 5~9)에 대한 끝없는 그리움을 가지고, 어떤 의미에서 삶을 처음부터 다시 시작하는 것을 배운 인간을 말한다. 그러한 '아이'는 '어른들'이 집착하는 권력과 명예, 출세와 돈에 현혹되지 않는다. 인간적으로 참된 모든 것, 평화에 기여하는 모든 것은 단지 '어린이들'만이 통찰할 수 있으며 '어린이들'만이 접근할 수 있다는 것을 그가 알고 있기 때문이다(마태 11 : 25). 이 신뢰감은 무한한 개방성을 가능하게 한다. '성인들'의 세계에서 매우 중요한 선악의 '윤리적 구별'은 불안과 공포로 외견상으로만 가능한 것이지, 베푸는 것과 또 사랑의 행복으로써만 선이 가능할 수 있음을 깊이 느끼는 사람에게는 적용되지 않는다.《신약성서》에서 예수는, "이같이 한즉 하늘에 계신 너희 아버지의 아들이 되리니 이는 하나님이 그 해를 악인과 선인에게 비취게 하시며 비를 의로운 자와 불의한 자에게 내리우심이니라"(마태 5 : 45)라고 말한다. 그분, 무한하신 그분은 모든 인간들에게, 높은 자에게나 낮은 자에게나, 아주 몸을 낮추시는 것이며, 모든 사람은 그분의 은총으로만 살아가는 것이다.

그러한 '아이', 예컨대 예수는 어느 날 아침 예루살렘에 있는 성전 앞 광장에서 우리가 잘 알고 있는 기적을 행하였다. 간음을 한 12살의 소녀에 대해 합법화된 사형(私刑)을 가하려고 손에 돌을 들고 서 있던 한 무리의 사람들이 예수 때문에 잠시 동안 정의의 오만을 버리고 판결을 정지하고 자신의 마음을 응시하였던 것이다(원주 10). 이와 같은 의미로 도스토예프스키(Fedor M. Dostoevski) 또한 그러한 놀라운 아이를 므시이킨 공작의 형상으로 그려내었다. 그는 스위스 어느 마을에서 잘못된 판결과 선입견에 사로잡힌 다른 이들과는 달리 능욕을 받고 추방되었으며, 병으로 죽어가는 마리를 떠맡았고, 처음에는 어른들처럼 그 소녀를 조롱하고 그에게까지도 돌을 던졌던 마을 아이들에게 아무런 격의 없는 친절과 무한한 이해심을 가르쳤다(원주 11). 그러한 '아이들'의 사랑은 보편적인 것이기에, 도움을 필요로 하는 그것이 인간이건 동물이건, 높은 자이건 낮은 자이건, 그 누구도 배척하지 않는다.

어른들에게는 '사회적인 차이'가 매우 중요하다. 그들에게는 누가 어떤 집을 지었느냐, 어떤 자동차를 몰고 있느냐, 생선이나 가재를 먹으려면 어떤 수저를 사용해야 되는지 알고 있느냐 하는 것이 다른 그 무엇보다도 먼저 문제가 된다. 예수와 같은 '아이'에게는 제자들이 손을 식사 전에 씻는가 식사 후에 씻는가 하는 것은 문제도 되지 않았다. 인간의 마음 속에서 무엇이 일어나고 있느냐, 그가 마음 속에 어떤 생각과 느낌을 간직하고 있느냐는 것이 바로 인간의 사람됨을 결정한다고 그는 생각했다. 조지 베르나노스(George Bernanos)도 완전히 이와 같은 모습으로 '시골 목사'라는 인물 속에 그러한 '아이'를 그려 내었다. 그는 아들의 죽음으로 극도로 비탄에 빠져 절망적으로 신과 반목하고 있던 샹탈 부인으로 하여금 신의 품안에 깊이 안겨 있다는 것을 느끼게 함으로써 그녀의 아들을 되돌려준다(원주 12).

신에 대한 믿음 속에서 인간의 두려움을 극복해내었으며, 그러하기에 가슴 속에 이와 같은 소박한 진실을 지니고 있는 '아이'는 종교적이다. 어떤 사람의 삶에서 항상 신을 그의 아버지로서 느낄 수 있다면 우리는 그를 종교적 의미에서 신의 '아이'라 부를 수 있다. 그는 만나는 사람들마다 다른 뜻을 두지 않고 친절하게 형제자매처럼 대하며, 다른 이들을 소유하거나 노예화하지 않는다. 우리는 그러한 아이를 '왕자'나 '공주'로 부를 수 있을 것이다. 왜냐하면 그의 곁에 있으면 보이지 않는 왕국의 손님으로 영원한 왕의 식탁에 앉도록 초대받은 것으로 느끼게 되며, 자기 자신이 하늘의 빛으로부터 왔음을 아주 생생하게 회상해낼 수 있기 때문이다. 《신약성서》에서, 예수는 "천국은 마치 자기 아들을 위하여 혼인잔치를 베푼 어떤 임금과 같으니"(마태 22 : 2)라고 말함으로써 인간 존재가 특별한 취급과 부름을 받고 있음을 보여주었다.

이런 점으로 보아 생텍스의 《어린 왕자》는 의심할 바 없이 종교적인 표상세계에서 결정적인 모티브를 채택하였을 것이다. '어린 왕자'라는 형상은 기독교라는 상징적·정신적 배경 없이는 전혀 존재하지도 않았을 것이며, 가능하지도 않았을 것이다. 그러나 《어린 왕자》는 과거의 강력하였던 종교적 빛이 일시적 그림자로서만 살아 있다. 그를 둘러싸고 있는 슬픔과 우울, 일몰과 고독은 살아 남아야만 되는 것이지만 이제는 단지 허깨비처럼 존재하고 있을 뿐인 그 어떤 것에 대한 조사(弔辭)와도 같은 것이다. 왜냐하면 《어린 왕자》가 비록 낭만적·몽상적인 효과를 얻고 있지만 그 속에는 또한 커다란 종교적 진리도 함축되어 있으며, 수와 외형을 맹신하는 어른들의 세계에 대한 감동적인 비판도 있기 때문이다. 그러나 《어린 왕자》라는 이 위대한 작품, 20세기의 가장 아름다운 동화조차도 사실은 꿈꾸는 것이 도움이 되었던 시대, 동화가 실현될 수 있었던 시대가 아득히 멀어져 있다는 것을 나타내는 씁쓸한 증거이다. 왜냐하면 예전 종족들의 위대한 꿈이 어떻게 어른들 자신이 다시 태어나는 기적을 그들의 아이 가운데서 한 아이에 상징화시켜 체험할 수 있었나 하는 것, 또는 아이들이 비록 생명을 위협하는 위험 속에서 성장할지라도 그들의 특질을 어떻게 보존할 수 있었나 하는 것들을 이야기해 주고 있는 반면, 《어린 왕자》는 합일이 없는 만남, 종합이 없는 회상, 전망이 없는 환상을 그리고 있기 때문이다.

이 이야기는 어떤 아이가 자신의 삶을 아직 본격적으로 시작하기도 전에 어른들이 그 아이의 내면 속에 있는 모든 것을 파괴할 수 있음을 묘사하는 것으로서 시작되고 있다. 말 그대로 한 사람의 어른에게 바쳐진 이 작품은 그러나 사실은 그의 과거인 아이를 향하고 있다. 아마 이 작품은 지상의 모든 아이들에게 어른들의 겉치레를 믿지 말 것과 그들 마음이 지니고 있는 소박성을 지켜갈 것을 간청하고 있으리라. 그러나 이 작품은 어른이 그의 비본질적인 것을 변화시켜 자신에게로, 그의 근원적 어린아이다움으로 되돌아갈 어떤 기회가 있는지를 보여주고 있지 않다. 더욱이 그것은 《어린 왕자》가 이 지구 위, 그의 비밀스런 왕국에 어떻게 하면 발을 들여놓을 수 있을지를 밝혀주지 않고 있다. 이와는 반대로 이 작품의 끝에서 '어린 왕자'는 자신의 장미에게 성실하고자 그의 작은 행성으로 되돌아간다. 한편 추락한 폭격기의 조종사는 어른의 삶을 다시 수용한다. 의심할 여지없이 더욱 아픈 그리움을 갖게 되었고, 이전보다 더욱 큰 슬픔을 느끼고 있지만, 그럼에도 그가 '어린 왕자'의 형상을 자신의 삶에 받아들일 수는 없었던 것이다.

확실히 기독교도 "신의 아이"(원주 13)가 이 세상에서 처음부터 박해받았고 추방되었으며 마침내 살해되었다는 것을 이야기하고 있다. 또한 기독교는 신이 사람을 보내어 우리로 하여금 그 형상을 알게 하고 복음을 전하게 한 것과, 그분이 돌아올 것을 기다리는 것에 대해서 말하고 있다. 종교적으로 '신의 아이'는 뿌리에서부터 새로워진 구원 받은 존재의 전형을 나타내는 기호이다. 이에 반해 《어린 왕자》는 체험해 보지 못한 삶에 대한 그리움으로 가득찬 내용들을 이상적인 유형으로 구현하고 있다. 그것은 성인들의 비인간적 세계에 대한 대응 기호일 따름이다. 현실로 되었던 꿈, 그러므로 언제라도 다시 현실이 될 수 있고 또 그래야만 하는 꿈에 대해 종교가 이야기하고 있는 반면, 생텍스의 이야기는 결코 현실로 된 적이 없었던, 또 현실이 될 가망이 없는 꿈을 들려주고 있다. 종교의 '신의 아이'가 죽음을 극복한 삶을 구현하는 반면 《어린 왕자》는 결코 생존이 허용되지 않았던 동심의 세계를 구현한다. 부활된 생명이 아니라, 싹에서부터 이미 질식된 생명이 그 속에 살아 있다. 그것은 인간에게 부여되었던 것, 그리하여 만약 최초의 꽃이 피기도 전에 때이른 서리가 내리지 않았다면, 인간이 그쪽으로 나아가 도록 소명을 받았을 것을 구현하고 있는 것이다.

생텍스가 '동화 속의 어린 왕자'의 이미지를 처음으로 사용했던 작품 《바람, 모래 그리고 별》[2]의 전기적 성격은 이 기호가 어떤 뜻을 지니고 있는가 하는 점을 어떤 주석보다도 더 분명하게 보여주고 있다. 생텍스가 열차의 객실에서 같이 여행하는 사람들에 대해 생각의 나래를 펼치고 있는 마지막 장면이 문제 된다(원주 14).

나는 한 쌍의 부부 맞은편에 앉았다. 남편과 아내 사이에서 아이는 아주 편안하게 자리를 잡고 잠이 들었다. 그 아이의 작은 얼굴이 밤의 불빛을 받고 있었다. 얼마나 사랑스러운 얼굴인가? 이 부부에게 황금 과일이 생겼구나. 세태에 찌든 보따리 같은 부모와는 달리 우아함과 사랑의 완성된 형상이 실현되어 있었다. 나는 몸을 굽혀 아이의 매끄러운 이마와 섬세한 곡선의 입술을 바라보았다. 아이는 음악가가 될 상을 갖고 있었다. 모차르트를 판에 박은 듯 싶었다. 그것은 마치 삶에 대한

---

2) 《인간의 대지》의 독일어 번역본 제목.

거룩한 약속과도 같았다. 동화 속의 어린 왕자들만이 이런 모습을 하고 있다. 잘 보호하고 북돋아 준다면, 이 아이가 그 무엇인들 되지 못하겠는가? 정원에서 변종으로 새로운 장미를 얻으면 정원사들은 온통 흥분에 들뜬다. 사람들은 장미를 보호해 주고 가꾸어주고 그것을 위해서 모든 일을 다해 준다. 그러나 인간을 위해서는 그러한 정원사가 없다. 다른 모든 아이들처럼 모차르트는 망치로 망가지고 말 것이다. 그는 아마 언젠가는 밤 카페의 숨막히는 공기 속에서 기형적인 음악으로 가장 강렬한 희열을 맛보게 될 것이다. 모차르트는 사형 언도를 받았다. ……나는 내 객실로 돌아왔다. 내 상념도 따라왔다. 이 사람들은 그들의 운명으로 괴로워하지 않는다. 이웃 사랑도 여기선 나에게 감동을 주지 못한다. 나는 결코 아물지 않는 상처를 불쌍히 여기지 않겠다. 그러한 상처를 지니고 있는 인간들은 그것을 느끼지 못하기 때문이다. 그러나 여기서는 개별적 인간이 아니라 인간적인 것이 상처받았다. 나는 동정을 믿지 않는다. 그러나 나는 정원사처럼 그들을 바라본다. 그렇기 때문에 그 힘든 가난은 나를 고뇌토록 만들지 않는다. 사람들은 게으름과 마찬가지로 결국은 그것에 익숙해질 것이다. 어떤 동양인들은 수 세대에 걸쳐 더러움 속에 살면서도 마음 편하게 산다. 대중 식당의 불결함은 나를 괴롭힌다. 내 마음을 무겁게 하는 것은 혹이나 쭈글쭈글한 피부 그리고 모든 추악함이 아니라, 인간들 누구에게나 살해된 모차르트가 숨겨져 있다는 사실이다. 흙덩어리에 정신의 숨결을 불어 넣음으로써만 인간은 창조될 수 있는 것이다."

‘살해된 모차르트’로서 ‘어린 왕자’는 그냥 내버려두었으면 위대한 인물이 될 수 있었을, 그러나 그 싹이 이미 망가진 하나의 생명에 대한, 서글픈 회상이자 비탄에 잠긴 희망이다. 이 세상에서는 정신적 감수성과 주의력이 감정을 조직적으로 말살시키는 폭행으로 대치되어 있다. 예술적 생산성, 꿈과 환상의 실현은 떠들썩한 잡담과 천박한 대량 소비로, 음악과 천체들과 사물의 노래는 전자 음악의 소음으로, 문학과 시와 인정과 사랑은 폭포처럼 쏟아지는 냉소적 언어와 감정이 얼어 붙은 논리적 언어 해부로, 사물 세계에 감추어진 본질 형상을 응시하는 그림은 미(美)의 매춘시장화와 기형화로, 기도와 침묵 속에서 성스러움을 체험하는 것은 모든 언어의 피상화와 영혼의 조직적 파괴로 대치되어 있다. 따라서 인간의 인식 능력과 표현능력의 근본 형상으로서 음악가·시인·화가·사제는 더 이상 존재하지 않게 되었다. 우리는 이 모든 것들을 합리·해부·실천의 명분 아래 폐기시켰다. 아니 생텍스의 《어린 왕자》는 우리가 어떻게 ‘어른’으로서 살아갈 수 있는가 하는 문제를 보여주지는 않는다. 그것은 우리가 ‘어른’이 되었음을 한탄할 따름이다. 원죄는 이미 일어났으며, 어떻게 낙원으로 돌아갈 수 있는지 우리는 알 수 없다. 그렇지만 우리가 적어도 어떠한 비애의 능력을 갖추게 되고, 우리 속에 감추어진 것, 그리하여 생명으로 태어나고 싶어하는 것을 다시 발견하게 된다면, 그것만으로도 우리는 이미 많은 것을 이루어낸 셈이다. '어린 왕자'는 우리 속에 있는 태어나기도 전에 살해된 것의 영혼의 초상화로서, 잃어버린 것을 회상하게 해주는 기호로서, 아직 살아보지 못했으나 무조건 살아야만 하는 것의 영원한 초상화로서 이해될 수 있는 것이다.

그렇다면 모차르트의 살인자는 누구인가? 영혼을 죽인 이 바리새인적 살인자, 이 인간성의 교살자는 누구인가? 나올 수 있는 대답은 살인자가 우리 자신이 보통 '어른'이라 부르는 인간들, 이제는 정상이 되어버린 차가운 감정과 냉소와 희망 상실에 적응이 된 인간들, 아무 것도 희망하지 않고 아무 것도 기다리지 않는 상황 속에 살아남았기에 우리가 경탄하는 인간들, 그러나 글자 그대로 '끝났으며' 그들처럼 '어른'이 되지 않은 것을 모두 끝장내 주기 때문에 삶의 한가운데에서 이미 죽어버린 인간들이다라는 것이다.

2. 어른들, 그 고독한 초상화

'어린 왕자'의 발자취를 따라 말 그대로 먼 별에서 온 것처럼 '아이'의 티없는 눈으로, 우리에게는 신물날 정도로 잘 알려져 있는, 일상적인 이 세계에 접근해 보자. 드러나는 이 세계의 모습은 허영과 무의미에 사로잡혀 있으며, 자신 외에 어떤 것을 사랑하는 데서는 완전히 무능한 사람들의 전시장이요, 괴팍한 자기 중심주의자들의 만화경일 것이다. 이들 자기 중심주의자들은 모두 저마다 다른 모든 인간들로부터, 인간성과 본질로부터, 수 광년 떨어진 자신만의 행성에 혼자 살고 있으며, 스스로를 '진지한 사람'이라 생각한다. 이유는 단지 그들이 모든 것을 숫자로 바꾸어 놓기 때문이지만, 실상 그들은 해면(海綿)에 지나지 않는다. 그들은 모든 것을 빨아들이되 그것을 내적으로는 변화시키지 못하고 단지 다른 사람들보다 '무접고’ ‘뚱뚱하게’ 되기 위해서 빨아들일 따름이다(원주 15).
 ‘어린 왕자’가 행성 여행에서 처음 마주치게 되는 것은
고독한 늙은 ‘왕’이 보여주고 있는 비극적인 모습이다. 그
는 모든 인간을 자신의 신하로 보며, 일어나는 모든 일은
자기의 명령으로 결정된다고 망상한다. 그가 살고 있는
세계는 그의 족제비털 외투로 완전히 덮일 정도로 매우
작다. 그러나 그는 이 조그만 세계조차도 진지하게 알아
보려는 시도마저 해보지 않았다. 자신의 의지가 주위의
모든 것을 지배한다고 여기는, 자칭 전제군주인 그는 현
실적인 세계에 대해서는 최소한의 ‘표상’(원주 16)도 지니
고 있지 않다. 그가 다른 인간들과 접촉하는 것은 그의
허구적 권력이 이해하는 테두리 안에서 그들을 어떤 목
적으로 이용하고 배치할 수 있느냐 하는 것을 질문하는
데에만 제한된다. 여기서 곧 드러나게 되는 것은 그의 실
천 이성의 ‘원칙’이 완전히 추상적이며, 인간에게 낯설다
는 점이다. 어쨌든 이 ‘왕’은 권위가 이성에 기반을 두어
야 한다는 것, 그가 명령할 수 있는 것은 자연의 순리로
이미 예견되어진 것뿐이라는 것은 알고 있다. 이런 점에
서 그는 이 세계에서 흔히 볼 수 있는 너무나 빨리 늙어
버린, 권력 속에 경직되어버린 ‘어른들’ 대다수보다는 비
할 데 없이 선량하고 지혜롭다고 생각된다. ‘어른들’ 가운

데서 한 사람이 신하가 되어 부름을 받으면, 그는 곧장 이 《어린 왕자》를 가지고 그들에게 가서, 이 책에서 '왕'이 나오는 대목을 읽어주고 싶을 것이다. "내가 어떤 장군에게 나비처럼 이 꽃에서 저 꽃으로 날아다니도록, 또는 비극을 쓰도록, 또는 갈매기로 변신하도록 명령을 내렸으나 그가 명령을 수행하지 못하였다면"―그것은 장군의 잘못이 아니니라(원주 17).

속물과 실용주의자를 시인과 영웅으로 바꾸고자 노력해 볼 수는 없다―왕의 이런 지혜에 독자가 동의해 줄 수는 있을 것이다. 그럼에도 불구하고 지상에서는 위엄을 부리는, 지루한 법도의 허식과 격식 아래 신성함이라는 의상을 걸친 왕의 지시로 굴종을 요구하는 반자연적 명령이 다반사로 내려진다. 그러나 '장군'에게 '나비'처럼 날도록 명령하는 것보다 더 잔혹한 것은 나비의 섬세함과 다감성 그리고 아름다움을 지닌 인간에게 다른 사람과 함께 군대식으로 줄지어 서도록 강요하는 것이다. '왕'은 바로 이런 일을 '어린 왕자'에게 명령한다. 아마 그는 스스로 복종할 능력이 있는 사람이라야 윗사람이 될 수 있다고 둘러댈지도 모른다. 그러나 그는 자신의 상상 속에서 전능함을 절대로 포기하지 않으며, 따라서 결코 사물을 그 자체의 순리에 맡기지 않는다. 이와는 반대로 그는 고집스레 '어린 왕자'를 '판사'에 임명하는 어처구니없는 명령을 내린다. 판사가 해야 할 유일한 일이란 행성에 살고 있는 늙어빠진 쥐에게 사형선고를 내리는 것이다. '왕'은 '지혜'를 보여야 할 경우조차, 많은 의도가 담겨 있기는 하지만, 통찰력이 모자란 말들을 지껄인다. 그렇게 함으로써 자신의 후광을 더 크게 보이게 하고 무력함을 숨기려는 것이다. 매우 이성적으로 처신하고 있지만, 사실 그는 다른 사람들이 일평생 그의 '은혜'에 의존하게 하도록 그들을 공포 속에 몰아넣기를 좋아하는 잔인한 전제군주이다.

이러한 늙은 전제군주들이 지닌 성격 가운데 한 가지 특징은 판단하고 판결하고 선고를 내려야만 되는 사람은 항상 그들 자신이라는 생각이다. 그들을 어떻게든 교정하는 것은 불가능하다. 그들이 지닌 선입견의 철갑은 그 누구도 꿰뚫을 수 없다. 그리하여 근본적으로는 '어린 왕자'도 모든 것을 명령하기만 하는 '왕'에게는 아무 할 말이 없다. 동화 《어린 왕자》에서 비극적으로 확인하게 되는 것은 이 작품 어느 곳에서도 어떻게 하면 그 '어른들' 가운데 한 사람만이라도 자신의 우수한 점을 살릴 수 있도록 바뀔 수 있을까에 대해서는 일말의 암시조차도 없다는 점이다. 그들이 대화할 능력이 없음과 영적인 고립과 자아 도취적인 게토는 절대적이다. 그들과 이야기를 나눈다는 것은 애당초 무의미한 일이다. 그리고 설령 누가 그들을 떠나게 될지라도, 그들은 이 사실마저도 더 우월하고 중요성을 지닌 자신의 승리라고 해석하고 말 것이다. ‘어린 왕자’가 점차 짜증이 나며 지루하기도 하고 혐오감도 들어 왕을 떠나려 할 때 ‘군주’는 그를 자신의 ‘대사’로 임명한다. 그러나 권력을 위한 그러한 삶은 보람도 없고 인간의 행복을 증진시키는 데 거의 보탬이 되지 않는다는 것 말고 그가 보고할 것이 과연 있을 것인가? “예수께서 앉으사 열두 제자를 불러서 이르시되 아무든지 첫째가 되고자하면 뭇 사람의 끝이 되며 뭇사람을 섬기는 자가 되어야 하리라 하시고”(마가 9 : 35~36), ‘아이들’의 관점에서 볼 때, 이것이 ‘왕’이 이 세상으로 보내야 할 유일한 복음의 말씀이어야 할 것이다. 그러나 이 말씀은 모든 왕들의 종말을 뜻할 것이며, 《어린 왕자》에서는 이것을 기대할 수 없다. 이런 ‘왕들’ 곁을 지나갈 수는 있으나 그들을 변화시킬 수는 없는 일이다.

그렇지만 ‘왕들’보다 훨씬 더 나쁜 인간들이 있다. ‘왕들’은 자신들의 지위와 역할을 인정받고자 하는 사람들이다. 그들은 자신의 직위를 자랑하며 그것으로 위세를 부린다. 이들보다 더 나쁜 부류가 ‘허영꾼들’이다. 그들은 자신의 존재를 다른 사람 앞에서 돋보이게 하고 탁월하게 보이고자 신기한 것을 찾는다. 즉석에서 칭찬과 갈채를 요구하기 때문에 그들에게는 냉혹한 고독의 세계가 선고된다. 우리는 자신의 입술에 항상 다음과 같은 질문만 올리고 있는 사람과는 같이 살 수가 없을 것이다. 사람들이 내 모습을 어떻게 칭찬하고 있으며 나를 어떻게 존경하는가? 어떻게 해야 사람들이 내 뜻을 찬양하며 내 견해에 동의를 표할까? 또 어떻게 해야 사람들이 내가 흡족할 만큼 모든 일에서 내게 굽신거릴까? 이 ‘어른들’은 가장 위대한 사람으로서의 자신을 허용할 수 있을 뿐이다. 그들은 다른 사람을 만나기만 하면 그의 눈에 자기가 조금이라도 더 아름답고 더 훌륭하고 더 지적으로 보이려고 뻐기고 으시댄다. 그러므로 이 ‘어른들’에게 다른 사람들과의 만남이란 동료 인간의 호감을 얻기 위한 가차없는 경쟁이다. 그러나 역설적이게도 자신을 거울에 비추어 보는 이들의 버릇과 칭찬에 대한 병적 욕망이라는 자아도취적인 변덕은 일정한 기간 동안은 다른 사람들에게 재미있게 보일 수는 있으나 사람들은 곧 이들 ‘허영에 사로잡힌 자’의 가없은 단조로움과 참을 수 없는 자기 중심주의, 다른 사람의 운명에 대한 완전한 무관심을 알아챈다. 그리하여 그 순간부터 사람들은 그가 굶주려 찾는 것, 즉 존경·평가·인정을 그에게 조금도 주지 않게 된다.

지배욕과 전능이라는 망상에 사로잡힌 '왕'이 자신의 완전한 무력을 인정해야 하는 것이 분명하듯, '허영에 사로잡힌 자'에게도 인정과 칭찬에 대한 그의 자기중심적인 욕구로는 거부와 경멸 외에는 결국 아무 것도 얻어내지 못할 것이 이미 분명히 결정되어 있다. 그러나 그는 '왕'과 마찬가지로 이 교훈으로부터 아무 것도 배우지 못할 것이다. 좌절할 때마다 오히려 그는 더욱더 열렬히 공명심에 불타 끈질기게 다른 사람에게 자신의 탁월함에 대한 칭찬을 구걸하게 될 것이며, 자신의 경쟁적 사고와 겉치레와 부박한 자기과시로 다른 이의 적의와 원한만을 더욱더 확실하게 도발하게 됨을 늘 다시금 체험하게 될 것이다. "너희들은 무엇을 입을까, 어떻게 입을까를 염려하지 말라. 이는 모두 하나님을 모르는 사람들이 염려하는 것이니라"(마태 6:31 이하)라는 말씀으로 예수는 그의 산상설교에서 누구든지 들의 새나 백합 이상의 상실될 수 없는 아름다움을 지니고 있으며, 인간의 가치는 의복이나 넥타이의 우아함에 달려 있는 것이 아니라는 것을 암시하고자 했다. 그러나 과연 어느 '어른'이 아이들이 전하는 이 소박한 복음에 귀를 기울이겠는가?

어쨌든 '허영에 사로잡힌 자'는 비록 허망하게 끝나지

만, 어떤 방식으로든 아직 인간적 관계를 모색하고 있다. 여기서 채워지지 않은 삶의 욕망, 고독한 자기 중심주의, 비극적인 무절제의 사다리를 한 칸 더 올라가면 술꾼의 행성에 이르게 된다. 그는 말하자면 허영으로 파산하여 자신의 모습을 더 이상 견디지 못하는 사람으로, 자신을 다듬어 만들거나 자기 혐오의 이유를 해명하려는 대신, 망각을 스스로 선택한 사람이다. 자기 경멸이 어느 일정한 수준에 이른 사람은 가능한 한 자기 자신을 수치스럽게 만드는 것을 거의 의무처럼 생각한다(원주 18). 자신의 위대함을 이루어낼 수 없는 데 대한 환멸은 필연적으로 약함에 대한 절망감(원주 19)을 낳으며, 이후로는 그를 자기 연민과 비애 속에 빠져 살게 한다(원주 20). 다른 사람들에게는 더 이상 기대할 것이 없다.—자기 자신을 이미 잃어버렸으며, 또 자기 자신을 잃게 하는 이러한 비참한 자, 의지할 데 없는 자를 어떻게 그들이 동정하겠는가? (원주 21) 이리하여 술꾼은 죽은 것에 집착한다—마치 그것이 인간들을 대신하여 잃어버린 삶을 되돌려주거나, 또는 다른 사람이 바라보는 것을 막아주는 한편 자신의 가련함을 가려주는 힘을 가진 주물(呪物)이나 되는 것처럼(원주 22)—이와 같은 방식으로 너무나 빨리 악마의 고리가 닫혀지고 자기 경멸이라는 치료제는 점점 더 증대되어가는 의존성과 이중성이 끝없이 꼬리를 물고 이어지는 저열성의 원인이 된다. 술취한 상태의 자기 향락이 인간과의 접촉을 대신하며, 자기 자신을 망각하고 있는 취중의 시간은 자기 혐오감을 소멸시켜주어야 마땅하겠으나 실제로는 자신의 비참성이라는 무거운 짐을 참을 수 없을 정도로 늘려주기만 할 뿐이다. 다른 사람들이 술꾼들의 이러한 자기 노예화를 보고서 '어린 왕자'처럼 불쌍히 여길 수는 있다. 그러나 모든 논의와 모든 해명, 자기 자신에 대한 모든 노력을 두려워하는 인간들, 객관적으로는 항상 유치하게 행동하면서 주관적으로는 '어른들'의 모습에 매달리고 싶어하며, 그리하여 결국에는 다른 이들이 자신을 그냥 내버려두기만을 구걸하는 인간들을 어떻게 돕는다는 말인가?

결국 이런 인간의 삶은, 복음서에 나오는, 순전히 결산에 대한 두려움으로 자신의 '재능'을 땅에 파묻어, 끝내는 자신의 낭비된 삶 외에는 아무 것도 보여주지 못한 사람의 삶과도 같다(마태 25 : 24~30).

그렇지만 이 세 종류의 부정적인 자기 향락자들 외에도 또 다른 세 개의 행성이 '어린 왕자'를 기다리고 있다. 이 행성들에는 잘못된 방식으로 세상에 들어와 그 안에서 단지 불행만 만들어내는 인물들이 살고 있다. 사실 그들은 자기 나름대로 고독한 위대함에 이르고 싶어한다. 그러나 현실적으로는 단지 그들의 고독만이 거대하다. 그들이 유일하게 지니고 있는 놀라운 점은 진정한 위대함이란 무엇인가에 대해서 그들이 전혀 알지 못한다는 사실이다. '알콜 중독자'의 자기파괴는 전세계를 빨아들이려 하나 결과적으로는 자신의 오성(悟性)만 살해하고 마는 시도의 형상화라 볼 수 있다. 이에 대해 알콜 중독의 전도된 형식이 '소유욕'이다. 그것은 매우 영악스럽게, 그러나 실제로는 매우 어리석게도 이 행성을 붕괴시킬 수 있을 때까지 붕괴시켜서라도 전세계를 사업장과 창고로 바꾸어 놓는다(원주 23).

'어른들'의 자연에 대한 관계가 문제 되는 이곳에서 아마 우리는 먼저 '자연의 아이들'의 목소리를 들어봄으로써 '어린 왕자'의 문화비판적 현실성을 '비즈니스'와 '이윤'과 '마케팅'의 세계에 대비시켜 이해해야만 할 것 같다. 예컨대 수(Sioux)족의 무당 타카 우슈테(Tahca Uschte)는 이렇게 말한다. "자신을 신 위에 올려 놓고, '나는 이 짐승을 살릴 것이다. 왜냐하면 그것은 돈을 가져다 주니까', '이 짐승은 없애야 한다. 그것은 이윤을 낳지 않기 때문이다. 이 짐승이 차지하고 있는 땅은 더 많은 벌이가 되도록 이용할 수 있다'라고 백인들은 혐오스러울 정도로

거만하게 말한다.”(원주24) “백인들의 세상에서는 풀 한
포기마다, 또 샘물마다 모두 가격표가 달려 있다.”(원주
25) “대초원은 서서히 생명 없는 풍경이 되고 말 것이다.
―그곳에는 더 이상 들쥐도, 오소리도, 여우도, 코요테도
살지 못할 것이다. 덩치 큰 맹금들은 이제껏 들쥐를 잡아
먹고 살아왔다. 독수리는 요즈음은 어쩌다가 운이 좋아야
눈에 띌 정도로 드물다. 흰머리독수리는 이 나라의 상징
이다. 당신들의 돈에는 그 독수리가 있다. 그러나 돈이
독수리를 죽이고 있다. 어떤 민족이 자신의 상징을 없애
기 시작하면 그 민족의 앞길은 이미 어둡다.”(원주26)

  똑같은 의미로 인디안 타탄가 마니는 이렇게 말하고
있다. “당신들의 이른바 문명이라는 것에는 어리석은 것
이 많이 있다. 당신들 백인들은 돈을 평생 써도 다 쓸 수
없을 정도로 많이 벌 때까지 돈의 뒤를 미친 사람처럼
좇아 달린다. 당신들은 숲과 토지를 약탈하며, 자연의 연
료를, 당신들의 뒤에는 그것을 당신들과 똑같이 이용할
후손이 없을 것처럼, 마구 낭비한다.”(원주27) 비록 《어린
왕자》에는 직접 언급되어 있지 않지만, 생텍스에게도 완
전히 낯설지만은 않았던 생태학적 비중(원주28)은 제쳐놓
더라도 ‘자연의 아이들’이 우리의 ‘문화’에 가하는 비판은
‘어린 왕자’가 어떤 ‘어른들’에게서 전적으로 미친 짓이라

고 생각했던 것, 모든 것을 지불할 수 있으며 셀 수 있는 돈으로 바꾸려는 경향과 결과적으로는 같은 이야기가 된다.

돈의 가치는 보편적 교환수단이라는 점에 있다. 돈이 지닌 어느 정도 추상적인 속성은 소망스러우나 단지 상상만 할 수 있던 모든 것을 살 수 있다는 미신을 쉽게 불러 일으키는 점이다. 그리하여 실제로 소망스러운 것은 팔려고 내놓은 사물이 아니고, 생텍스의 말을 빌리자면, 중요한 것은 오히려 사물들 사이의 정신적 '결합'이라는 사실이 너무나 쉽게 잊혀진다는 점이다. 예컨대 친구는 상점에서 얻을 수 없다(원주 29). 돈이 지닌 위험성은 돈이 사물의 교환수단에서 모든 가치의 총괄개념으로, 사물 자체로 뒤바뀐다는 데 있다. 돈과 관계한다는 것은, 이제부터 어쨌든, 돈으로 살 수 있는 사물을 '즐기는 것'을 의미하지 않는다. 그렇기 때문에 이제는 가능한 한 많은 것을 살 수 있기 위하여(사기 위함이 아니다) 가능한 한 돈을 많이 벌어들이는 것이 중요하게 된다.

돈을 지닌 인간, 즉 자본가란 많은 돈으로 훨씬 더 많은 돈을 벌고자 자신의 돈이 줄 수 있는 개인적 즐거움을 포기하는 사람들이라고 정의된다. 그러한 인간은 그가 '어른'이라면 어떠한 것도 불가능하게 여기지 않는다. 그는 돈의 도움으로 모든 것을 소유하고 재산화할 수 있다는 생각에 익숙해져 있다. 산·호수·숲·사막·해변·초지— 무수한 동·식물의 종을 포함하여 모든 것은 그것을 위해 가장 많은 돈을 지불할 수 있는 사람의 소유가 될 것이며, 따라서 그는 그러한 물건을 소유하기 위해서는 사람들이 아마 그러한 '구매 대상'을 내어주는 대신 평균적으로 얻을 수 있는 만큼의 돈을 지불해야 할 것이다(원주 30). 사실 달과 별을 팔려고 나서면 안될 것인가? 있을 수 있는 모든 경쟁자를 앞지르기 위해서는 그저 '바쁘고' '잽싸야' 한다. 우주 공간만 팔 수 있는 것이 아니라 시간도 돈이다. 돈이 삶에 자신을 각인시키고 삶을 집어삼킬수록 그만큼 더 돈은 살아 있는 것의 특징을 띠게 된다. 많은 돈이 더욱더 많은 돈을 획득하기 위한 최선의 수단이라면, 돈으로 살 수 있는 것으로서 돈보다 귀중한 것은 없다는 것을 사람들이 깨달을 때, 돈의 논리는 진정한 승리를 거두게 된다. 돈으로 더 많은 돈을 획득할 수 있는 가능성이 돈의 진정한 가치로 이해되어야만 하는 것이다.

　이 순간에 상인의 천재성은 돈에 영혼을 불어넣는다. 마침내 돈은 더 이상 교환수단으로서 어떤 사물을 뜻하지 않는다. 이제부터 그것은 유일하게 의미 있는 것으로서 전체 인간행위를 지배한다. 그것은 은행에서 저절로 증식되며, 의회를 지배하며, 황제와 교황과 국왕을 지명한다. 돈은 모든 강대한 자들보다 한없이 더 강대하다. 돈의 소유가 아닌 어떤 것도 존재하지 않는다. 돈이 이처럼 모든 것에 영혼을 불어 넣고 전능함을 부여하는 것을 '어린 왕자'는 '거의 시적'으로 생각한다. 그러나 문제 되고 있는 것은 미친 사람의 환상이며, 현실은 본래 이런 것이라고 어느 곳에서나 주장되고 있기에, 그것은 사실로 여겨질 수 없는 악몽의 환영이다. 알콜 중독이 된 '술꾼'은 자기 자신과 세계를 잊고자 술에 취하려고 했고, 결국 자기 자신만을 파멸시켰다. 이에 반하여 돈에 중독된 사람은 전세계를 자기의 중독증을 위한 마약으로 변화시켜, 모든 것을 파괴하고 모든 것을 황폐하게 한다. "사람이 만일 온 천하를 얻고도 제 목숨을 잃으면 무엇이 유익하리요"(마가 8 : 36) 돈으로 모든 것을 사려 하고, 또 그럴 능력이 있는 사람은 먼저 자신의 육체와 영혼을 모두 돈에 팔았음에 틀림없다. 그리하여 부자가 될수록 그는 더 가난해진다(원주 31). 그러나 그는 그것을 더 이상 알아차리지 못할 것이다. 그는 가장 깊은 뜻에서 '쓸모없으며' 완전히 기생적인 존재이고, 돈만 밝히는 그의 자기 중심주의는 어떠한 대화, 어떠한 가르침, 어떠한 통찰도 감당할 능력이 없다. 그에게도 역시 어린 왕자가 말해줄 것은 없다. 어린 왕자의 출현은 이 '어른'과 '사업가'에게는 성가신 시간 낭비 외에 딴 의미가 없다. 이리하여 '어린 왕자'는 가능한 한 빨리 사라진다.

지금까지의 모든 '어른들'과 '행성 주민들'에게 공통된 점은, 그들이 매우 부조리하고 불합리하게 철저히 이기적인 목적을 위하여, 주관적으로 설정된 어떤 목표를 마치 최면 걸린 사람처럼 추구하고 있다는 사실이다. 그러나 어린 왕자에게는 어른들이 성실과 의무까지도 자기중심적 바보짓으로 변화시켜버리는 그로테스크한 구경거리가 아직 남아 있다.

이에 대한 탁월한 예가 다섯번째 행성에 사는 가로등의 등불을 켜는 남자이다. 그는 앞의 인물들처럼 인간적인 것의 노골적 풍자시로서 개인적 이름도 개인적 용모도 지니고 있지 않고, 단지 하나의 직업 표지, 하나의 근무지침만 지니고 있으며, 또 이것들과 끊을래야 끊을 수 없이 일체가 되어 있다. "당신은 누구요?"라는 질문에, 그는 마치 질문이 잘못되었다는 듯이, "나는 근무중이요"라고 말할 사람이다. 이 사람에게는 그가 일을 왜 하는지, 그 일은 어떠한 의미가 있는지, 그 일은 어떤 목적에 기여하는지 하는 점들은 중요하지 않다. 그에게는 근무규정—그것도 지시하는 대로만 받아들여야 한다—만이 중요하다. 점등(點燈)을 위한 지침이 사물의 운행에 적합했을지도 모를 시대는 이미 오래 전에 지나가버렸다. 이제 그 남자의 조그만 행성은 그 사이에 훨씬 더 빨리 돌게 되었다. 그러나 자신에게 주어진 일의 지침—즉 이 경우에는 글자 그대로 자신의 세계관—이 절망적으로 시대에 뒤졌다는 것 때문에 '근무중'의 어느 '관리'가 이미 성숙을 멈춘 어느 기능주의자나 전통주의자가 충격을 받을 것인가? 잠시 멈춰 깊이 생각하고 자신을 고쳐보려 하지 못하고, 이런 '근무자'는 점점 빨라지는 세계 운행을 점점 더 숨가쁘게 헐떡이며 좇아가게 될 것이다. 왜냐하면 '근무는 근무'이며 '규정은 규정'이고 '사람은 자신의 의무를 다해야 하는 법'이며 '아침 시간은 입에 황금을 물고' 있기 때문이다.

의무의 지옥에서 구원될 유일한 방법이 있기는 하다. '어린 왕자'는 그것을 제안해 본다. 이를 위해서 가로등 점등부(點燈夫)는 단 한 번 '개인적으로' 해가 지는 길을 따라 일몰의 아름다움을 꿈꾸어야 하며, '근무시간'의 저편에 '삶의 시간'을 다시 발견해야 한다(원주 32)—충분히 이렇게 할 수 있을 만큼 그의 '행성'은 작다. 그러나 모든 것이 헛수고였다. 이 '근무의 제물'의 삶은 직무의 괴로움과 '잠'의 의미를 지니는 '휴식'에 대한 이룰 수 없는 소망으로 '점등'과 '소등(消燈)'으로 휴식할 틈도 없이 점점 더 빠르게 분열되어 간다. 또 그는 점점 더 쫓기듯, 점점 더 피로에 지쳐 직무를 돌보게 된다. '어른들'처럼 그도 역시 중독자이며, 어떻게 가르쳐 볼 수도 없고, 변화될 능력도 없으며, 무엇보다도 자신의 의지를 자신의 행위에 또는 자신의 행위를 자신의 의지에 일치시킬 능력이 없다. 비록 직무를 성실하게 수행하고 있지만, 사실은 그는 자신이 하는 일을 저주한다. 그의 직업 선택은 '하늘의 부름을 자각함'이 아니다. 그는 무엇을 해야 할지 몰라 탄식하며, 자신의 운명을 슬퍼한다. 그는 자신에 대한 이해와 자신의 세계 해석에 알맞게 그에게 해야 할 일을 규정해 주는 상황의 희생물이며, 또 앞으로도 그런 모습으로 남을 것이다. 또 자기 일에 분주함으로써, 그에게는 자신이 갖고 있는 비밀, 잠시도 쉬지 않고 자기 일을 하고 있지만, 사실은 그가 의지를 갖지 못한 인간이며 일을 겁내는 게으름뱅이며 병적으로 휴식을 추구하는 자로서 자신의 휴식 외에는 원하는 것이 없음으로 해서 결코 자신의 휴식을 찾지 못하는 사람이라는 사실이 은폐된다. 만약 그가 자신의 의도와 계획을 갖고 직접 자신의 일을 시작할 수 있다면 그 일은 일 자체의 적정선과 목표 그리고 한계를 보여줄 것이다. 왜냐하면 그러한 일이란 내면적 삶으로 실현된 존재의 일부일 것이기 때문이다. 그러나 현실에서 일은 기대 밖의 모습이며, 완전한 이해가 불가능한 끝없는 재앙이다. 악마의 고리는 여기서도 빠져

나갈 길이 없다. 이 협소한 행성에서 의무감, 무기력, 과로, 영혼의 게으름 대신 공동연대와 교환의 삶, 두 사람 사이의 삶을 어떠한 형태로든 구현한다는 것은 가능하지 않다.

제발 독자들의 오해가 없기를! 가로등 점등부가 해야 하는 일은 그 자체로만 보자면 시와 낭만이 가득한 활동, 우울한 몽상과 부드러운 일몰이 넘치는 세계일 수도 있다. 그러나 '가로등 점등부'가 자기의 직무를 '돌보고' '수행하듯이' 해서는 다른 어떠한 사람도 그 곁에 있을 수 없다. 그러한 일은 사람을 무력하게 하는 단조로움이며, 지치게 하는 한탄이며, 가련한 독백인 것이다. "공중의 새를 보라. 심지도 않고 거두지도 않고 창고에 모아 들이지도 아니하되……그러므로 염려하여 이르기를 무엇을 먹을까 무엇을 마실까 무엇을 입을까 하지 말라"(마태 6 : 26~31). 이와 같이 우리는 모든 '가로등 점등부들'에게 말해주고 싶다. 그러나 그들은 당장 그 자리에서 그러한 가르침은 자기들의 근무에서는 '실천할 수' 없으며, 또한 일반적인 근무규정에도 위배된다는 증거를 제시할 것이다. 그럼에도 불구하고 '가로등 점등부'의 일 중독은 '술꾼'의 알코올 중독과, 또 두번째 행성에 사는 '허영꾼'의 외부지향성(원주 33)과는 명백히 차이가 있다. 객관적으로 보아 그의 근무활동은 어쨌든 일정 부분은 정신적인 성격을 갖고 있다. 비록 그가 재미도 기쁨도 없이 가능한 한 그 일을 해치우려고 별의별 짓을 다 하지만 그 일 자체에는 희미하게나마 참여와 책임과 용기—전적으로 정신적인 규정들—의 흔적이 깃들어 있다. 그렇지만 정녕 '어른'이 기를 원하는 사람들은 가장 자유스러운 것, 정신을 마침내 삶과는 거리가 먼, 체험을 결여한 외관만의 삶, 훈장투의 허풍, 고답적이고 피상적인 개념들의 뒤범벅이 된 상태로 변화시키고 만다. 이 고답적 개념이라는 것은 백과사전식으로 모든 것을 알고 전반적으로 모든 것에 능통하고자 하는 오만한 요구, 모든 것을 명령하는 왕의 전능, 망상보다 더욱 환상적이며 외관의 왕국에 대한 제 분수도 모르는 요구를 일컫는 말이다.

이러한 (비)인간의 전형으로서 마지막에 등장하는 사람이 '세계를 기록하는 자'와 '지리학자'이다. 그가 보여주고 있는 것은 완전히 '상아탑 속의 학자' '탁상 공론가' '근엄한 예복 착용자'의 모습이다. 놀라웁게도 그에게는 생각의 세계와 체험의 세계가 생텍스가 즐겨 말하는 바처럼 '논리'의 지평과 실존의 지평이 학문의 중요성과 지식의 정확성이 분열되어 있다. 바깥의 현실적인 삶은 그에게는 '공허한 시간 낭비'로, 빈둥거리는 일로 여겨진다. 그에게

'삶을 아는 것'은 생생한 체험 자체보다 비할 수 없이 귀중하게 여겨진다. 직접 체험을 하기에는 그는 너무 귀하신 몸이다. 왜냐하면 그의 능력은 다른 사람의 체험을 판단하는 데 쓰여져야 하기 때문이다. 이 학자와 같이 바쁘게 연구에 몰두하고 있는 사람에게는 직접 자기의 눈으로 보고 직접 시험을 하고 직접 체험을 하는 것은 도움이 되지 않는다. 고상하게 학자적인 거리를 유지하면서 그는 판단의 기술만을 맡는 쪽을 스스로 선택하든지, 또는 '요청 받든지' 한다. 그는 인간의 도덕적 가치를 안다. 그는 타당한 것과 타당치 않은 것을 규정한다. 그는 알 가치가 있는 것과 알 가치가 없는 것을 지정한다. 그가 이렇게 판단강박증에 사로잡혀 있는 것, 체험을 단지 다른 사람이 체험한 것에 대한 보고에서 지식을 얻는 것으로 격하시키는 것은 그가 지니고 있는 천박한 방법론적 신중성으로는 뚫고 들어가 볼 수 없는 현실에 대한 영원한 굶주림이라는 결과로 판정난다. 그의 기생적인 '대리 인생'은 말 그대로 영원한 것에 대한 지식으로까지 장엄하게 펼쳐진다. 그러나 덧없는 것들에 대한 그의 준형이상학적인 금욕은 그로 하여금 현실로서 살아 있는 것을 발견하지 못하도록 만든다. 모험과 도전을 생각한다는 것은 그에게는 거리가 먼 이야기이며 진리는 누군가 자신의 삶을 씨앗으로 뿌린다는 모험 속에서만 자랄 수 있다는 생각이 그에게서는 도저히 나올 수 없다.

차이를 분명히 해보자. 마젤란(Ferdinand Magellan)은(원주 34) 남아메리카에서 항로를 찾다가 리오 델 라 플라타의 거대한 입구가 단지 강의 하구에 지나지 않는다는 것을 알았을 때 푸에고 섬 근처에서 얼음 덮인 해협의 통과라는 모험을 통하여 미지의 바다로 나아갔다. 배에 실린 식량은 빠듯하여 다시 남아메리카로 돌아가든지, 아니면 죽든 살든 인도로 가는 항로라고 막연히 미루어 짐작만 하고 있던 그 길로 계속 항해해 나아가야 할 형편이었으나, 사활이 걸린 그 순간을 그는 잘 견디어냈다. 바람이 없어 괴로움을 받으면서도 그는 전망 없는 희망을 갖고 세계에서 가장 넓은 거친 대양을 계속 배를 몰고 나아갔다. 발견자나 탐구자란 이러한 사람이다. 이에 반해 '교수'는 파생적 실존의 테두리 안에서 낯선 지식을 목록으로 만들고 지도로 그린다.

무엇보다도 신학의 영역에서, 신의 말씀이 신에 대한 학설로, 신의 체험이 신에 대한 학문적 지식으로 뒤바뀐 것을 속임수라며 그 정체를 폭로한 사람은 키에르케고르(Sören Kierkegaard)였다. 그는 예수가 가난하였고 멸시 받았으며 살해당했다는 것을 '구원의 복음'으로 알리는 사람들이 부유하게 살며 존경받고 인기 속에서 산다는 것이 도대체 어떻게 가능할 수 있는지에 대해 물음을 던졌다(원주 35). 이와 비슷하게 니체(Friedrich Nietzsche)도 역사학자들을 알렉산더 대왕보다 훨씬 더 위대한 인물들이라고 비꼬았다. 왜냐하면 후자는 가우가멜라전투를 벌임으로써 역사를 만들었지만, 역사 교수는 자신의 행위에 그 행위의 의미를 덧붙여 놓기 때문이다(원주 36). 이것뿐이겠는가? 시인·화가·음악가들 가운데 가장 위대한 인물들은 종종 헝클어진 신경과 동시대인의 몰이해로 괴로움을 받으면서 가난의 밑바닥에서, 광기의 심연에서 살아가는 반면, 그들이 죽으면 곧 박사 지망생이나 강사가 몰려와, 보들레르(Charles Pierre Baudelaire), 차이코프스키(Pyotr Il'ich Chaikovskii), 고흐(Vincent van Gogh)가 얼마나 훌륭했는가를 보여줌으로써 자기 출세의 토대를 닦고 자기 밥벌이의 수단으로 삼는다. 이러한 몰정신적 정신인들은 '작품' 없이 '믿음'을, 세계체험 없이 세계관을 논하는 것으로 만족해 한다. 그리하여 전체적 삶의 건물을 전체 실존을 글자 그대로 "모래" 위에 세우는 것이다(마태 7 : 26). 이제 발견자와 세계일주 항해자의 원래 보고 내용에서 뿌리 없는 "사상의 바자회"(원주 37)가 생기게 된다. 여기서는 상투어의 시장가치만큼만 값이 깎이며, 기술적으로

짠 '양탄자'의 생산지만이 사상의 매각자가 의도하는 가격을 결정하게 된다.

'지리학자들'도 근본적으로는 '사업가'이며 또한 '중독자'이다. '허영에 사로잡힌 사람'인가 하면 유행하는 것의 '가로등 점등부'이며 망상에 사로잡힌 '왕'이다. 그들에게 시와 경건과 사랑을 갖춘 현실의 삶을 아무리 묘사해 주려고 해도 그들에게 그것은 한쪽으로 치우쳐진 그들의 주의력을 끌기에는 너무 하찮은 것으로 여겨진다. 진실을 "어른들과 지혜로운 자들"에게는 숨기시고 "아이들"에게는 나타내시는 신은 참말로 찬양받아야 할 것이다(마태 11 : 25).

이것으로 어린 왕자의 천계 여행, 비인간성 세계의 편력은 끝나며 슬픔이 맑게 인상적으로 남는다. '어른들'은 모두 의심할 여지없이 매우 우스꽝스럽고 이상하며 고립되어 있다. 그들 존재의 말하자면 부정적 심상(心想)을 어린아이의 눈으로 보며 그 가련한 모습 그대로 솔직하게 드러내는 것은 매우 가치 있는 일이다. '어른들'의 모습이 정녕 저러한 것이라면 '아이'로 남아 있는 것이 더 좋은 일이다.

그러나 누가 '어른들'을 그들의 '어른인 존재'에서 구원할 것인가? 어떻게 그들을 구원할 것인가? 이것은 참으로 중요한 질문이다. 《어린 왕자》에 따르자면 사실 어른들 가운데 그 어느 누구도 도움을 받을 수 없다. 이 무능력의 근거는 그들의 고통의 근거와 동일하다. 그들의 고독, 고립, 자기 중심주의, 단지 불행만 만들어내는 방식으로 신들린 사람처럼 삶의 행복을 추구하는 환상적 능력, 영원한 독백과 혼자만의 열광, 다른 사람에게 귀를 기울이거나 다른 사람에게 배우는 점에서 완전한 무능력, 이 모든 것이 어른들의 인간화를 명백히 불가능하게 한다. 그러나 바로 이 영향력의 한계는 《어린 왕자》가 갖는 타당성의 영역의 한계를 드러낸다. 왜냐하면 '어른들'의 모습에 각인되어 있는 악마의 고리와 강박감을 괴기한 공포의 그림으로 생생하게 그려내는 것만으로는 충분치 않기 때문이다. 본질적으로 중요하게 여겨야 할 것은 어른들의 삶을 기형적인 것으로 만들었던 근거들을 이해하는 것이다.

예컨대 자기 행성에 고독하게 있는 '왕들'의 삶에서는 무력과 무가치함과 완전한 의미상실에 대한 두려움을 철저히 연구해야 한다. 그들에게 그들 존재의 참된 가치에 대한 믿음을 되돌려줄 만큼 강한 사랑만이 비로소 그들의 자칭 옥좌로부터 그들을 해방시켜 줄 수 있을 것이다.

'허영에 사로잡힌 사람'의 허식에서는 자기 자신의 가

치를 의심하고 인정할 수 없는 고통스러움과 경멸받고 비하되는 것에 대한 치명적인 불안을 인식해야 할 것이다. 그에게는 자신의 눈이 스스로의 거울이 되어 그 안에서 자신의 아름다움을 다시 발견할 수 있을 때만 다른 사람들로부터 갈채와 인정을 구하는 노력이 비로소 끝나게 될 것이다.

'술꾼'의 자기 망각과 자기 소멸에 대한 무절제한 욕구에서는 자기 자신에 대한 과잉 기대를 무너뜨리게 해줄 어떤 행위를 완성하고자 하는 절망적인 그리움을 파악해야만 될 것이다. 그리하여 자신의 가치에 대한 믿음이 그 스스로에게 확고함과 스스로에 대한 믿음을 부여할 수 있을 만큼 충분히 커졌을 때에야 비로소 그의 피할 수 없는 좌절의 자멸적 연쇄고리가 끊어지게 될 것이다.

'사업가'에서는 공허·가난·영락 그리고 끊임없는 생존 위협 앞에서 무방비에 대한 만성적 불안을 인식해야만 될 것이다. 그에게서 죽음에 대한 공포를 거두어줄 희망만이 비로소 그의 삶을 내적으로 풍요롭고 만족스럽게 성숙시켜서 더 이상 물질적 소유에 대한 욕구가 필요하지 않도록 할 수 있을 것이다.

'가로등 점등부'에서는 타인의 지시를 받아쓰기식으로

추종하는 인생에서 한 뼘만 비켜나도 잘못되지나 않을까, 자신은 그럴 자격도 없지 않은가 하는 불안을 감지해야 된다. 자유에 대한 그의 불안과 혼란에 대한 공포와 자기 자신으로부터의 도피가 자신의 삶과 자신의 책임에 대한 더 깊은 긍정과 결단으로 바꾸어지게 될 때, 그의 의무에 쫓기는 삶은 비로소 의무와 욕구를 자유롭게 조화시켜 휴식을 취하게 될 것이다.

'지리학자'의 초상에서는 현실에 대한 깊은 감정과 드높은 감격과 아득한 그리움에 대한 불안인 정확히 규정할 수 없는 것과 유동적인 것과 일시적인 것에 대한 공포증을 인식해야만 할 것이다. 일상 속에 있는 외견상으로는 별로 중요하게 보이지 않는, 덧없이 흘러가버리는 것들과 사소한 것들 속에 변하지 않는 것과 영원한 것이 반영되어 있음을 그에게 보여줄 수 있을 때, 비로소 그는 삶에 대한 지식 대신에 삶의 예술을 배우게 될 것이다(원주 38).

이 모든 자아의 순교자들에게 그들의 잃어버린 동심의 세계, 그들의 숨겨진 왕국에 대한 믿음인 《어린 왕자》가 일정 부분만이라도 다시 발견되어 조명받았어야 했을 것이다. 일그러지고 뒤틀려진 가면 뒤에 있는 '어린 왕자' 자신이 이전에 그를 소외하게 했던 것들의 한복판에서 자기 자신을 되찾을 수 있는 장소를 탐색해내야 될 것이다. 그렇게 함으로써만 '어른들'의 악덕과 일그러진 모습에 머리를 흔들며 유감을 표시하는 것에 머물지 않고, '어른들'과의 실제적인 대결인 그들을 정화하는 생산적인 과정 속으로 들어가게 될 것이다.

그러나 이에 대한 생텍스의 언급을 우리는 한마디도 들을 수 없다. 커다란 공통의 과업을 위하여 참여와 투신, 자기 희생을 열렬히 요구하고 찬양하던 사람이었지만, 그에게 '어른들'은 분명히 과제로서가 아니라 틀린 인생으로밖에는 보이지 않았다. 마치 저들 스스로는 이미 자기 자신을 괴로워 하지 않는 것처럼 어린 왕자는 이 모든 불행한 인물들을 '이상하게' 생각하고 그들에게 등을 돌리는 것—그러므로 필경 도움 대신에 경멸을, 노력 대신 체념을, 구원 대신 포기를 보이는 것이다—에 머무르고 만다. 그리고 이것은 우연이 아니다. 왜냐하면 《어린 왕자》에서는 원래 다시 태어난 존재의 종교적 형상이 구현된 것이 아니라 너무 일찍 파괴된 것에 대한 서글픈 회상만이 압축되어 있다고 지적되고 있다. 그럼에도 불구하고 이런 상이한 관점들 사이에 중재와 통합이 가능할까에 대해서는 한마디 암시도 없다. 그러므로 '어른들'의 모습이 경직되고 불가능한 것으로 제시되는 것은 당연한 일일 것이다.

그러면 '어른들'의 세계에서는 더 어떻게 해볼 수도 없고 기대할 것도 없는 것일까? 사실 그렇다. 그러나 고맙게도 꼭 그런 것만은 또 아니다. 사막의 가르침과 같은 것이 있다. 그리고 이 '결핍의 강의'는 결국 생텍스에게는 절망을 통한 희망과 같은 그 무엇인 것이다.

3. 사막의 지혜, 그리고 사랑을 찾는 목마른 길

어린 왕자가 그의 행성여행을 끝내고 발을 내딛게 되는 지구는 '어른들'로 가득차 있다. 바로 그 때문에 지구는 '사막'이며, 고독의 장소이다(원주 39). 소금이 굳어져 딱지처럼 붙은 산이 있는 곳이며(원주 40), 사람의 목소리가 단조로운 고독의 메아리로 되돌아오는 곳으로서(원주 41), 생명을 위한 장소가 아니라 오히려 죽음의 계곡이다. '사막', 이것은 생텍스에겐 무엇보다도 '인간의 사막', 공간상의 한 지점이 아니라 의미의 상실, 영혼의 메마름, 허무와 무의미의 퇴적상태를 의미한다. 외면적인 것 속에서 이러한 질식과 영혼의 누수현상과 가슴의 모든 감동이 이 '모래처럼' 되어가는 현상을 그의 창작속의 슬픔과 고뇌의 중심적 문제로 이해하자면, '어느 장군에게' 보낸 그의 유명한 편지를 읽어보면 된다. 다음에 몇 구절을 인용해 보자.

오늘 저는 깊은 슬픔을 느낍니다. 저는 인간적인 실체를 텅 비워 놓은 이 시대를 슬퍼합니다. 이 시대는 단지 술집과 수학과 스포츠 카만을 정신적 삶의 형태로 알고 있으며 명백히 가축 무리처럼 행동하도록 고삐로 매어져 있습니다. 이들의 행위는 더 이상 자기 나름의 색깔을 지니지 않습니다. 이러한 점이 이제는 어느 누구의 눈에도 띄지 않게 되었습니다(원주 42).

저는 저의 시대를 온 영혼으로 미워합니다. 이 시대에 인간은 목마름으로 죽어갑니다. 아, 장군님, 세계에는 하나, 단 하나의 문제가 있을 뿐입니다. 어떻게 하면 인간들에게 정신적 의미, 정신적 불안을 줄 수 있겠습니까! 어떻게 그들에게 그레고리오 성가[3]와 같은 그 무엇을 이슬방울처럼 내릴 수 있겠습니까! 저는 신앙을 갖고 있다면 이렇게 고백하겠습니다. 단지 솔렘[4]만이 필연적이지만 얻을 것이 없는 이 수난의 시대에 저를 견딜 수 있게 할 것입니다. 보십시오. 인간은 더 이상 냉장고와 정치, 대차대조표와 낱말 맞추기만으로는 살 수 없습니다. 더 이상 그럴 수 없습니다. 인간은 시와 색깔 그리고 사랑 없이는 더 이상 살 수 없습니다……. 20억의 인간이 단지 로봇에게만

---

3) 가톨릭교회의 전통적 성가. 단순한 선율로서 리듬이 자유롭고 반주가 없다. 교황 그레고리오 Ⅰ 세(540~-604)의 이름을 따라 명명됨
4) Solesmes. 현대 그레고리오 성가의 중심지. 프랑스의 르망시에 가까운 사르트 강변의 작은 마을 이름.

귀를 기울이고, 로봇만을 이해하고 있습니다. 어느 날인가는 스스로 로봇이 될 것입니다(원주 43).

오늘날의 인간을 존재와 사물에 결합시켜 주는 사랑이라는 끈은 너무나 느슨한 상태로 풀어져 있고 중요성을 상실해서 더 이상 인간은 예전처럼 사랑의 부재를 느낄 수 없게 되었습니다. 냉장고는 바꿀 수 있습니다. 집도 그것이 단지 물건을 모아놓은 곳이라면 바꿀 수 있습니다. 여자도 종교도 정당도 똑같습니다. 이제는 더 이상 불성실할 수조차 없습니다. 누구에게 불성실하란 말입니까? 무엇을 등지고 누구를 배반하라는 것입니까? '인간의 사막'입니다(원주 44).

오늘날의 인간은 주변 환경에 따라 스캇 또는 브리지 놀이를 하며 욕망을 억제합니다. 우리는 놀라울 정도로 철저하게 거세되어 있습니다. 이렇게 됨으로써 우리는 결국 자유로워졌습니다. 사람들은 우리들의 팔과 다리를 잘라 놓고서는 우리보고 자유롭게 뛰어다니라고 내버려 두었습니다. 그러나 저는 인간이 보편주의적·전체주의적 압력 아래 양순하게 말없는 가축으로 되어가는 이 시대를 미워합니다. 사람들은 이것을 도덕적 발전이라고 주장합니다. 제가 마르크스주의에서 미워하는 것은 전체주의입니다. 여기서 인간은 생산자와 소비자로 정의됩니다. 핵심적 문제는 분배입니다. 모범농장이 그렇습니다. 나치즘에서 제가 증오하는 것은 그것이 본질적으로 추구하고 있는 전체주의입니다……. 민족의 진리라니……! 무엇이 이루어지겠습니까? 이 시대에……로봇 인간, 흰개미 인간의 컨베이어 시스템의 단순 노동과 스캇놀이 사이에서 시계추처럼 움직이며 살아가고 있는 인간의 시대에 말입니다. 이 시대의 인간은 모든 창조력을 박탈당하였고 그가 사는 마을에서는 더 이상 춤도 노래도 찾을 길이 없게 되었습니다. 마치 가축에게 건초가 제공되듯이 그에게는 기성복의 문화와 표준화된 문화가 제공됩니다. 오늘날 인간의 모습은 이와 같습니다(원주 45).

다른 곳에서도 그렇듯이 여기서 생텍스는 소비에 의한 질식할 듯한 행복이 초래하는 뿌리 상실의 사회적 배경을 매우 잘 알고 있다. 그는 전통의 파괴를, 자연과학과 인간성의, 지식과 교양의 괴리를 인식하고 있으며 그것을 한탄한다. 그는 늘 다시 되풀이하여 무엇보다도 이미 지나치게 많아서 독자적 가치를 상실한 대량생산된 상품들이 파괴된 모든 가치들을 대치하고 있음을 절절히 언급한다.

유럽에 있는 2억의 인간들이 그들의 삶에서 아무런 의미도 찾지 못함으로써 다시 태어나기를 원한다. 산업은 그들을 농촌의 혈연공동채에서 끌어내어 조차역(操車驛)의 레일 위에 있는 시커먼 차량들의 긴 행렬처럼 보이는 거대한 게토로 추방하였다. 이 노동자의 도시로부터 그들은 깨어나고자 한다. 너무나 많은 사람들이 직업의 톱니바퀴에 끼여 개척자와 신앙인 그리고 지식인이 맛보는 모든 기쁨에서 격리되어 산다. 사람을 길러내기 위해서는 입혀주며 먹여주고 기타 다른 욕구를 충족시켜 주면 충분한 것으로 생각하는 사회에서 어린이들은 속물과 정치광 그리고 기계인간으로 키워졌다. 그들은 교육 받는 대신에 세뇌되었다. 여기에서는 공식의 암기를 최고로 치는 문화관이 유행한다. 오늘날에는 공업학교의 평범한 학생도 자연과 자연법칙에 대하여 데카르트와 파스칼이 그 시대에 알았던 것보다 더 많은 것을 알고 있다. 그러나 이 학생이 그 천재들만한 정신적 열정을 가지고 있겠는가? 우리는 모두 많던 적던 진정한 탄생에 대한 그리움을 분명하게 느끼고 있다(원주 46).

극도로 격렬한 그러나 무력하게 그리움만 가득한 이러한 비탄 속에서 사람들은 새로워진 삶, '아이' 그리고 새로운 시작을 의미하는 종교적 상징으로 다시 돌아가게 된다. 이러한 염원은 생텍스에게는 '사막' 한복판에서 가장 순수한 형태로 나타나게 된다. '사막' 이것은 '혼돈', 방황과 혼미, 전도(顚倒)와 결핍의 장소일 뿐만 아니라 진리를 얻기 위한 가혹한 시련의 장소이다. 그것은 또한 예언자들과 신을 찾는 사람들이 찾는 장소이며(원주 47), 신비적 변용의 용광로이며, 고독과 진실의 장소이다. 아랍인들이 사하라사막을 일컫듯이, 글자의 뜻 그대로 '알라의 정원'이기도 하다. 생텍스가 '사막'에 대해서 이야기할 때, 그는 먼저 자연스럽게 북아프리카 사막에서의 자신의 생생한 체험으로부터 시작한다. 그는 사막이 인간을 만들어가는 신비한 힘이 인간들에게 붙어 있는 모든 쓸모없는 것과 덧붙여진 것, 또는 지방 덩어리를 마치 모래 분사기가 물체 표면을 매끄럽게 해놓듯이 녹여내는 힘인 것을 매우 정확히 알고 있다.

사막의 조형력을 이해하려면, 예컨대 챠드 중심부에서부터 수천 킬로미터를 횡단하여 여행하는 대상들을 상상하기만 하면 된다. 이 사람들은 자기들의 나이를 햇수로 세지 않고 자기들이 참가했던 대상의 숫자로 센다. 스무 번의 참가라면 그것은 매우 많은 나이다. 그들이 여행의 고난스런 어려움에 대해서 이야기할 때 무엇보다도 먼저, 날마다 모래와 바람, 갈증과 피로와 싸워가며, 목숨을 유지하는 데 결정적인 중요성을 가진 우물까지 일정한 거리를 나아가는 데 꼭 필요한 의지력에 대해 말하게 된다. 사막에서는 낮에는 찌는 듯한 폭염을, 밤에는 온 몸이 떨릴 정도의 추위를 겪게 되며, 끝없이 펼쳐지는 망망한 모래 벌판 가운데서 사람을 무력하게 하는 왜소함을 맛보게 된다. 머리 위에는 검푸른 하늘이 펼쳐져 있고 별들이 반짝인다. 그리고 지상에는 바람소리와 낙타의 목이 쉰

듯한 울음소리 말고는 아무 것도 들리지 않는다. 사막의 인간들은 자신들이 자연의 힘에 완전히 내맡겨져 있음을 잘 알고 있다. 마치 사막의 풍경 자체가 '이슬람' 즉 '신에게 완전히 몸을 받침'을 그들에게 가르치고 있는 듯하다(원주 48). 그러나 바로 고통과 체념의 한복판에서 물방울 하나라도, 한 번의 호흡이라 하더라도—왜냐하면 한 번의 호흡이라 하더라도 혼신의 힘을 다해야 되기에—그들에게는 무한히 귀중한 것이 된다. 사막은 사물의 가치를 다시 평가하도록 가르친다. 그리고 바로 이것이 인간의 정신적 사막에 직면하여 생텍스가 걸고 있었던 유일한 희망이다. "사막이나 수도원에서 사람들은 아무 것도 소유하지 않음으로써 그들의 기쁨이 어디에서 나오는 것인가를 확실히 알게 된다. 그리하여 그들은 정열의 샘을 더 쉽게 보존하게 된다."(원주 49)

따라서 모든 것은 인간들로 하여금 삶의 '사막'을 가능한 한 강렬하게 만들어 그들의 마음 속에 그리움이 싹트고 과소비와 정신적 비곗살이 가져온 질식할 듯한 껍질이 마침내 파열하도록 해주는 데 달려 있다. 여기서 샘으로 나아가는 것은 샘물을 마시는 것보다 더 중요하다. 왜냐하면 샘이 없음으로 해서 물은 본래의 가치를 얻고, 또 '샘'이 감추어져 있음으로 해서 '사막'은 그 비밀과 아름다움을 간직하기 때문이다. 생텍스에게 분명했던 것은, 인간은 자기가 무엇으로 살아가는가를 알고자 할 뿐만 아니라, 이보다 훨씬 더 중요한 것은 살아가기 위해서는 무엇 때문에 자기가 존재하는가를 반드서 알아야만 한다는 점이었다. 삶에 의미를 부여하는 이러한 목적은 결단코 사물이 아니라 사물들을 결합시켜 주는 의미이며, 생텍스가 《성경》 말씀(에베소 1 : 18)을 빌려 설명하듯, '마음의 눈'으로만 볼 수 있는, 보이지 않는 그 무엇이다. 바로 이 때문에 《구약성서》의 예언서에서처럼 생텍스한테도 사막은 구원과 치유의 장소가 된다. 이곳에서만 성스러운 것의 체험인 '어린 왕자'와의 만남이 가능하였다.

그렇기에 '어린 왕자'가 '사막', 다시 말하여 천박한 소비의 행복을 추구하는 세계에 맞서는 구원의 세계, 이런 변화가 가능한 장소에 발을 내딛기 전에 먼저 '죽음의 뱀'을 만나는 것을 독자는 잘 이해할 수 있을 것이다. 기독교적 상징에서 진리로 향하는 길이 죽음, 지하 세계로의 하강과 일치하듯이(원주 50), '사막'을 찾는 사람은 죽음이 존재의 한계성과 지상적 존재의 유한성 때문에 사람을 불안하게 만들지만 마음을 달래 주기도 하는 그 필연성을 받아들일 줄 알아야 한다.

'어른들'의 외관세계, 그 천박성, 신경병적인 분주함, 모든 가치의 광적인 파괴로부터 떠나자면 무엇보다도 죽음, 사막의 모래 바닥에 있는 뱀의 피할 수 없는 독이 갖는 선의와 냉혹성을 맑은 눈으로 바라볼 필요가 있다. '어른 들' 세계의 온갖 부산스러움은 죽음 앞에서의 불안을 잊어버리는 것만을 목표로 삼고 있는 듯하다. 그러나 그 모든 노력은 목표를 넘어서서 마침내는 어떠한 것도 슬퍼하지 않는 결과를 가져오게 한다. 왜냐하면 어떠한 것도 더 이상 가치를 지니고 있지 않기 때문이다. 사물의 표면에는 영속적인 어떤 것도 남아 있지 않으며, 그 덧없음을 슬퍼할 어떠한 것도 없다. 따라서 모든 것이 피상적으로 되어버리면 쓰라린 슬픔의 값어치가 있는 것도 더 이상 남지 않는다. 그러나 정녕코 죽음의 뱀은 다른 무엇인 더 깊은 무엇을 가르쳐줄 수 있다. 죽어가야 하는 것들의 세계에서는 그 어떤 것도 더 이상 자명하지 않으며, 자기 존재가 얼마나 허망한가가 분명히 드러나면 드러날수록 모든 것은 자신의 충만함과 그 누구도 어떻게 할 수 없는 유일성을 돌연 되찾게 된다.

죽음의 면전에서는 존재하는 모든 것, 생겨나는 모든 것이 가장 큰 주의를 기울일 만한 가치를 지니게 된다. 이와 반대로 권력·소유·지식이라는 광기에 찬 오만 불손함은 모든 것이 죽어갈 때 사라지게 된다. 죽음은 마치 안전에 대한 보증이 되는 것처럼 우리가 분수를 모르고 집착하고자 했던 것들을 상대화시킨다. 죽음은 우리에게 조용한 지혜, 더 나아가 최종적인 마음의 안정—지상의 짐이 너무 무거워질 때는 언제나 죽음의 문인 정신의 수수께끼를 해결하고 가슴의 고독을 끝내주며 육체의 고통을 치료할 준비가 되어 있는 뱀의 신비스러운 전능함이 기다리고 있다(원주 51)—을 선사한다. 죽음의 문을 보는 사람은 사물의 깊은 곳을 들여다보지 않을 수 없으며 삶은 그에게 한번 더 자신을 드러내 보여주는 것이다.

동화를 보면 안과 밖, 표면과 심층, 차안과 피안 사이의 경계지대에서 참된 현실을 찾고 있는 주인공이 동물을 만나 말을 주고받는 일이 많이 나온다. 이 경우 동물들은 의식의 맞은편 세계로 가는 바른길을 주인공에게 가르쳐주는 일을 맡고 있다. 《어린 왕자》에서는 이 역할을 예컨대 그림 동화의 〈황금새〉에서 그렇듯 민중 동화에 자주 등장하는 여우가 떠맡고 있다(원주 52). 여우는 종교사적으로 오래된 계보를 갖고 있다. 왜냐하면 ‘여우’는 분명히 이집트인들의 신으로서 자칼의 머리를 가진 아누비스[5]의 유럽식 후손이기 때문이다. 갈갈이 찢겨져 나일강 삼각주에 뿌려진 사랑하는 남편이자 오빠인 오시리스(원주 53)의 시체를 찾아 길을 나선 비통의 여신 이시스의 충실한 길동무가 바로 그다. 아누비스의 비밀은 죽은 것을 다시 살려내는 마법에 있다. 이러한 역할이 《어린 왕자》에서는 여우에게 주어진 것처럼 보인다. 그럴 것이 사막 건너편 땅으로 가는 경계지점에서 그의 충고는 글자 그대로 사활이 걸려 있을 만큼 중요하기 때문이다.

어린 왕자가 지구에 발을 내딛고 인간세계의 언저리에 이르자마자 곧 자신에게 심각한 질문을 던지게 된다. 어

---

5) 개의 모습 또는 개의 머리를 가진 인간의 모습으로 등장하는 이집트 신화의 신. 죽음의 신으로서 그리스신화의 헤르메스와 같다.

떤 인간도 자신에게 유일한 것, 아름답고 소중한 것으로
여겨지는 그 무엇인가를 위해 존재하지 않고서는 살아갈
수 없다. 이 소중하고 유일한 것이 그에게 이제까지는 그
의 별에 살고 있는 '장미꽃'이었다. 장미는 그의 별에 기
적처럼 나타났고 다른 장미와 비교될 기회도 없었기 때문
에 유일한 존재로 남아 있을 수밖에 없었다. 그러나 이제
장미의 들에서 필연적으로 그러한 비교가 당혹스럽게 그
를 괴롭히며 그의 삶 전체가 뒤흔들릴 위험성에 놓인다.

　이제까지 절대적으로 믿어왔던 어떤 것이 붕괴할 때,
이제까지 단 하나의 것으로 존경하고 사랑했던 것이 마
음대로 그 숫자를 몇 배라도 늘릴 수 있는 개체들의 어
떤 유형 가운데서 단순한 한 보기라는 것이 드러날 때,
이제까지 마음을 두었던 것이 그 숫자가 엄청나게 늘어
남으로써 갑자기 가치를 잃고 빈 껍질로 나타나게 될 때,
사람들은 실망을 느낄 뿐만 아니라 완전히 고아가 되어
버린 느낌, 고향을 잃은 느낌을 갖게 된다. 사람들은 더
이상 어디에다 자기 마음을 단단히 매어 두어야 할지 이
제 알지 못한다. 어린 왕자가 앞에 놓인 오천 송이의 장
미를 보았을 때 느낀 것이 바로 이러한 충격이었다. 그의
내부의 모든 것이 위태로워지는 순간이다. 자신의 장미의
유일성에 대한 물음은 세계 전체의 의미와 그의 기쁨·희

망·사랑 그리고 믿음, 또 그가 온 곳과 갈 곳을 결정한다. 따라서 모든 것은 어린 왕자가 그의 장미의 유일성이 어디에 있는지를 이해하는 데 달려 있다. 장미의 유일성은 객관적 성질도 외적인 특질도 아니다. 그것은 영혼의 관점에서 얻어지며 안으로부터만 지각될 수 있다. 상대에게 가치를 부여하고 그를 의미 있는 존재로 만드는 것은 자신의 가슴이다. 바로 이것이 '여우'의 가르침이며, 사랑의 내면으로 신비롭게 이끌어들여 여우가 그에게 보여준 것이다.

근본적으로 볼 때, '여우'의 가르침은 '어린 왕자'에게 본질적으로 새로운 그 무엇을 말하고 있는 것은 아니다. 그것은 다만 그로 하여금 바깥의 위협에 대처하여 마음의 풍요는 어디에 있는지, 그의 장미의 유일성은 무엇인지를 의식하게 만들 뿐이다. 그가 그의 작은 별에서 으레 하곤 했던 일을 이제 다시 한번 명백히 의식적인 차원에서 활성화시키며, 자기 자신에게 분명하게 할 필요가 있다. 어린 왕자는 그의 장미를 이제까지 하나의 우연으로, 마치 행운의 습득물처럼 만났다. 장미는 그의 세계 안에서 갑자기 자리를 잡고 뿌리를 내리기 시작했다. 그가 날마다 장미의 소원을 들어주고 기분을 맞춰 주려고 노력하는 동안과, 그 아름다움을 찬탄하고 그 섬세함을 지켜

주는 동안에 부지중 그와 장미 사이에 신뢰와 친밀의 내
면적인 끈이 자라났다. 이 끈은 둘을 자연스럽게 결합시
켰다. 이로써 어린 왕자는 자기도 알지 못하는 사이에
'우정'의 비밀을 터득하게 된 것이다. 왜냐하면 '여우'가
설명해 주듯이 우정의 본질은 '친해지기', 다시 말해 '길
들이기'가 서서히 무르익어가는 과정에 있기 때문이다.
이것은 인내심을 필요로 한다.

사랑에서는 인간적으로 가치 있는 모든 것에서와 마찬
가지로 어른들의 잣대로 시간을 '아끼는 것', 말하자면 꽃
도 피지 않고 제대로 익지도 않은 과일을 따려고 하는
것은 어리석은 짓이다. 모든 성급함과 재촉과 서두름은
사랑을 다치게 할 뿐이다. 왜냐하면 사랑하는 사람들 가
운데 가장 수줍어하며 예민한 사람들, 가장 그리워하는
사람들, 가장 부끄러워하는 사람들, 가장 정열적인 사람
들은 자신의 '사냥꾼'에 대한 두려움을 제거해 주고 점차
상대방의 존재, 날로 친밀감이 두터워가는 이의 존재에
익숙하게 하도록 하자면 완만한 접근을 필요로 하기 때
문이다. 진실로 사랑하는 이의 호감, 신뢰와 애정, 그리고
꿈 같은 만남은 돈으로 살 수 없다. 사랑하는 이의 눈빛
과 입의 표정, 그리고 손짓이 담고 있는 언어―무한히 소
중한 것, 유일한 것, 비할 데 없이 가치 있는 것이 이 속

에서 비로소 전달되기 시작한다—는 서서히 이해되는 것이다. 사랑하는 얼굴의 은밀한 표정에서 그의 영혼이 어른거리는 것이 보이고, 이것은 자신의 눈동자 속에서 더 밝은 빛으로 빛나게 된다. 사랑하는 사람의 말뜻이 점점 더 이해된다. 왜냐하면 똑같은 단어들이라도 그의 말에서는 자신의 말과는 다르게 연결되어 있기 때문이다. 그의 말은 자신에게는 낯선 추억들의 장을 보여준다. 그것이 암시하고 있는 것을 따라가면, 사랑하는 이의 가슴이 될 것이다. 또 점점 더 상대방의 언어를 스스로 말하게 될수록 그의 눈에는 비밀스러운 성으로 들어가는 문이 그만큼 더 많이 보이게 된다. 그 문은 모두 보물과 보석들이 가득 차 있는 방으로 통한다.

애정 담긴 친밀감의 비밀은 이처럼 상대방에 대하여 점점 더 많이 알며 체험하고 인식하고 싶어하는 것으로 시작된다. 그리고 상대에 대하여 더 많은 것을 이해하게 될수록, 상대의 비밀을 점점 더 많이 체험하고, 듣고, 더 깊이 이해하고자 하는 그리움도 점점 더 자라게 된다. 처음의 수줍음은 호기심으로, 두려움 때문에 생긴 도피는 서로 진정 가까이 있고자 하는 점점 더 강한 욕구로 바뀌게 된다. 처음에는 멀리서 몰래 훔쳐보았지만, 이제는 바다 속에 잠기듯이 상대방의 눈 속에 잠기기를 갈망하게 된다. 또한 상대방의 존재가 밤에도 꿈속에서 그의 뇌리를 떠나지 않게 된다. 이제부터 온 세계가 상대방에 대한 상징적 관계로 바뀐 것처럼, 상대방 영혼이 온 지상에 펼쳐진 것처럼, 모든 사물은 그의 육체의 일부로 바뀌어 그 속에서 자신을 나타내고 그 속에서 자신을 존재하게 하는 것처럼, 온 세계는 그의 사랑이 내리는 성사(聖事)처럼, 그가 행복하게도 곁에 있다는 징후처럼 보인다. 이제는 하늘에 흘러가는 구름을 보게 되면 사랑하는 이에게 소식을 전하게 되고, 물이 흘러가는 소리에서는 사랑하는 이의 음성을 듣게 된다. 밤하늘의 별은 그의 눈동자처럼 빛나게 되고, 은하수는 그의 머리칼처럼 황금색으로 빛나게 되며, 꽃이 만발한 들판은 사랑하는 이의 발밑에 펼쳐진 양탄자처럼 보이게 된다.

무당들의 마술적 동화는 이와 같은 사랑의 시어로 대지를 묘사하고 있다. 여기서는 나무들과 돌과 짐승들이 이 세상의 끝인 유리산(琉璃山) 위에 있는 천국(원주 54)—세계의 감추어진 중심—의 여신이 되어 있는 사랑하는 이에 대해서 말해준다. 이제까지의 모든 방랑은 사랑하는 이한테 가기 위한 과정이었으며, 모든 휴식처는 그 사람에게로 가는 길 위에 있는 정거장이었다. 거쳐온 모든 세계는 그 사람의 사랑의 마법이 인도해온 것이었다. 상대방에 대한 이러한 탐색, 이와 같은 상대방의 '길들이기'는 사랑에서 무르익어가는 친밀감이 오래 될수록 서로 같이 나눈 체험에 대한 추억과 애정의 시는 더욱 더 풍부한 연관성으로 모든 사물을 용해시켜 사랑하는 이의 형상과 본질을 하나가 되게 만들어낸다. 이제 세계는 보이지 않는 단 하나의 역장(力場)이며, 여기서 나오는 모든 역선(力線)은 상대방의 가슴으로 인도되는 것처럼 보인다. 전에는 무심히 보던 사물들조차 '여우'에게 밀밭처럼, 이제는 사랑의 상징적 마법을 통하여 그것들 나름의 '색채'와 '의미'를 얻게 된다. 이제까지 자기 자신 속에 있는 위험한 것, 즉 '거친 것' '동물적인 것'으로 배척해야 할 것이라고 믿어왔던 것조차 사랑 속에서는 '가정적인 것' 또 '살아갈 수 있는 것'이 된다. 이리하여 심층정신분석학적으로 볼 때, 무의식의 상징인 '여우' 자신이 길들여 줄 것을 우리에게 요청하게 된다(원주 55).

그러나 사랑은 공간 속의 사물만 변화시키는 것이 아니다. 사랑은 무엇보다도 시간의 체험을 이별과 기다림 그리고 만남의 리듬이 금줄에 꿴 진주처럼 빛나는 마법의 고리로 변화시킨다. 사랑 속에서 가끔 만남 사이의 시간은 끝없이 길게 보인다. 행복한 합일의 순간에 시간은 정지한 것처럼 보인다. 그리고 이별에는 항상 가능한 한 빨리 서로를 찾겠다는 약속이 늘 따라다닌다. 사랑이 없는 곳에서는 단지 황량한 지루함으로 여겨질 수 있는 것—변함이 없는 반복, 동일한 것의 영원한 회귀—이 사랑에서는 행복과 의무의 모습을 띄고 있다. 그리움은 사랑하는 사람들을 항상 새로운 모습으로 서로에게 이끌어주며, 경건하게 자신 속에 침잠하여 준비하는 국면과 기다림이 보상 받는 실현의 국면을, 함께 갖고있는 축제의 율동으로 시간을 나누게 된다. 모든 우정은 이러한 축제의 법칙인 상대와 진정으로 하나가 되고자 함께 갖는 시간의 성화(聖化)라는 의식의 법칙을 따른다.

모든 외적인 친교, 파티에서 이루어지는 모든 교제와 사랑이 죽어버린 모든 결혼, 상대방의 인물이 아니라 자신의 명망과 출세를 위한 모든 사교는 판에 박은 타성으로 말미암아 시간이 흐르면 몰락하게 되어 있다는 점에서 고통스럽다. 시간이 시계의 기계장치에 지나지 않는다면, 그 톱니바퀴는 기계적 법칙의 정확성으로 모든 감격과 놀라움, 모든 환상과 기쁨을 으깨어 부시게 되는 것처럼, '만남'과 '데이트', '미팅'과 '해프닝'이라는 단순한 집적(集積)으로서 사랑이 없는 모든 인간관계는 해체되는 것이다. 단지 사랑만이 일상적인 만남을 일상적이 되지 않도록 하는 힘을 지니고 있다. 다만 사랑만이 친밀감을 갖게 되어 서로 익숙해진 사람들이 습관과 관행으로 무디어지지 않도록 보호해 준다. 오직 사랑만이 규칙성을 타성화, 일상적인 반복을 내적인 공동화(空洞化), 굳건한 합일을 눈에 띄지 않는 경직화로부터 구제해 준다. 사랑만이 다시 새로운 젊음과 새로운 창조를 항상 가능하게 한다. 그것은 아직 펼쳐지지 않은 것을 펼쳐보게 하고, 형태가 갖추어지기를 기다리고 있는 것을 형성해 나간다. 그것은 불안과 죄라는 무거운 짐으로 속박되어 있는 사람들을 그 속박으로부터 해방시켜 준다. 그것은 상대에 대한 무한한 호기심과 기쁨을 선사해 준다. 이처럼 사랑은 지루함에 맞설 수 있는 유일하게 효력 있는 대항력이며, 제례와 의식 속에서 나누는 시간의 성화(聖化)인 것이다. 생텍스의 사색 속에서는 모래시계에서 허무가 흘러내리듯이 공허하게 시간이 흐르고 있는 '인간의 사막' 한복판에서 삶의 세속적이며 동시에 정신적인 건축에 대한 다음과 같은 생각이 매우 중요한 역할을 차지한다. 《성채》에서 카이드[6]는 이렇게 설명한다.

---

6) 갱텍쥐페리의 《성채》에서는 그냥 "나의 아버지(mon père)"라고 되어 있다. 드레버만은 아랍어에서 온 '카이드(Qaid)'라는 단어를 쓰고 있다. 영주 또는 성주를 뜻하며, 불어 표기법에 따라 '카이드(Caïd)'로 한다.

……성당의 돌이 비록 똑같은 돌이지만 역선(力線)을 따라 배치하였고, 그것들을 짜맞추는 데 주의를 기울인 돌의 일정한 배치로 이루어져 있듯이, 나의 돌에도 의식(儀式)이 있다.—이와 똑같이 일년의 전례(典禮)도 먼저 똑같은 날[日]을 역선을 따라 배치하고 그것들을 짜맞추는 데 주의를 기울인 날의 일정한 배열이다……. 이와 똑같이 얼굴의 특징들을 위한 의식이 있다……. 나의 마을에도 이러한 의식이 있다. 왜냐고? 지금은 축제일이다. 또는 조종이 울린다. 또는 포도를 수확하는 시간이기도 하다. 또는 담을 같이 쌓아야 할 때이다. 또는 마을에 굶주림의 고통이 있다……. 나는 이 세상에서 먼저 의식이 아닌 그 어떤 것도 알지 못한다. 그러므로 너는 스스로에게 건축양식 없는 성당에 대해, 축제 없는 해[年]에 대해, 조화가 이루어지지 않은 얼굴에 대해 아무 것도 약속하지 말라……. 너는 너의 건축 재료로 무엇을 만들어야 될지 모를 것이다(원주 56).

이리하여 나는 행복을 인식하는 데로 한 발짝 더 가까이 다가갔으며, 내 자신이 스스로에게 그것을 문제로 제기할 준비가 되어 있음을 느꼈다. 왜냐하면 행복은 내게는 공허한 사물이 내려주는 열매 맺을 수 없는 선물로가 아니라, 행복한 영혼을 만들어낸 의식(儀式)을 선택함으로써 얻어진 열매로 보였기 때문이다(원주 57).

이것에 상응하는 의미로 '여우'는 '어린 왕자'에게 사랑의 의식과 사랑에 따르는 책임이라는 이치와 그 자체로는 새롭지 않은 것에 사랑이 질서를 부여한 구조를 가리켜 보인다. 매일 아침마다 자신의 별에 있는 '화산'을 청소하고 '바오밥나무'의 뿌리를 뽑았던 것이 어떠한 일이었던지를 이제 그는 아마 깨닫게 될 것이다. 변함없이 반복되는 일, 그것은 행성의 용암이 끓는 내부의 충동의 세계가 '폭발하지' 않도록 지키는 일이며 또한 삶을 반드시 파괴하고 마는 지나친 '성장'을 용납하지 않는 일이다. 그것은 자기 자신에 대한 요구 그리고 자신의 감정과 관계함에서 자아의 철저한 위생법에 대한 상징적인 묘사이며, 사랑으로 가는 길에서 겪는 자기 단련의 예비 수련인 것이다. 이러한 수련이 있음으로 해서, '어린 왕자'는 그의 '장미'에 온갖 노력을 기울이는 과정에서, 자신도 모르는 사이에, 사물과 인간을 소중하게 만드는 것은 그것에 소비한 시간이라는 것을 배우게 되었던 것이다.

이것은 세상 모든 사물과의 만남에서 늘 적용된다. 생텍스가 '사막의 교훈'으로 얻고자 했던 체험은 우리가 물의 소중함을 별빛 아래 샘으로 걸어가는 가운데서 알게 된다는 것이었다. 생텍스의 생각으로는 소비가 아니라 투신(投身)과 참여, 희생 그리고 사막의 극복이 비로소 인간을 만들어내는 것이며, 사막의 도전을 받아들임으로써만 세계는 통일성을 되찾게 된다는 것이었다. "그때 기적이 일어나게 될 것이다"라고 《성채》의 통치자는 말한다. "내가 너의 대상(隊商)에 배치해 주는 이 사람이 너의 언어를 알지 못하고, 너의 근심과 희망 그리고 기쁨에 동참하지 않은 채 단지 공허한 사막만을 보게 된다면 그는 끝없이 이어지는 지평선을 걸어가는 동안 내내 하품만 하고 말 것이다. 사막은 그에게 지루함만을 안겨주는 것이다. 나의 사막은 이 여행자를 결코 변화시키지 못할 것이다. 그에게는 샘이 모래를 파내 이루어진 적당한 크기의 구멍으로만 보일 것이다. 지루함이란 그 본성을 볼 수 없는 것이니 그가 지루함으로부터 무엇을 얻었을 것인가! 왜냐하면 지루함이란 바람이 모래 속에 뒤덮어버린 한 줌의 씨알들로 이루어져 있기 때문이다. 그러나 그것은 마치 소금이 잔치 음식을 변화시키듯, 서로 관계된 사람들에게서 모든 것을 변화시키기에 충분한 것이다. 너에게 나의 사막의 유희를 보여주겠다. 내가 너를 나의 도시 근교 또는 나의 오아시스의 소택지에서 발견할 때 너는 아직은 비속하고 이기적이며 타락한 모습으로 지루해 하고 있고 회의에 사로잡혀 있으리라. 이때 네 속에 있는 인간이 나타나도록 내가 너에게 사막을 딱 한 번만 횡단하도록 명령하기만 하면 된다…… 그리고 내가 너를 사막의 언어에 동참하게 하자면—왜냐하면 본질적인 것은 사물이 아니라 사물의 의미에서 오는 것이기 때문이다—이 언어는 태양처럼 너를 싹트게 하여 성장시킬 것이다.”(원주 58)

이와 똑같이 ‘어린 왕자’의 곁에서 “물은 마음에 유익할 수 있다”(원주 59)는 것이 드러난다. 생텍스 자신이 《바람, 모래 그리고 별》에서 자서전적으로 서술한 것처럼 (원주 60) 갈증의 극한, 생존의 벼랑에서 육체적 생명의 보존에 대한 질문은 의미를 잃게 되며, 오로지 사람은 어떻게 살고 죽는가를 해명하는 것만이 중요한 문제가 된다.

생텍스의 독특한 특징을 보여주는 주제, 사랑과 죽음의 합일이 여기서 모습을 드러낸다. 둘 다 인간의 완전한 투신을 요구하며, 둘 다 실존의 총체적 결단을 요구한다. 또 둘 다 적나라한 현실 속의 인간을 보여준다. 사랑 속에서는 이 세상의 모든 사물이 성사(聖事)로 사랑하는 이의 상징적 현신(現身)으로 변화되듯이 죽음에 임하여 모든 사물은 실존적 밀도와 깊이를 지닌 상징으로 된다. “안식의 물”(원주 61)은 이미 《성경》에서는 단순한 생존의 안전에 대한 염려에서 벗어나 보다 깊은 ‘근원’으로부터 사는 법을 배우게 된 삶의 비유로 나타나고 있다. 이와 마찬가지로 "생명수"(원주 62)는 인간이 그의 외적 삶으로부터 내적인 새로운 삶으로 어떻게 넘어가고 있는가를 보여주고자 동화나 종교 언어에서 빈번히 등장하는 상징이다. 새로운 탄생과 정화, 흘러 떠내려감과 근원, 깊이와 풍요성이 물과 샘의 이미지에 결합된다. 후자의 '샘'의 이미지는 모든 껍질을 궁극적으로 벗어버리는 것, 죽음을 받아들이는 것, 고향인 별로 되돌아가는 것을 의미한다. '어린 왕자'는 이것을 알고 있었다.

4. 사랑과 죽음에 관하여, 또는 별을 향해 열린 창문

    동화의 끝 부분, 여우와의 대화에서 어린 왕자는 "나는 내 장미에게 책임이 있다"는 결정적으로 새로운 인식을 얻는다. 생텍스가 다양한 종교적 상징언어로 사랑과 삶과 죽음에 대해 말하고자 했던 모든 것이 바로 이 점—사물의 의미는 사물 자체 속에 있는 것이 아니라 사물들간의 결합에 있다는 것, '결합'은 상호관계와 책임의 교환으로 이루어진다는 사실에서 그 정점을 이루고 있다. 이것은 어린 왕자에게는 이 세계와 작별하고 그가 죄책감을 지닌 채 떠나왔던 자기의 장미한테 돌아간다는 것을 뜻한다. 그에게 귀환은 죽음을 뜻한다. 그 시간이 다가왔다. 지상에서의 체류 시간이 다 끝난 것이다.

    사랑하는 사람이 죽게 되면 우리는 어떻게 되는가? 우리는 우정의 가장 진실한 끈을 갑작스럽고도 거역할 수

없는 힘으로 절단해버리는 이 사건을 결코 제대로 이해
하지 못할 것이다. 우리가 평생 동안 소중히 보살펴주고
싶었던 인간이 우리의 눈앞에서 그만 없어지고 만다. 대
화를 나누다가 그의 입술로부터 말이 사라지고 우아한
아름다움과 생기 있는 표정이 사라지며 몸은 뻣뻣하게
굳어지면서 싸늘하게 식어버린다. 죽음을 의학적으로는
설명할 수 있겠지만 인간적으로는 어떠한 이해도 불가능
하다. 그렇지만 죽음을 삶의 일부로서 수용할 수 있도록
몇 가지 전제를 공식화해 볼 수는 있다. 그리고 분명히
이것은 삶에 인간적인 의미를 지니게 하는 것과 동일한
전제이다(원주 64). 그렇다. 제대로 보았을 때, 죽음이란 건
축물의 마무리 돌과 같은 것이며, 삶의 한가운데서 사랑
이 펼쳐지도록 만든 모든 법칙의 요약과도 같은 것이다.

덧없음을 슬퍼하지 않도록 하자면, 불타의 가르침을 따
라 사랑을 단념하는 방법도 있을 수 있다. 아무 것도 사
랑하지 않는 사람은 죽음 앞에서도 슬픔에 사로잡히지
않을 것이다(원주 65). 이러한 가르침은 현명하게 보인다.
그러나 그것은 삶의 의미와 구조와 그 뿌리를 제거해버
린다. 지상에서는 이별의 슬픔도 아마 사랑의 일부일 것
이다. 그러면서도 죽음의 수수께끼에 해답을 줄 수 있는
것은 오직 사랑뿐이다.

첫째로, 모든 것을 무릎 꿇게 하며 독특한 복종을 요구하고 있는 이상한 시간의 의식(儀式)을 체험함으로써 사랑은 죽음에 대한 해답을 얻어낸다. 어린 왕자가 죽음을 준비하는 것은 정확히 1년이 흐른 뒤이다. 시간의 순환은 가차없이 이루어진다. 이 속에서는 사건마다 자기의 때가 무르익으면 사건이 일어나게 되어 있다. 일몰의 시점이 고정되어 있듯이 죽음의 시점도 그러하다. 죽음으로부터 도피할 수는 없으며 죽음이 기다리고 있는 시점을 아는 것과 두려움을 무릅쓰고 죽음을 향하여 나아가는 것이 중요하다. 그렇게 함으로서 비로소 죽음으로부터 그것이 모든 피조물에게 안겨주는 두려움이 사라지게 된다. 치명적 독을 갖고 있는 뱀은 어떤 면으로 보면 새로워짐과 새로운 시작의 자연상징이며, 처음과 끝이 동일한 원이기도 하다. 그리고 시간의 이러한 순환에 대한 성찰 속에서만 모든 덧없는 것들이 전체의 의미와 과정 속에 제자리를 잡게 된다(원주 66). 자연의 순환은 죽음을 알지 못한다. 죽음은 시간이라는 원의 각 매듭 지점마다 자리잡고 있는 행위자와 배우들만을 바꿀 따름이다.

이와 같은 시간의 제의(祭儀) 안에서 인간의 삶의 의미는 아메리카의 마야인이 보았던 것처럼 규정된다. 그들은 하루하루를 하나의 여신으로 생각한다. 여신은 아침에 짐을 어깨에 얹고 낮에 그것을 운반하고 저녁에는 내려놓는다. 다음날 아침에는 다른 여신이 그 짐을 다시 진다 (원주 67). 이러한 관점에서 개별자의 죽음은 수레바퀴 속에 있는 일종의 바퀴살, 전체의 움직임을 가능하게 해주는 많은 지점(支點)의 하나가 된다.

따라서 시간의 의식(儀式)에서 죽음은 최초로 어렴풋한 의미를 지니게 된다. 생텍스의 《바람, 모래 그리고 별》에는 이런 진술이 나온다. "삶에 의미를 부여하는 것은 죽음에도 의미를 부여한다. 죽음이 사물의 질서에 내재하는 것이라면, 죽는 것은 쉬운 일이다. 프로방스의 농민에게는 농장을 관리하는 일이 끝나게 되면 그가 소유했던 염소와 올리브 나무를 자녀에게 넘겨주는 일—이들은 그것을 또 자신들의 자식들에게 넘겨준다—은 어렵지 않은 일이다. 농촌의 씨족사회에서는 사람이 결코 완전히 죽는 일이 없다. 모든 생명은 씨앗이 튕겨 나가는 꼬투리처럼 파열된다." "농장에서 죽음은 낯설다. 어머니는 죽었다. 어머니의 삶이여."(원주 68)

이러한 관점에서 보다 큰 전체에 대한 봉사 속에서 죽음이 내부로부터 성취될 때 어리석은 추측이 낳은 죽음에 대한 공포는 사라진다. 이처럼 어린 왕자도 사실은 죽는 것이 아니라, 다만 고향의 장미에게로 돌아갈 따름이다. 고향으로 돌아갈 시간이 되었기에, 그는 죽음의 순간에 순응한다.

그럼에도 불구하고 상실된 것에 대한 슬픔은 남는다. 사랑하는 사람 누구에게나 죽음은 기쁨의 파괴자이며 입술에서 미소를 훔치는 도둑이고 낙원의 끝이며 추방의 출구에 화염검을 들고 서 있는 천사와도 같은 것이다. 죽어가는 사람 자신은 이 피할 수 없는 것에 순응할 수 있겠지만, 사랑하는 이를 가능한 한 '뱀'의 독에서 지키려고 '담벽'까지 따라가는 모든 사람들에게 죽음은 극단적인 실망이고, 이들의 감정에 대한 냉소와 모멸(원주 69)이며 부당한 폭력을 의미한다. 정녕 사랑은 죽음에 반항한다. 그것은 죽음을 받아들이려 하지 않는다. 자신의 영혼이 사랑하는 이를 '뱀'의 시선에서 벗어나도록 덮어줄 마법의 외투가 되는 것처럼, 사랑은 상대방을 포옹하여 죽음에서 지켜주고자 안간힘을 다 쓴다. 그러나 이러한 시도가 항상 허망하게 끝날 수밖에 없는 것이 지상에서의 운명인 것이다.

그러나 죽음과도 화해할 수 있는 것이 또한 사랑이다. 사랑만이 매 순간마다 육체는 단지 허물이며 껍질이고 보다 큰 생명을 담는 그릇에 지나지 않는다는 것을 알고 있다. 사랑은 순간 순간마다 육체의 동작을 영혼의 표현으로 보며 모든 사물과 '사실'로부터 그 안에 담긴 영적 의미를 파악하고자 한다. 주위의 모든 대상들을 정신의 상징으로 변화시킬 수 있는 사랑은 마침내는 죽음조차도 저항하는 대신 궁극적 정신화의 상징으로 바라볼 수 있도록 한다. 생텍스가 말하고자 한 의미에서 죽음은 사랑을 그 최초의 출생지로부터 풀어내어 이제부터는 사랑을 세계의 배후로서 모든 사물 속에서 체험토록 해준다. 이리하여 사람들은 사랑을 천체의 신비한 울림소리, 앞으로는 그리움의 언어로 표현될, 들을 수 없는 음악으로 듣게 된다. '어린 왕자'의 별은 지상의 눈으로는 보이지 않을 것이다. 그것은 우주 속에서 단지 하나의 먼지에 지나지 않는다. 그러나 바로 그 때문에 슬픔의 밤 속에 빛나는 것, 응답해 주는 그 모든 것으로 별빛은 퍼져 나갈 것이다. 또한 사랑의 대상으로서 그 별은 이제는 더 이상 볼 수도 들을 수도 없기에 그 별의 웃음은 슬픔과 그리움 사이에 걸려 있는 가슴의 미묘한 현에서 울려 나오게 될 것이다. 밀밭의 빛깔은 그것이 어린 왕자의 황금빛 머리칼을 상기시켜준 이후부터 그 이전과는 다른 것이 되었다. 물맛은 사막 한복판에서 그와 함께 샘으로 가는 길을 떠난 이후, 그 이전과는 다른 것이 되었다. 창가에서의 고독한 밤은 사람들이 이런 밤에 먼 행복을 추억하게 됨으로써 더 밝게 빛나게 된 것이다.

인간의 삶에서 사랑과 죽음의 비밀에 대한 생텍스가 전하는 복음은 더할 나위 없이 깊은 공감대를 형성해 준다. 그럼에도 불구하고 생텍스의 《어린 왕자》에서 최후의 결론으로 내려진 이 사상은 삶에 대한 그의 감정과 세계관이 사랑과 죽음의 풍경을 철저하게 (또한 의심쩍게) 첨예화하여 드러내고 있다.

우리가 가장 사랑하는 사람이 과연 행복한가 그렇지 않은가, 그것에 따라 온 세계는 확실히 다르게 보인다. 세계가 그의 기쁨을 알려주면 이 세계는 낙원일 수 있고, 어떻게 손써 볼 수 없는 그의 고통을 알려주면 이 세계는 지옥으로 보일 것이다. 상대가 이 세상의 사랑 받는 그 어느 누구보다도 커다란 행복을 누리고 있다는 것을 알고 있다는 것은 확실히 사랑의 행복 그 전체이다. 우리는 사랑하는 이의 행복의 '샘'을 찾아내고자 수천 갈래의 길을 가야 될 것이다. 그리고 서로 같이 길을 찾고 서로 같이 길을 걷는 것은 사랑을 누리는 순간 그 자체보다도 서로를 무한하게 더 깊이 결합시킬 것이다. 또는 그 반대로 실현의 그 순간은 함께 '사막'을 걸었던 노력을 통하여 무한한 가치를 얻게 되었을 것이다. 그러나, 그러나, 사랑은 왜 성실만이 아니라 합일을, 함께 걷는 것만이 아

니라 함께 머무름을, 도달할 수 없는 것에 대한 그리움만
이 아니라 영원한 실현을 원한다는 것을 생텍스는 그토
록 거부하는 것일까? 우정의 무한한 가치를 찬양하지 못
하는 금세기의 다른 시인들처럼 우정 안에서의 삶의 무
한성을 그는 왜 부인해야만 했던 것일까?

문학을 종교적 진리의 척도로 재는 것은 정상적으로는
옳지 않다. 생텍스는 그의 모든 작품을 예언자적인 것으
로 이해했다. 그는 자신이 전하고 있는 복음을 위협받고
있는 인간성의 최후의 보루로 파악했다. 그러므로 그의
신념이 어느 정도까지 지탱될 수 있는 것인가 하는 질문
을 제기하는 것은 불가피하다. 더욱이 동화 《어린 왕자》
는 종교성이 두드러지게 부각되어 있는 매우 많은 상징들
을 사용하고 있어서, 종교적 상징언어의 내용이 어떤 의미
로 실현되고 있는지, 또 어떻게 용해되어 있는지 검토하
는 작업이 매우 필요하다. 《어린 왕자》의 이야기는 결
국에 가서는 종교가 반드시 대답하고자 하는 질문인 죽음
의 의미와 죽음에 직면하여 사랑의 가능성에 대한 질문
쪽으로 흘러가게 된다. 말 그대로 모든 것이 결판날 이곳
에서 생텍스 자신의 의도는 자신이 전하는 소식의 요구를
자신의 실존의 조건과 체험에서 검토하려는 것이다.

《어린 왕자》는 특히 결말에서 언어 이미지상 인간 영

혼의 불멸에 대한 친숙한 종교신앙을 다루고 있는 것처럼 보이기에 많은 사람들이 즐겨 읽는다. 그러나 이러한 견해는 잘못된 것이다. 생텍스의 별이 빛나고 있는 하늘은 단지 유적으로만 신앙인의 하늘 나라와 어느 정도 관계가 있을 따름이다. 어린 왕자의 떠남은 불멸을 약속해 주지 않는다. 그것은 다만 근원적 인간성에 대한 꿈을 놓치지 않을 수 있는 기회, 모든 좌절에도 불구하고, 모든 것이 끝남에도 불구하고 우정의 가치를 배신하지 않을 기회만을 약속한다. "왜냐하면 사랑은 죽음처럼 강하며, 그 열정은 저승세계처럼 견고하며, 불덩이 같으며, 그 기세는 여호와의 불길 같으니라."(아가 8 : 6) 생텍스의 진실은 《구약성서》의 이 구절에까지 미치고 있다. 그러나 죽음을 마주하고 있는 사랑의 슬픔이란 과연 무엇인가?

우리는 이 질문을 생텍스에게 다시 한번 제기해야 한다. 왜냐하면 사랑하는 이를, 사랑의 가치를 나타내는 단순한 상징으로 바꾸는 것만으로는 충분할 수 없기 때문이며, 세상의 그 어느 무엇보다도 사랑하는 사람의 죽음을, 세계를 감상적으로 시화(詩化)하여 바라봄으로써 자위하는 것만으로는 충분하지 않기 때문이다. 밤중에 깨어나 창문을 열어 놓는다면 그것만으로도 많은 것이 얻어지리라. 그리움과 추억 때문에 다른 사람들의 웃음거리가 되는 사람들이 있다면, 그것만으로도 많은 것이 이루어진 것이리라. 〈시편〉 19편 4절에 나오는 말처럼 밤중에 별들의 들리지 않는 울림소리를 들을 수 있게 되면, 그것만으로도 많은 것이 실현된 것이리라. 그러나 우리가 지상에서 헛되이 찾고 있는 꽃에 대해, 낭만주의 때와는 달리 어린 왕자가 성실하기 위하여 꿈의 형상이 되어 먼 행성으로 돌아가버렸으니 이제 어떠한 답이 우리의 삶에 남아 있는가? 아마 어린 왕자는 사물의 소중함을 재발견하도록 무상의 리듬과 죽음의 엄숙성을 삶의 일부로서 받아들일 것을 우리에게 어떤 방식으로 가르치고 있는 것이리라. 그러나 그리움은 희망이 아니며, 막연한 기다림은 만남이 약속된 기대가 아니며, 꿈은 이미 체험된 현실이 아니고, 길은 목표가 아니다. 따라서 모든 것은 우정의 요구와 사랑의 확신, 그리고 주관의 극단적인 정열을 객관적 진리로 믿는 데 달려 있다.

우리의 삶에서 단 한 사람만이라도 무한한 사랑이 가능하고 또 이런 사랑에서만 유일하게 삶의 가치를 찾을 수 있다면, 인간의 생명 그 자체가 불멸이기를 바라는 것이야말로 가장 큰 희망, 가장 진실한 사랑의 요구인 것이다. 그 존재와 가치를 세상의 무엇과도 비교할 수 없는 사람, 마치 렌즈의 촛점이 빛을 모으듯이 세상의 모든 행복이 그에게로 집중되어 있는 사람이 영원히 살아있으면 하는 소망, 그의 죽음이 단지 일시적인 이별이었으면 하는 기대가 바로 사랑의 요구이다(원주 70). 위대한 사랑은 형이상학적인 것을 증명할 수 있다. 에드가 앨런 포우가 누구보다도 사랑하였던 조카이자 아내였던 버지니아의 죽음을 노래한 저 잊을 수 없는 시, 〈애나벨 리〉처럼 사랑의 언어는 늘 울려 퍼진다. 포우는 몇 주씩 밤낮으로 그녀의 병석을 지켰으며, 그녀가 죽은 다음에는 마침내 그 자신이 정신적, 육체적으로 완전히 쇠진해졌다(원주 71). 세계문학의 그 어떤 시에서도 찾아볼 수 없을 만큼 죽음에 직면한 사랑의 슬픔과 희망을 뛰어나게 그리고 있는 이 시의 마지막 두 연을 여기에 인용해 보자(원주 72).

> 그러나 우리의 사랑은 훨씬 더 위대했다.
> 우리보다 나이 든 이들의 그 어떤 사랑보다도,
> 우리보다도 더 지혜로운 이들의 그 어떤 사랑보다도.
> 그리하여 하늘의 천사도
> 지옥의 악마들도
> 사랑하는 애나벨 리의 영혼으로부터
> 내 영혼을 떼어놓을 수는 없다.
>
> 그리하여 달빛이 비치면

사랑하는 애나벨 리의 꿈을 꾸고
빛나는 별에서는
사랑하는 애나벨 리의 눈동자를 본다.
나의 사랑, 나의 생명, 나의 신부 곁에
이렇게 나는 밤새도록 누워 있으니.
여기서 멀지 않은 무덤 속에
여기서 멀지 않은 무덤 속에.

　실제로 사랑의 갈망은 이처럼 '어리석고' '젊고' '낭만
적'이며 절대적이어서 자기 자신에 대한 믿음을 잃지 않
으려면 사랑은 영원한 생명을 무조건 믿어야 한다. 사랑
은 가장 깊은 애정이 담긴 말로써 끊임없이 사랑하는 이
를 애무한다. 그리하여 사랑이 달빛과 별빛에 그녀의 머
리칼과 눈동자의 빛을 떠오르게 하면, 그리고 별의 세계
저편에 사랑하는 이가 살아 있는 것으로 믿고 그녀와의
재회를 갈망하면, 그녀는 사랑하는 사람의 눈에 다른 쪽
기슭에 가 닿는 바다처럼 가득차 있다. 그리고 그녀의 죽
음은 뒤에 남은 자신을 위하여 무한의 다른 쪽 기슭에
집을 마련해두고, 그를 기다리기 위한, 잠시 동안의 이별
이자 떠나감으로 생각된다(원주 73).
　모든 민족들 가운데 영원에 대해 가장 잘 알고 있었던
이집트인들은 죽음을 영원의 기슭에 '상륙'하는 것이라

불렀다(원주 74). 개의 머리를 가진 아누비스 신은 슬퍼하는 여신 이시스의 곁에서 사랑의 '성실'을 나타낼 뿐만 아니라, 사랑하는 이의 불멸에 대한 확신을 보여준다. 이집트인들은 사람이 죽으면 그 육체는 오시리스 신의 왕국으로 가라앉고, 영혼은 새처럼 하늘로, 태양의 나라로, 별들에게로 날아가게 된다고 생각했다. 그들은 영혼의 모습을 그릴 때, 사람의 얼굴을 갖추고 날개가 달린 존재인 바(ba)라고 하는 새로 그려 놓았다. 그 곁에는 설명을 하기 위해서인 듯, "신으로 만들어 주는 것"(원주 75)이라는 의미를 지닌 향연(香煙) 모습의 상형문자를 함께 그렸다. 기도나 찬송이 가져다 주는 하늘 나라로 향한 영혼의 상승은 제사 때 피우는 향에서 솟아오르는 연기와 같은 것이라는 것을 암시하는 듯하다.

무엇보다도 사랑의 결정적 희망은 서로 다시 만나는데 있다. 불멸에 대한 믿음이 이 희망에서 이루어진다. 지상에서는 이미 모든 사물이 우리가 진정 사랑하는 사람의 아름다움과 그가 우리의 곁에 있음을 나타내주는 상징으로 바뀐것처럼 이제 사랑은 역으로 상대방의 영혼이—그것은 이미 지상에서도 무한으로 향하는 창문이었다—모든 사물을 의미할 수 있고, 모든 사물을 그 속에 포함할 수 있음을 확신하게 된다. 생텍스가 《어린 왕자》

에서 묘사했듯이 우리가 가슴 전체로 사랑하는 사람은 죽음으로 인하여 모든 사물 속에 나타나지만 스스로는 더 큰 하나의 광원(光源)을 만들어내지 못하는 빛처럼 인간 체험의 저편 접근할 수 없는 영역으로 물러나는 것이 아니다. 오히려 사랑하는 사람들은 짧은 이별 후에는 서로가 다시 만나게 되리라는 희망과 기다림을 갖게 된다. 투탕카멘(Tutankhamen)의 무덤에서 나온 이집트인의 부적에는 이러한 의미에서, 그의 아내 안케세나문(Anches-en-Amun : 그녀는 아몬을 위해 산다)의 비할 데 없이 아름다운 소원이 적혀 있다. "위대하신 투탕카멘이시여, 저는 당신을 사랑하였습니다. 당신이 가신 뒤의 저의 슬픔은 너무나 크옵니다. 하오나 이 세상의 시간이 시간임을 제발 잊으십시오. 이 세상의 시간이 지난 다음 우리는 서로 다시 만나게 될 것이기 때문입니다." 사실 영원과 불멸에 대한 이러한 절대적 희망 없이는 사랑은 시간 앞에서 그만 죽어버린다. 그렇기 때문에 지상에서 서로 사랑하는 사람들이 갈라서는 것만큼 그렇게 죽음이 나쁜 일을 한다고는 생각하지 않았던 아이헨도르프(J. v. Eichendorff)의 생각은 옳은 것이었다(원주 76).

헤어짐은 아마 죽음이라 할 수 있는 것

우리가 어디로 갈지 그 누가 알 것인가
죽음은 단지 잠깐 헤어지는 것,
잠시 후에 다시 만나자는 것일 뿐.

　죽음조차도 사랑하는 사람들을 갈라놓을 수는 없다. 이와는 달리 사랑의 파괴는 죽음보다도 더 나쁜 것이다. 따라서 사랑과 우정, 또 희망과 소망은 '사랑하는 이의 생명은 불멸이다. 우리는 다시 만나게 될 것이다'라는 진리를 증명하는 것이라는 생각에 모든 것이 달려 있다.
　이것과는 다르게 《어린 왕자》의 끝은 이런 생각으로부터 멀리 떨어져 있다. 그 결말은 예컨대 노발리스가 세계 이성의 구체적 화신으로 숭배하였던 요절한 애인 소피에 대한 태도와 단지 겉모습만 닮아 보인다. 사실 어린 왕자가 그의 장미한테 되돌아가는 끝 장면에서 종교적 상징과 문학적 은유 사이의 원칙적 차이점을 분명히 볼 수 있다. 생텍스는 실제로는 파괴되지 않는 사랑의 영원한 생명을 생각하지 않았다. 그에게 어린 왕자의 떠남은 어린 왕자의 형상이 지상에서 우연히 만나게 되었을 뿐인 그가 다시 돌아오기를 애타게 그리워할 수는 있지만, 정말 이루어지기를 희망할 수는 없는 초월적인 이상이 되어버린 것을 뜻했다. 이와 반대로 노발리스는 날마다 애인의 무덤에 가서 자신이 지상에서 체험한 사랑을 영원의 전조, 하늘나라의 시작으로 보았다(원주 77). 그와 동시대에 사는 사람들의 눈에는 노발리스 자신이 신비하고 순수한 아이, 말하자면 '어린 왕자'의 화신으로 비쳤다. 따라서 그에게는 죽은 자들의 부활은 사랑으로써 실현될 수 있는 절대적으로 확실한 사실이었다. 이와는 달리 생 텍스에게 《어린 왕자》는 원래는 당연히 그렇게 살아야만 하는, 그러나 오래 전에 파괴되어버린 삶에 대한 꿈을 나타낸다. 그리하여 모든 종교적 상징, 특히 불멸과 사랑의 영원한 생명에 대한 상징은 잃어버린 희망에 대한 슬픈 추억으로 남아, 요청되는 현실을 안에서부터 실제로 정착시킬 힘을 더 이상 확보하지 못한 인간적인 공준(公準)으로 변하게 된다.

제 2 부 질문과 분석

종교적 상징어를 단지 시적 언어로 바꿀 따름인 생텍스의 이런 은유적 작업은 현대사회에서 종교가 지속적으로 쇠퇴함에서 오는 필연적 결과로 볼 수도 있다. 실제로 생텍스는 의미로 가득찬 형상들의 몰락에 직면하여 몹시 괴로워했으며, 근본적으로 그의 작품의 의도는 선동적 상징어를 문학적으로 새롭게 전달하는 데 있었다. 그것은 프리드리히 니체의 작품 《차라투스트라는 이렇게 말했다》(원주 78)에서 울려퍼진 종교적 장송곡을 무색하게 만드는 작업이었다. 그런데도 의미로 충만한 상징들을 문학의 현실 속에서 발전시키는 작업이 생텍스의 눈에 불가능한 것으로 보였다면, 종교에 뿌리를 내리고 있는 전통적인 상징들에 대한 그의 특이한 양가적(兩價的)인 태도는 그의 체험과 인격에 특별한 이유가 있다고 보아야 할 것이다.

그 이유는 시대적인 성격뿐만 아니라 본질적으로 심리적인 측면에서 기인한다.

실제로 《어린왕자》는 종교적일 뿐 아니라, 특히 심층 심리학적으로 볼 때 진실의 표현 또는 그 생동하는 현재화라기보다는, 잃어버린 진리를 그리움으로 가득찬 시선으로 바라보는 것이다. 정신분석학적 시각에서는 생텍스의 상징어 자체가 그 분열의 원인이라고 볼 수 있다. 곧이어 자세하게 설명하겠지만, '진짜' 동화에서 꼭 필요한 이야기의 동화적 마무리가 《어린 왕자》에서는 방해를 받고 있는데, 그 이유 또한 생텍스의 상징어 자체에 있다. 심리학적으로 만족한 종결을 보이는 동화 이야기는 《어린 왕자》의 다음과 같은 사건 전개를 허용하지 않는다. 화자의 자아인 '추락한 비행사'가 어린 왕자와 함께 샘으로 간다. 그곳에 이르자마자 왕자의 죽음이 기다리고, 그들은 헤어진다. 동화의 문법에서는 무슨 일이 있어도 '삶의 샘'가에서 구원을 고대하는 수수께끼 같은 여자가(원주 79) 등장해야 하며, 마술에 걸린 연인을 좇아 샘 속 깊이 들어가는 일의 위험, 그렇지만 비밀의 문은 열릴 수 있다는 사실, 감추어진 궁전의 입구를 지키는 위험천만한 동물, 그 뒤를 잇는 모험으로 가득찬 귀로, 마침내 모든 노력을 보상하는 요정 같은 신비로운 공주와의 결혼식

등(원주 80), 원형적 주제의 순서는 아주 다양한 방식으로 선택, 변주, 조절되며 독자를 사로잡는다. 어린 왕자를 심리적으로 납득할 수 있는 상태로 종결하자면, 사랑과 신뢰를 바로 이곳 지구, 현실세계에서 어떻게 발견하고 실현할 수 있는지를 보여주어야만 한다. 추락한 비행사로서는 자기 자신의 배경인물인 어린 왕자와의 만남이 그가 그 무엇보다도 사랑할 수 있는 환상적이고 매혹적인 여인과의 만남을 준비할 때에만 그 변신이 가능하며, 의미를 갖게 될 것이다. 유명한 영화배우인 앤서니 퀸은 그의 자서전 《천사와의 투쟁》에서 다음과 같은 일화를 들려준다. 연기자로서 자신의 삶을 끔찍한 허위라고 보던 아주 위태로운 삶의 위기에서 그가 어떤 젊은이를 만났던 일, 그리고 자신 안에 사랑의 능력이 소생한 시점에서 비로소 그를 떠난 젊은이에 대한 소중한 체험을 이야기한다(원주 81).

그와는 전혀 딴판으로 생텍스는 《어린 왕자》에서 특이한 이야기를 들려준다. 이 책에서도 하늘을 향해 무서운 줄 모르고 덤벼들다가 추락하는 이카루스의, 아주 위태로운 위기에 대한 이야기가 나온다. 그 또한 그의 둘째 자아인 어린 왕자의 형상으로 나타난 젊은이를 만난다. 그렇지만 본래의 자아인 비행사가 어린 왕자에 대한 그의 본래 계획과 목표를 변경한다는 이야기의 설정은 없다. 오히려 그와 반대로, 그는 비행기의 수리작업을 계속할 따름이며, 수리가 끝난 바로 그 시점에서 어린 왕자는 죽고 만다. 어린 왕자가 받아들인 여우의 가르침은 기록되어 보존되어 있지만, 그 가르침이 이야기 속에서 실현하는 유일한 결심은 다만 슬픔과 그리움의 감정, 그리고 어린 왕자가 어느날 다시 지구로 돌아올 수도 있으리라는 막연한 희망일 따름이다.

생텍스의 동화의 끝처리는 아주 특이하기 때문에 사랑과 신뢰의 복음을 이 땅 위에 실현하는 일을 도대체 무엇이 방해하고 있는지 독자는 자문하지 않을 수 없다. 작가의 생각을 따르자면, 어린 왕자가 지구를 떠나 작고 외로운 그의 별로 되돌아가도록 이야기가 전개되고 있는 것은 장미에 대한 그의 의리 때문이다. 장미를 버리고 떠나가는 행동이 그토록 강한 죄의식을 일깨우는 그 존재, 양의 주둥이에 재갈을 물리지 않으면 그 꽃 때문에 끊임없이 불안해야만 하는 그 장미꽃은 과연 어떤 존재인가? 바로 이 장미의 비밀 속에, 특히 《어린 왕자》의 이야기가 끝나면서 독자를 사로잡는 그 독특한 우울, 아니 죽음을 동경하는 이유가 담겨져 있다.

1. 장미의 비밀

　동화 《어린 왕자》는 핵심적인 비밀 한 가지만을 유일
하게 그 안에 담고 있으며—다른 모든 것들은 그것의 중
복, 추론 혹은 반응이다—모든 것의 핵심인 이 신비는 비
밀로 가득찬 '장미'의 비유로서 꽃을 피우고 있다. 바로
이것이 '노을'의 희망과 슬픔이 양립하는 상황, 사랑에 대
한 통찰의 시각이 있는가 하면, 사랑을 단지 꿈꾸는 그리
움만이 지배적인 상황을 일으킨다. 바로 이 장미가 생텍
스의 사고와 작품세계에 나타나는 모든 기묘한 높낮이인
좌절과 모순들을 거의 신비스러운 방식으로 불가사의한
형태로나마 그 배후에서 보여주고 있다. 장미의 비밀은
그러나 정신분석학적인 시각으로만 발견될 수 있으며, 그
것은 명백하고 확실하게 어머니의 비밀로서 그 모습을
드러내게 될 것이다.

어떤 의미에서 우리는 《어린 왕자》의 이야기를 장막에 싸인 어린 시절의 기억으로서 일종의 개인적인 재생의 소망으로 읽을 수 있다. 생텍스는 개인적으로 허탈감과 좌절감에 사로잡혀 있던 때, 불후의 명작으로 남게 될 동화를 썼다. 별을 꿈꾸며 비행기 조종사로서 얻은 삶의 폭넓은 시각으로 이루어진 그의 세계관은 정신적인 공허감이라는 황야를 맞이하여 그 한계에 부딪히고 있었다. 그리고 그는 비행기와 함께 추락했던 것이다. 이러한 생명의 위기 속에서 생각은 자신의 과거로 향하는데, 이는 실이 헝클어진 곳을 연결시키려는 노력이자, 그 당시 이미 알아볼 수 없을 정도로 왜곡된 본래의 모습을 스스로 확인하려는 시도의 산물이었다. 이토록 박식한 '조종사'가 자신에게 전혀 허용되지 않았던 '어린애'를 만나며, 그와의 만남이라는 상징적인 형태로 '어린 왕자'가 '어른들'을 만나고, 스스로 어른이 되기 전에 어떻게 살았는가를 보여주는 기억과 상징들이 나타난다. 이런 이야기들 하나하나가 커다란 주의를 요하는데, 그럼으로써만 우리들은 생텍스의 옛 어린 시절을 나타내 보이는 것들, 그렇지 않고는 완전히 이해할 수가 없는 '어린 왕자'의 많은 부분을 이해할 수 있기 때문이다.

그가 사건의 발단에서 스스로 고백하듯이, 생텍스는 환

상과 공상들을 그림으로 표현하고 싶어했던 어린아이였으나 어른들은 그런 내면 세상의 그림을 '지리'로서 외부 세상의 묘사로서 대신케 했다(원주 82). 그러니까, 말하자면 생텍스의 어린 시절이며 '어린 왕자'를 제대로 이해하자면, 이런 여러 가지 이야기에 주의를 집중할 필요가 있다. 그는 살해당한 레오나르도였다. 이미 그의 운명은 불운했다. 그러나 무엇을 이 어린이가 그리고 싶었던 것일까? 이 질문은 금지 그 자체보다도 더 중요한데, 그것은 이 질문이 이성과 감정, 의식과 무의식, 서민적인 적응과 예술적인 자유라는 아주 일반적인 대비의 심층으로 우리를 인도하기 때문이다.

희한하게도 《어린 왕자》의 대다수 독자들은 보아뱀 속의 코끼리 그림을 그냥 재미있고 유쾌한 것으로만 느끼는데, 분명히 이런 인상을 작가 스스로 독자에게 심어놓고 있는 것이다. 그러나 실제에서 이 그림은 상징적으로 읽는다면, 그 어떤 전기보다도 작자의 어린 시절에 대한 아주 풍부한 자료를 제공한다. 대부분의 전기에서는 위대한 작가, 문화비평가, 전우, 비행기 조종사로서 생텍스를 크게 부각시킬 뿐 그의 어린 시절은 도외시되고 있다.

생텍스의 작품은 실제로 독자로 하여금 위대하며 완전한 것들만을 읽도록 하며, 억압된 가능성과 질식당한 삶의 배후인물인 '어린 왕자'는 쉽게 잊어버리도록, 그렇게 독자를 유도하고 있다. 그러나 적어도 《어린 왕자》를 읽는 동안에는 이런 유혹에 빠져들어서는 안된다. 그것은 그리움과 추억으로 영롱한, 순진무구한 어린 형상의 출현이 추락한 '조종사'의 믿을 수 없고 편협한 어른들의 관점을 타파하고 개선하기 위해서는 아주 뜻깊고 필요불가결하기 때문이다. 만일 언젠가 어른이 아닌 어린이 생텍스에게 질문을 해야 한다면, 《어린 왕자》의 서두에 실려 있는 그림들이 이 질문에 대답해 줄 것이다.

정신분석학적인 치료과정에서 환자의 병력과 관련되어 소위 위장 기억(원주 83)이라는 것에 대단한 관심이 쏠리고 있는데, 이것은 대부분 몇 년 동안 계속되는 유년시절의 사건이 심리적인 의미에서 어떤 유일한 장면에 집중되어 있는 상징적으로 감추어진 진술이다. 생텍스의 어린 시절의 환상이 바로 이렇게 나타나는 듯하다. 진술의 대상은 열대지방 밀림의 습한 기후에서 먹이를 산 채로 삼켜버리는 무시무시한 뱀이다. 물론 부분적인 상징에서 절대로 심리적인 확증을 구해서는 안된다. 그러나 어린이의 꿈을 꾸고 있는 《어린 왕자》의 처음에 실린 그림을 보고 있자면 이 거대한 뱀의 형상은 실제로 어머니일 수밖에 없다는 생각이 명백하게 떠오른다(원주 84). 뱀이 산 채로

아가리를 벌리고 삼키는 먹이는 그러니까 물론 뱀의 새끼가 될 것이다. 단 한번도 어린이의 존재로 인정받지 못하고, 그 대신 세상에 태어나자마자 사랑과 삶의 '내용'에 굶주린 자기 어머니를 그의 존재로 채워주기 위해서 덩치가 '크고 강해'야 하는 거대한 '아기 코끼리'는, 그러나 불행하게도 운명적으로 '어른들'의 '견해'와는 다르다. 생텍스가 아무리 열심히 코끼리를 삼켜버리는 무시무시한 보아뱀을 그려 보인다 해도, 어른들은 이 그림에서 단지 '모자'만을 알아볼 뿐이다. 세상은 분명 이런 식으로 생텍스의 어린 눈에 비쳤을 것이다. 세상은 사방이 다 막혀 있고, 겹겹이 은폐되어 있으며, 어린 아이의 천진난만한 눈으로 보자면 인생은 일종의 종신형으로서 끝날 줄 모르는 태아상태이자, 출생 허락이 아닌 중지 명령을 받고 태어난 목숨과도 같은 것이었다.

 '어린 아이'가 '어른들'의 세상에서 신뢰감을 잃게 되는 것은 커다란 보아뱀을 그리면서 생기기 시작한다. 그는 그들을 납득시키려 애쓰지만 결국 실패하며, '마음으로 보는 것'이 불가능하기에 그들은 이런 어린 시절의 비극을 보고 다만 미소짓고 웃어넘길 뿐이다. 그들은 마치 '안전하게' 보이는 것이 사실에서는 그들에게 무시무시한 것이라는 것을 예감하지 못한다. 비록 그들이 방사선 촬

영처럼 (엄마)뱀의 '소화과정'을 사진으로 볼 수 있게 된다 하더라도 그들은 이 모든 '원시림'의 환영을 마치 정신건강을 위해서 '현실적인' 세상으로부터 막아야 할, 어린애 같은 공상과 열에 들뜬 환상이라고 설명할 것이다.

아주 일찍부터 이런 식으로 어린아이의 순진한 두려움들이 은폐되어 순전히 이성적인 적응능력으로 포장되어 나타났고, 이미 이곳에 생텍스의 전·후기 작품을 있는 극단적인 성취의욕과 강하게 역행하는 그리움 사이의 이중성과 모순이 시작되고 있다.

괴롭지만 괴로워한다는 것을 나타내서는 안되는 어린이나, 자신을 표현하고 싶으나 진리라는 완고한 이성의 이름으로 오해받고 마는 어린이나, 보이지 않는 벽으로부터 질식감을 느끼지만 그때마다 모든 것들은 단지 공상에 불과한 것이니그 대신 '합리적인' 어떤 것에 몰입하는 것이 좋겠다고 충고 받는 어린이가 과연 무엇을 할 수 있을 것인가? 그러나 사람들은 어린 생텍스를 완전히 낙담시켜서 그의 원초적인 생명감을 완전히 포기하도록 강요하지는 못한 것 같다. 그래도 이런 파괴 활동은 근본적으로 상당한 억압과 왜곡의 결과를 가져오기에는 충분했다. 따라서 그가 무엇을 '코끼리 뱀'의 상징을 통해 진술하고 있는지, 실제로 생텍스 스스로 주관적으로는 알아채지 못하고 있는 것처럼 보인다. 오히려 그 반대가 맞는 말이다. 그림을 빌려 표현되고 있는 원래의 갈등은 그 자신에게는 마치 순전히 놀이처럼 구성되었다. 미학적으로 보자면 자식과 어머니 사이에 심하게 얽힌 관계의 문제가 사실적인 감정 대신 보편적이며 추상적으로 어른들에 관한 어린이의 관계의 문제를 거의 예술적으로 표현하고 있고, 그러면서도 주석을 달지 않고 어린이가 완전히 그의 감정을 직접 표현하도록 허락 받는 대신에 상징적인 암호로만 말할 수 있다는 사실이 전제되어 있다(결과적으로는 허락받고 있는 셈이지만!). 어떤 화가의 '굉장한 이력'이라는 식으로 자신을 반어적으로 빈정댈 정도로 생텍스는 이런 자기 표현의 '예술적인' 간접적 방법을 자신의 어린 시절을 회상하면서 아주 당연스럽게 사용하고 있다. 그러나 이것은 어렸을 때 이미 그를 사로잡은 엄청난 체념을 은폐하기 위해서 그럴 따름인 것이다 : '어른들'을 상대로 '합리적인' 방법과는 다르게 자신을 표현하는 것은 불가능한 일이다. 그렇다. 보편적으로 이해받고 충분한 관심을 끌고자 예술적으로도 손색이 없으며 상징적으로 풍요롭게 은폐된 표현을 해낼 수 있다면 이것은 이미 '어른들'을 향한 복수와 다름이 없다.

생텍스가 이런 삶의 길에서 무엇을 회피했는지는 명백

하다. 그는 어린 시절의 현실적 문제와 악몽으로 더 이상 되돌아갈 필요가 없는 것이다. 무엇보다도 그는 '뱀'과의 결정적인 충돌을 피하게 된다. 대부분의 동화에 나오는 것처럼 '용'과 결투를 하지 않아도 된다(원주 85). 그러나 이런 '이로운 점들'을 위해 그는 강한 죄책감과 공격적인 자기 방어, 심리적 억압과 절망, 외로움과 두려움이라는 희생을 감수해야 했다. 마침내는 자신은 여러 약점 때문에, 그리고 다른 이들은 그 자화자찬식의 잘난 점들 때문에 철저하게 경멸하는 경향까지 갖게 되었다. 자신을 겨냥한 반어와 경멸, 꿈을 향한 도피. 이런 식으로는 정신적인 갈등이 해결될 수 없으며 오히려 끝까지 남게 된다. 그러나 지구라는 행성에서 문화적으로 가장 소중한 유형의 인간, 예를 들면 예술가와 성직자, 몽상가와 환상가, 작가와 정신적 모험가, 《어린 왕자》에 대한 기억을 소중하게 간직하고 있는 사람들이 살아남자면, 바로 이와 같은 고통, 섬세함, 상상력이 요청된다. '어린 왕자', 그의 형상은 시적인 창조의 비밀스러운 원천이다. 그러나 이것이 생텍스에게는 어머니와의 아주 근원적인 양가성(兩價性)의 관계에 대한 상징인 것이다.

우리는 장미의 별에 대한 '어린 왕자'의 추억을 하나하나 순서대로 살펴봐야 하는데, 이것은 거대한 보아뱀의 상징을 보충하는 것으로서 생텍스와 어머니 사이의 관계로 가득찬 숨겨진 정보를 얻어내고자 하는 것이다. 물론 '어린 왕자'라는 인물을 단순히 생텍스의 어린 시절과 동일시하는 것은 불가능한 일이다. 그러나 무엇보다도 어린 왕자가 '행성들'에 관해 들려주는 이야기들에는 심리적으로 생텍스가 어린 시절에 느꼈던 중요한 인상들, 그 가운데 특히 어머니에 대한 추억들이 압축되어 있다는 사실은 거의 부정할 수가 없다. 어린 왕자는 그때 어른들의 별천지인 지구라는 현실세계에 아직 발을 내딛지 않고 있었다. 그는 그의 작은 별에서 고요하고 우울하게 노을을 맛보고 있었으며, 화산을 깨끗이 청소하며 정돈된 안정감을 느끼고 있었다. 또한 장미에 대한 관심과 애정이 시간이 흐르면서 더욱 깊어갔다. 장미는 점차 사랑과 교태, 유아적 자기 중심적 화신으로 묘사된다.

《어린 왕자》의 첫째 이야기는 의지할 곳이 없는 나약한 '장미'와 관계된 것으로서, 이 적은 양의 정보 또한 '장미'에 대해 어떤 단점도 말해서는 안된다는 노력의 산물이다. 왜냐하면 만일 우리가 그의 말을 진부한 진리인 '가시 없는 장미는 없다'는 말로만 받아들인다면 아마도 이 '순진한' 생각들 속에 감추어진 것을 아주 무해한 것으로 간주해버리고 말기 때문이다. '양'과 '장미'와 '가시'

들이 정말로 자연의 대상이나 은유에 해당한다면, 그것 또한 '순진한' 어린이의 '웃기는' 공상에 대한 일례라는 것 외에는 이 부분을 결국 달리 해석할 수 없을 것이다. 그러나 실제로 그것은 의심할 여지없이 인간의 중요한 관계의 갈등과 양가성을 묘사한 것이며, 꿈의 문법을 빌려 표현되고 있기는 하지만, 어린아이가 그 무엇보다도 절대적으로 사랑하는 인물을 여기서 고려해 본다면, 이 묘사가 보여주는 '순진함'의 외양은 바로 사라진다. 그 인물은 오로지 그의 어머니뿐일 수밖에 없다. 모든 다른 가정은 《어린 왕자》가 진짜로 살고 있는 상황 밖의 이야기가 될 것이다. 즉 그의 어린 시절 실제의 어머니를 문제삼은 《어린 왕자》의 질문은 극적인 경보신호이며, 그에게 왜 이 문제가 그렇게 끝없이 많은 것을 의미하는지 우리는 바로 알게 된다 : 이 '장미'는 왜 가시를 지녔는가, 다른 말로 하자면 아주 상냥하고 사랑이 충만한 어머니가 왜 '속을 뒤집어놓고' '마음을 다치게' 하는 것이며, 놀랄 정도로 '아름다워' 사람들이 그저 쓰다듬고 껴안고 싶은 그녀가 아무도 예측하지 못한 상황에서, 뜻밖의 '못된' 방법으로 '아프게' 할 수 있다. 왜?

널리 알려진 바와 같이 어린이는 이 질문을 스스로 혼자 물어보고 대답한다. 어머니의 행동은 아주 모순적이며 당혹스럽고 양면적이어서 즉시로 그 뜻을 알아내기가 힘들다. '어린 왕자'의 생각으로는 어머니가 정말로 아름다움과 우아함, 사랑스러움의 화신으로서 '장미'라는 것이 절대적인 전제가 된다. 이 '진실된' 본질에 관해서는 의심의 여지가 있을 수 없다. 그럼에도 어머니가 이처럼 아주 딴판으로 달라질 수 있다면 여기에는 틀림없이 특별한 이유가 있을 것이며 그 이유를 찾아내는 것이 이제 어린이의 과제가 된다.

《어린 왕자》의 핵심적인 문제에 가장 근접한 대답은 의심할 여지없이 '조종사'가 제공하는 정보일 것이다 : 못된 마음에서 장미는 가시를 기르는 것이다(원주 86). 마치 상처를 입히는 듯한 공격 때문에 아이는 자신을 보호하고자 어머니에게 아주 못되게 굴 수 있는 권리를 행사한다. 그 권리는 어떤 점에서는 의무와도 같다. 그러나 바로 이런 설명의 가능성에 맞서 《어린 왕자》는 아주 발끈하고 있는데, 이는 단순히 마치 그가 분노와 함께 예전에 지녔던 어머니에 대한 자신의 비방을 염두에 두는 듯했다. "아저씨는 모든 것을 혼돈하고 있어요. 모든 것을 정신없이 뒤섞어 놓고 있단 말씀예요 !"(원주 87)

사실, 만일 《어린 왕자》가 어머니의 자비와 무고함에 대해 뚜렷한 의심을 표시한다면, 어머니와 아들의 공생은

극적인 위험에 처하게 될 것이다. 그런 이유에서라도 그는 어머니의 형상을 모든 의심으로부터 정화시킬 수 있는 그럴듯한 설명을 찾아야 한다. 만일 그렇게 하지 않는다면 그가 그렇게 경멸하던 우둔하고 아주 표면적이며 허영스런 나쁜 '어른들'에 순간적이나마 함께 속하게 될 것이다. 그것은 어머니의 '사랑스럽고 귀여운 왕자'가 되기를 포기하는 짓이며, 생텍스 스스로가 그려놓은 것처럼 금지옥엽인 왕자가 되기를 그만두는 짓이다. 그 그림에는 그가 조용하게 내려뜨린 어마어마한 가시 같은 '칼'이 있고, 또 마치 다른 행성의 하늘 나라 여왕처럼 그녀의 품에 그를 숨겨놓을 수 있는 빨간 안감을 댄 엄청나게 큰 파란 외투도 그려져 있다. "거대한 보아뱀"(원주 88)과는 아주 판이하게 대조적으로 긍정적인 모습이다. 가능한 한 아주 예쁘게 보여야 하지만, 그 상태가 유지되자면 희생 또한 크다. '어린 왕자'는 자신의 관찰에 맞서 끊임없이 그의 어머니를 보호해야 하며, 어머니의 '가시'에 대한 변명에 따르면, 어머니는 연약하며 악의 없고 보호받지 못한 채 의지할 곳이 없을 '뿐'이다. 그래서 '어린 왕자' 자신은 어머니를 존경해야 한다. 스스로 그녀를 보살피고 보호해야 하며, 그녀를 위해 가능한 모든 일을 다 할 것이다. 그는 여왕의 외투 속에서 보호를 받으며, 용감한 전사로서 어머니의 보호와 명예를 위해 전장에 나갈 것이다. 어머니의 사랑을 받고자 보호받는 보호자로서 마침내 그녀의 남편의 자리까지 떠맡아야 하는, 어린아이가 감내하기에는 너무 힘든 이중역할이다.

사실 '장미'의 '행성'에 대한 《어린 왕자》의 이야기는 상세한 부분까지 생텍스의 자서전적인 추억으로 뒤얽혀 있다고 추측해볼 수 있다. 《어린 왕자》를 읽으면서 항상 모호한 것은 '장미'가 상대적으로 뒤늦게서야 '행성'에 나타난 것이라는 점이다. 그때까지 '어린 왕자'는 분명 어머니와 떨어질 수 없는 이원적 공생관계 속에서 살았고, 생텍스가 그린 '행성'의 공과 같이 둥근 그림들은 이런 맥락에서 볼 때 분명 안전과 사랑을 상징적으로 응축시키고 있는 유아적인 공상으로 보인다(원주 89). 어머니는 아직 사실적인 대상으로서 존재하지 않지만, 이미 청결과 정돈에 대한 특별한 요구와 '화산의 청소'를 아주 정확하게 지켜야 하는 시기이다(원주 90). 유아기 후기의 시점에서야 비로소 어머니는 무력하고 가시가 달린 '장미'의 형상으로 나타나며, '어린 왕자'의 삶을 오랫동안 결정짓는 이 사건 뒤에는 생텍스가 바로 네 살 때 겪은 아버지의 죽음이 숨겨져 있다는 것이 많은 점에서 입증된다(원주 91). 이때야말로 공생적인 모자관계, 감정의 양가성, 갈등이 아주 명백하게 드러나며, '오이디푸스 콤플렉스'를 겪은 뒤 형성되기 시작하는 양심의 가책이라는 심리적으로 아주 중요한 발전단계가 체험되는 시기이다. 여하튼 이런 연유로 해서 '장미'의 행성에 감도는 전체적인 분위기를 우리는 이해할 수 있다 : 우울과 고독, 독점욕, 어린 왕자가 '장미'에게 바치는 세심한 애정, 그리고 책임지고 장미를 '보호'해야 한다는 과대한 의무감 등. 여기서 생기는 질문은 단지 근본적으로 무엇으로부터 또는 무엇에 맞서 '장미'는 자신을 보호해야 하며 보호받아야 하는가 하는 점이다.

사실 어린 왕자의 행성에는 장미에게 위협을 줄 수 있는 수많은 위험들이 도사리고 있다. 그러나 그 어떤 것도 현실로 되지는 않는다. 일상적인 작은 노동을 통해 어린 왕자는 겸손하고 얌전한 사람이 되어 있기에, 바오밥나무의 재난 같은 일은 일어날 수 없게 되었다. 또한 어린 왕자의 '행성'에 '호랑이'가 살고 있어, 어린 왕자가 아주 공격적이며 거칠게 될지 모른다는 '바오밥나무'의 또다른 위험 역시 정말로 두려워할 것이 아니다(원주 92). 유일하게 정말로 위험한 것은, 그러니까 어린 왕자가 오랫동안의 이별 후에 장미의 행성에 그의 '양'과 되돌아올 때 비로소 닥치게 된다.

'양'이라는 상징 또한 갈등을 다분히 내포하고 있으며, 이것을 어머니에 대한 생텍스의 관계와 연결시켜 보아야 비로소 분명한 의미를 얻게 된다. 서로 떼어놓고 별개의 것으로 해석하면 아주 부조리한 결과를 낳을 뿐이다. 그럴 것이 어린 왕자는 양이 장미를 먹어버리기에는 너무 '어리석다'는 것을 아주 잘 알고 있기 때문이다. 도대체 무엇 때문에 그는 양을 그의 행성에 데려가고자 하는 것일까? 그리고 '조종사'가 그에게 이런 '양'을 왜 그려줘야 하는가, 어린 왕자는 그가 원하는 대로 왜 직접 그릴 수가 없으며, 그림 속의 양이 무엇 때문에 장미를 '먹어치울' 수가 있단 말인가? 이러한 질문들은 전형적인 어른의 질문일 따름이며, 어린아이한테는 그림 속의 양이 바로 현실의 양이 될 수 있다고 답변하는 것이 좋을 것이다. 그러나 그렇게 되면 이 장면의 전반적인 특이성을 설명하지 못하고 오히려 부정하게 된다. 어린 왕자 자신이 어머니 곁에서 살고자 '어린양'의 '형상'과 역할 속으로 들어가야 한다는 것이 명백한 진리이다. 어떤 갈등이 일어난다 해도 그는 어머니 대신 자기 자신에게 유죄를 선고해야 할 것이다. 어린 양처럼 스스로 '순결'하기 위해서 그 자신이 '양'으로 변모해야 한다. '가시'를 지닌 그의 어머니, 그리고 그녀의 매혹적인 태도를 이해하지 못한다면, 그때마다 그것은 다만 그의 '어리석음'의 소치일 것이다. 어머니가 그의 마음을 아프게 할 때마다 이는 단지 그의 주제넘고 건방진 태도의 결과인 것이다. 삼켜버릴 듯이, 양이 장미를 먹어치우지 못하도록 하자면, '양'에게는 '재갈'이 절대로 필요한 것이다(원주 93). 이런 식으로 생각을 '바꿔 생각'하는 것은 어린이가 단순히 '어린이'로 남는 것을 끝없이 방해하는 것으로, 어린이한테는 너무나 힘든 노력을 요구하는 것이다. 대부분의 어른들이 실패한 책임감을 결국 그에게 부과시키는 셈이다. 그러나 생텍스는 이와는 반대로 유년 시절의 그림을 어느 한계까지 더 밀고 나갔다. 어머니의 아이로 남아 있을 가능성을 찾고자 그는 어른의 생각이라는 기준으로부터 지나치게 벗어났다. 어린 왕자에게 양을 한 마리 그려줄 것을 그는 비행사에게 부탁했다. 그 양은 '뿔'이 없어야 하며(원주 94), 그 양이 어쨌든 너무 '늙거나' 또는 너무 '노회'해서는 안 되고, 너무 우울하거나 슬픈 표정을 지어 아픈 인상을 주어서도 안된다. 게다가 상자 속에 있는 양, 다시 말해 어머니의 품속에서 보호와 사랑을 받고 있다는 사실 덕분에 그 존재는 아주 행복하다. 이런 양을 통해서만 어머니는 그 기쁨을 두 배로 느낄 수 있을 것이다. 보아뱀 속의 코끼리라는 악몽으로부터 이미 그 둘째 장면에서는 그야말로 문자 그대로 표현된 소원과 욕망이 생겨난 셈이다. 이제부터는 하나의 걱정거리가 온통 신경을 사로잡는데, 그것은 어떻게 하면 양의 '주둥이'를 틀어막아 놓을 수 있나 하는 문제로서, 말 한마디라도 잘못 새어나오면 장미에게 치명적인 상처를 입히게 될 것이다(원주 95). 어린 왕자의 어떤 걱정과 불안도 이보다 더 크지는 못할 것이다. 그는 그것만 주의하고 있는 것이다. 자기가 늙어 맞이할 죽음보다도 더 비극적인 것은 언제든지 실현될 수 있는 끔찍한 가능성으로서, 내팽겨버린 장미, 말하자면 그의 불쌍한 어머니가 그만 말 한마디 잘못으로 죽고 말 것이라는 두려움이다. 그녀가 죽으면 세상도 그만 끝장이 나는 것이고, 별하늘은 그만 칠흑같이 깜깜해지고 말 것이다(원주 96). 천만다행으로 이런 위험에 대비하여 생텍스 내부에는 하나의 장치가 준비되어 있는데, 그것이 어린 왕자를 안전한 품속에서 흔들어주고 위로해 줄 수 있도록 되어 있다. 즉 장미가 결코 죽을 위험에 빠지지는 않을 것이라는 믿음 말이다. 그러자면 '양'에 주의를 쏟고 그 주둥이를 꼭 묶어두기만 하면 되는 것이다. 왜냐하면 '어리석게' 내뱉은 한마디 말로도 어머니는 죽을 수 있기 때문이다.

어린 왕자가 살고 있는 세계에 대한 '오이디푸스적' 재구성에서 우리가 길을 잘못 든 것이 아니라는 점은 세부적으로 장미에 대해 계속되는 설명에서 직접 증명된다. 장미가 '일출'과 함께 등장할 때마다 그 모습은 늘 연꽃으로 모습을 드러내는 이집트의 신 네퍼템(Nefertem)과

흡사하며(원주 97), 사치스러운 교태와 유혹적인 편안함으로 그녀는 아침 화장을 하곤 한다. 분명히 어린 왕자는 난생 처음으로 어머니의 아름다움을 발견한다. 장미가 아무리 기이하고 허영적이며, 특히 요구가 많은 것처럼 그에게 보여도, 그러면 그럴수록 더욱더 그녀는 감각적이라고 이름 붙일 수 있는 매혹과 사람을 사로잡는 놀라운 경이감을 일깨웠다. 만발한 장미가 어린 시절의 성적 발전의 첫단계에서 생텍스가 체험한 것과 밀접하게 연관되었다는 가정을 이와 같은 인상이 뒷받침해준다.

그러나 생텍스의 삶에서 어머니와 자식이라는 관계의 원초적인 갈등이 성적인 측면에서 큰 비중을 차지하고 있는 것은 아니다. 그의 작품에는 더러 인생을 망치는 여자로서 음탕하고 경멸스러운 성격의 화신이 유혹적이며 동시에 두려움의 대상으로서 나타나지만 이런 모습들이 현실적인 어머니로서의 여인상을 대체할 수는 없는 일이다(원주 98). 게다가 독자들은 생텍스의 작품에서 적어도 부분적으로나마 남녀 사이의 진정한 대화가 이루어지는 대목들을 찾아보지만, 헛된 일이다. 결정적인 것은 '오이디푸스' 주제가 아니다. 오히려 어머니의 편에서 아주 특이하고 이해할 수 없는 기대와 함께 겪은 삶의 모든 충동 그리고 그 울적한 색조이며, 또 이와 연관되어 어린 왕자 쪽에서 보자면 죄의식과 자책의 끊임없는 움직임인 것이다.

눈을 뜨자마자 장미에게 아침 식사를 갖다 주며 어린 왕자는 '물주전자'와 '신선한 물'로 그 비위를 맞추어야만 한다. 지시를 내리는 장미의 목청은 아주 위엄 있고 의젓하며 교태스럽게 들렸다.—그녀 앞에서 저지르는 어떤 식의 불복종도 대역죄와 맞먹을 것이다. 어린 왕자가 기회만 있으면 바로 어른들의 속빈 허영과 내용 없는 중대사를 경멸하도록 생텍스가 설정했기에, 장미의 기이함은 더욱 더 눈에 띤다. 어린 왕자가 능히 입에 담았을 듯한 모든 가능한 비난의 싹이 장미한테만은 이미 처음부터 배제되어 있다. 어린 왕자가 아주 심하게 주위의 어른들을 비난하는 이면에는 그 비난과 경멸의 화살이 사실은 장미를 겨냥했어야 맞는 것이 아닌가 하는 인상을 지울 수 없다. 그러나 바로 그곳에 검열의 '재갈'이 씌워진다—여기에서는 어머니에 대한 애정을 지키려는 심리가 엿보이지만, 그럼으로써 오히려 어머니와 자식 간의 감정의 양가성(兩價性)과 죄의식이 오히려 확산되고 있는, 변형된 비판이다.

무엇보다도 장미는 '외풍', 이를테면 '기압의 이상'에 아주 부자연스럽게 예민한 반응을 보이며, 장미가 감기에 걸리지 않도록 어린 왕자가 ‘유리관’이며 ‘병풍’을 준비해야 하는 것은 비극적으로 그로테스크하게까지 들린다. 어머니가 ‘화를 내거나’ ‘싫증내는 것’을 미리 막도록 하고자 아들은 어머니 주위에 보호공간을 끊임없이 마련해야 한다. 그것도 왜 그래야 하는지 이해하지도 못한 채로 말이다. 장미는 비록 어린 왕자에게 예민함을 그녀의 ‘특별한 출생’ 때문인 것으로 설명하고자 하지만, 어린 왕자는 이것으로는 아무 것도 설명하지 못하며, 다만 그를 곤경에 빠뜨리기 위한 수단에 지나지 않는 순전한 변명이라고 생각하는데 이는 맞는 말이다. 그렇지만 그는 그것에 대항하여 아무런 항변도 할 수 없고, 그것이 또 허용되어 있는 것도 아니다. 그는 전적으로 장미의 기분에 순종해야 하며, 그를 죄의식과 양심의 가책에 빠뜨리는 데는 그녀의 기침만으로도 충분했다(원주 99). 서두에서 아주 막연하게밖에 추측할 수 없었던 ‘커다란 보아뱀’과 ‘코끼리’의 그림은 이제 그 내용과 뜻을 갖게 된다.

왜냐하면 어린 왕자가 “장미”한테 겪는 어려움은 상황과 이미 깊이 물려 있다—비록 어머니가 잘못했더라도 그녀는 항상 옳다. 어머니를 거역하는 자는 ‘양’이다. 그리고 어머니에게 향해진 모든 항변은 처음부터 이미 풀 수 없는 치명적인 모독이다. 반대로 장미의 별에서는 원한다면 언제든지 몸을 돌릴 수가 있고, 아무리 노력해도 장미를 만족시킬 수는 없는 일이며, 무력하고 가엾은 장미가 실제로는 '가시'뿐만이 아니라 호랑이의 발톱까지 갖추고 있다는 느낌을 억제할 수 없는 것이다(원주 100). 그냥 지나가는 말로 어린 왕자는 모든 어머니들이 비장하고 있는 가장 끔찍한 무기를 언급한다. 어린 왕자를 치명적인 죄책감으로 몰아넣을 수도 있는, 스스로 죽어버리고 말겠다는 으름장 말이다(원주 101). 자신의 실수로 어머니가 죽을 수도 있다는 것과, 자기한테 죄가 있다는 것을 듣는 것이야말로 어린아이에게 가장 끔찍한 비난이 된다. 그는 이런 비난을 불러일으킬지도 모르는 어떤 행동을 하기보다는 차라리 자기 삶에 대한 권리를 스스로 포기하고 말 것이다. 그러나 어린 왕자의 장미는 죽음의 위협을 받고자 하지 않는다. 그리하여 손바닥에 올려놓고 내려다볼 수 있는, 분명하고 또 실행가능한 어떤 행동조차 결국 단 한 번도 그에게 요구하지 않는다. 그녀는 전적으로, 그리고 정도를 넘어서 무제한적으로 자신을 사랑해 줄 것을 요구한다. 그녀를 가장 괴롭히는 것은 비록 그녀를 능가하지는 못하더라도 그녀와 필적하는 다른 어떤 존재가 있어서 어린 왕자가 장미 외에 다른 어떤 존재에 관심을 쏟을 수도 있다는 순전한 가능성이다. 이것이 어느 순간에 현실로 바뀌면 그를 잠재적인 살인자라는 죄의식으로 덮어 씌울 것이다. 어린 왕자가 비록 장미의 의기소침한 기침발작이나 그가 그녀에 대해 별로 걱정하지 않고 있다든지, 그가 너무 '차갑'고 '사랑없이' 대한다든지, 또는 그가 '불성실'하고 '배은망덕'한 놈이라든지(원주 102) 하는 장미의 온갖 비난들이 결국에 가서는 장미의 힘과 영향력을 굳히고자 하는 수단에 불과하다는 것을 알아챈다 하더라도, 그것은 아무런 소용이 없다. 전체적으로 볼 때 모자의 관계를 바로 그 강도와 친밀감으로 말미암아 근본적으로 파괴시켜버리고 마는 끝없는 죄의식만 남는다.

이런 장미(어머니)와 살자면 하나의 방법이 있을 뿐이라고 어린 왕자는 혼자 중얼거린다. 어머니의 말을 너무 진지하게 받아들이지 말 것이며, 한 귀로 들은 다음 다른 귀로 흘려버리거나 희한한 생각으로 받아넘겨야 한다. 그 대신 장미는 그 자체로 보자면 얼마나 사랑스러운가, 그리고 얼마나 매혹적인 분위기를 만들어낼 줄 아는가 하는 점에 주목해야 할 것이다. 그리고 그녀의 비난이며 우울증이 다름아닌 '애정'과 '사랑'의 표현임을 알아챌 수 있어야만 한다(원주 103). 그러나 그러자면 장미에 대해 자유롭고 독립적인 자세를 지녀야지. 아이로 남아 있는 상태에서는 어떠한 아이도 사실 그럴 수 있는 능력이 없다. 그렇기에 어린 왕자는 장미와의 관계에서 드러나는 비극성을 아주 정확하게 다음과 같이 고백하고 있다. "그녀를 사랑하기에는, 나는 너무 어렸다."(원주 104) 어머니의 사랑에 목을 매놓고 있는 어린 시절 같은 체험은 인생에서 두 번 다시 찾아오지 않는다. 그러나 릴케의 묘비에 쓰인 것처럼 어머니말고 또 장미가 있다면—그리고 자신의 어머니를 염두에 두고서—순수한 모순으로서만 파악될 수 있는 존재로서 장미가 있다면(원주 105), 사랑에 대한 욕구는 이 상태에서는 충족될 수 없다. 경우에 따라서는 결국 자신의 어머니로부터, 마치 큰 위험이라도 되는 듯 도피해야만 된다. 어린 왕자가 하는 행동이 바로 그것이다. 그런데 그의 도피에서조차, 바로 그 도피 때문에 그만큼 더 강한 죄의식이 그를 괴롭힌다는 사실을 그는 체험하고자 하는 것이다. 보이지 않는 뱀의 아가리나 호랑이의 발톱과도 같은 어머니로부터의 도주는 실현될 수 없는 것이다.

그런데 어린 왕자가 침묵의 저항으로써 진지한 행동을 보이며 출발의 준비를 갖추기 시작하자마자(놀랍게도!), 장미는 한 번도 그런 적이 없었건만, 돌연 용감무쌍하고 희생적으로 바뀐다. 그녀는 어린 왕자를 그 누구보다도 사랑하였고 그가 행복하기를 간절히 바랐으며(원주 106), 신경통이나 두통을 내세워 어떤 일이 있어도 이런 결과에 이르지 않도록 했던 것이며, 이 모든 것은 다 사실이다. 어린 왕자가 그녀로부터 떠나려 하자 마치 홀가분한 일이라도 되는 듯, 흔히 내뱉던 비난과 넋두리가 어머니를 혼자 내버려두고 떠나겠다는 어린 왕자의 잔인한 결정에 대해, 현재의 시점에서 보자면 적어도 사죄와 합리화 같은 성격을 갖게 된다. 그대신 그녀의 "침묵의 온후함"(원주 107)이 바로 이 시점에서 시위라도 하듯 펼쳐지며, 마치 준엄한 비난처럼 작용해야 되는 것이다. 그래야만 세상일이 공평무사해지는 것이다. 지금까지 모든 잘못을 어린 왕자에게 떠맡겨버릴 줄만 알던 장미가 돌연 두 사람의 관계에서 일어난 비극에 자신의 잘못도 있음을 인정하며, 어린 왕자뿐만 아니라 자기 자신을 '어리석다'고 질책할 마음의 자세를 보인다(원주 108). 그렇지만 이런 뒤늦은 후회의 행위는 그 시점이 너무 늦을 뿐만 아니라 어린 왕자가 시도하는 도주의 정당성을 모두 빼앗고자 아주 교묘하게 이루어지고 있다. 지금껏 어리석은 짓으로 말미암아 끊임없이 죄의식 속에서 살던 그가 이제 어머니에게 등을 돌려야 된다면, 그토록 선량하며 다정하고 겸손해진 그리고 무엇보다도 참으로 이해심 많게 그를 대하시는 어머니에게 가장 큰 죄의식을 느껴야만 하는 것이다. '애벌레'의 단계를 거치지 않고는 '나비'가 될 수 없다는 것을 그녀도 안다(원주 109). 다른 말로 하자면 어린 왕자의 갑작스런 소원한 행동을 '번데기로 되는 필수적인 과정'으로 받아들이고 이 모든 삶의 쓴맛을 아주 감동적인 인내심 그리고 상대방의 입장에 서서 이해하는 마음으로써 감내하는 것이다. 어린 왕자가 장미의 진실된 위대함과 선의의 축복을 무시하고 그의 도주계획을 추진한다면 어린 왕자가 느낄 죄의식은 따라서 엄청날 것이다. 그를 엄습하는 아주 강렬한 후회와 슬픔이 있는 것이고, 따라서 그 고통스런 '이별'을 그만두도록 다그쳐야 될 사람은 결국 장미가 아니겠는가. 그러나 어린 왕자가 독립적이 되어 자신의 행복을 스스로 찾아나서야 될 것이라는 그녀의 '허락', 아니 그녀의 '소망'은 갖은 비난과 질책으로도 얻지 못했던 만큼 더욱 가까이 그를 '불쌍한' 장미 곁에 잡아두는 것이다. 그녀의 행복과 고통에 대한 질문이 앞으로는 끊임없이 그를 괴롭힐 것이다. 자기 결정의 정당성을 확보하자면 어머니의 도움을 받지 않고 낯선 곳에서 행복과 성공을 정말 쟁취했다는 증명이 꼭 필요한 것이다. 그가 장미에게 체념이라는 고통스런 결정 말고도 또 다른 걱정을 끼쳐드리지 않겠다면 말이다. 그리고 그가 쟁취하게 될 행복조차 장미의 눈물, 아니 그 죽음이라는 대가를 치르고 얻은 것이라는 죄의식으로 물들고 말 것이다.

어린 왕자가 체험한 세계의 배경에 대한 이런 모든 설명은 장미의 별에 대한 언뜻 앞뒤가 맞지 않는 제멋대로의 정보에 주의를 집중하며 수미일관하게 추적하면서 그 상징의 측면을 정신분석학적으로 섬세하게 다룰 때 설득력을 갖게 될 것이다. 《어린 왕자》는 이런 시각에서 보자면 그다지 '곱지' 못했던 어린 시절의 문학적 재구성임이 드러난다. 그것은 사랑 때문에 고생만 하신 어머니(장미)로부터 물려받은 절반은 의식되고 나머지는 의식되지 않는 영향 및 성격들을 정리하는 작업이며, 해결책이 없는 문제에 대해 드디어 정당하며 옳은 답을 발견하고자 하는 시도와도 같은 것이다. 물론 이 모든 것은 마치 말로 표현은 못하고 감만 잡듯, 안개 속인 양 비밀스럽게 일어난다. 생텍스는 《어린 왕자》가 질문은 받지만 정답은 주지 못한다는 점을 거듭 강조한다(원주 110). 그리고 그것은 이야기의 진행을 따르자면 정말 맞는 말이다. 그러나 《어린 왕자》의 본래 주제인 어머니의 비밀을 다루자면 죄의식과 불안 그리고 양가성 갈등이라는 덮개 밑에서 그것이 예나 지금이나 똑같이 언어로 표현되지 못하기에, 상징적 문학작업이 필요한 것이다. 그럼으로써 의식이 알고자 하지 않는 것은 감추면서 대낮에 스스로 고백해야만 되는 것보다 훨씬 더 많은 것을 객관적으로 알릴 수 있는 것이다. 상징의 세계에서 《어린 왕자》는 정신분석학적으로 중요한 모든 질문에 대해 그의 평범한 삶으로써 대답하고 있다. 예술은 '올바른' 질문을 제시하거나 《어린 왕자》가 표현하는 감정의 의미 속으로 독자가 깊이 감정을 이입하여 어떤 세부묘사도 군더더기같지 않고 서로 맞물려 설득력을 갖게 될 때에만 가능하다. 그렇게 되면 수백만 독자가 사랑하는 불멸의 작가에 대한 그 어떤 전기와 해설서보다 더 많은 것을 생텍스의 가장 유명하고 중요한 작품을 근거로 하여, 경이롭지만 그러면서 한편 깊이 상처받은 주인공의 마음을 독자는 마침내 깨달을 수 있게 될 것이다.

그러나 이런 모든 정신분석적 재구성의 시도와 해석이 어쩌면 선입견과 불충분한 이론적 방법을 전제로 하여 실현된 것이 아닌가 하는 독자의 반응을 예상해볼 수 있겠다. 무언가 인간적으로 위대한 것과 뛰어난 것을 또다시 '오이디푸스적 공상'의 쓰레기로 만들어버리고 마는 것은 아닐까? '모든 것이 사실은 아주 다른' 것은 아니었을까? 그리고 중요한 것은, 결국 정신분석학적 해석의 타당성을 그 누가 보증할 수 있을 것인가?

지금까지 다루어진 《어린 왕자》의 '장미'에 대한 고착이라는 문제는 전적으로 《어린 왕자》의 독서를 바탕으로 하여 발전된 생각으로서 다른 전기적·자전적 정보의 좀 더 큰 도움 없이 이루어진 것임을 강조할 필요가 있겠다. 생텍스 소설의 수많은 중요한 구절이 위에서 언급된 대로 유일한 핵심적 문제의 시각에서 그 자체 논리적·필연적이며 수미일관의 성격을 가지고 있지 않다면 아주 우연스럽고 이해가 불가능한 것, 또는 완전히 기괴한 것으로만 받아들여지고 말 위험이 있음을 덧붙여 설명할 필요가 있겠다. 내적 완결성과 일치라는 기준은 문제되는 해석방법의 정당성을 증명하는 데 아주 강력한 논거가 되는 것이다. 그러나 정신분석을 이해심 없이 회의적으로 바라보는 독자에게도 생텍스 안에는 정말로 위에서 묘사한 대로 그의 신비스런 '장미'에 대한 걱정, 죄의식, 불안과 의무감으로 가득찬 '어린 왕자'의 모습이 있다는 점, 그리고 이 '장미'가 다름아닌 바로 그의 어머니라는 점은 설득력 있게 들릴 수 있을 것이다.

다름아니라, 다행스럽게도 20년이 넘는 세월이 지났음에도 어머니에게 보낸 생텍스의 편지가 보존되어 있다.

또한 소설에서 사용된 남프랑스의 언어 표현이 소년과 청년을 거쳐 어른이 된 남자의 심리문제에 독일어의 표현보다도 훨씬 더 강한 섬세함과 시적 분위기를 불러일으킨다는 점을 고려한다고 하더라도, 교육·직업·결혼과 전쟁을 거쳐 25년의 세월이 흘러갔음에도 어머니에 대한 그의 마음, 다시 말해 염려·슬픔·보금자리를 찾는 마음, 책임·구속 및 신뢰의 감정 등이 한치의 변화도 없이 똑같이 표현되고 있음에 경탄하지 않을 수 없다.《어린 왕자》에서도 그의 '장미'에 대한 특이한 관계에서 같은 감정이 똑같은 방식으로 표출되고 있음을 확인할 수 있다. 어머니에게 보낸 생텍스의 편지 초록을 연도의 표시와 함께 아래에 직접 독자가 읽도록 보여주는 것이 가장 좋을 것 같다. 이 편지를 읽으면 생텍스가 일생 동안 어머니한테 얼마나 심리적으로 묶여 있었는지를 독자는 쉽게 알게 될 것이다. 처음 편지글을 쓸 때 생텍스의 나이는 21세였으며, 마지막 편지를 쓸 때의 나이는 44세였다. 인생의 반이 지나가버린 시간이었건만 어머니와의 관계에 있어서만은 이 오랜 기간 동안 인간 생텍스는 시종일관 똑같은 사람일 뿐이었다. 간청하며 흠모하고, 후회하며 절치부심하고, 보호를 찾는가 하면 보호해 주고자 하며, 어머니의 운명을 끊임없이 자신의 운명과 동일시하며, 자유를 찾는가 하면 귀향하고자 하는 등 부단히 양가적 심리를 보이고 있다. 이들 편지가 보여주는 양가적(兩價的) 감정의 전체적 인상은 그의 '장미'에 대한 '어린 왕자'의 '곤경'과 '책임감'이 마치 가장 권위 있는 주석서처럼 표출되어 있다는 사실이다.

생텍스는 1921년에 다음과 같은 편지를 쓰고 있다.

어머니, 저는 어머니의 편지를 또다시 읽고 있습니다. 어머니는 너무 지치고 슬퍼하며 혼자 계시는군요. 그러면서 제가 편지도 보내지 않는다고 욕하시는군요. 어머니, 그러나 제가 편지를 보내드리지 않았읍니까! 어머니가 슬퍼하시면 저는 절망스럽습니다……. 제가 어머니를 얼마나 사랑하는데, 어머니를 꼭 껴안아 드리고 싶군요, 세상에 둘도 없는 저의 어머니(원주 111).

꿈에서 어머니를 자주 뵙니다. 그리고 제가 어렸을 때 어머니와 겪은 여러 가지 일들을 회상하지요. 그때 어머니께 너무 많은 걱정을 끼쳐드렸던 것 때문에 제 마음이 너무 아프군요. 제가 알고 있는 세상의 그 어떤 어머니보다도 섬세하신 어머니를 제가 얼마나 사랑했는지 아시기나 하시는지요. 어머니는 행복한 인생을 살 만큼 덕을 쌓으셨지요. 그리고 또, 제가 하루 종일 말썽만 피우는 못된 녀석이었던 것도 아니잖아요? 네, 어머니? (1921, 원주 112).

제가 아주 어렸을 때나 지금이나 저는 늘 어머니가 굉장히 필요합니다. 이곳에는 하사관들·군기·전술강좌 등 너무 삭막하고 딱딱한 것들이 있을 뿐입니다. 거실에서 꽃을 손질하는 어머니의 모습이 눈에 선하군요 그러면서 이런 막된 하사관들에게 분노가 치밉니다. 제가 도대체 어떻게 했길래 어머니가 가끔 울음을 터뜨려야만 되었을까요? 그런 걸 생각하면 저는 너무 불행합니다. 제가 못되어 얼마나 마음이 아프셨겠어요. 그런데도 어머니는 제 인생에서 가장 훌륭하신 분이었고, 그런 제 여린 마음을 어머니가 아시기나 했더라면 얼마나 좋았을까요. 오늘 저녁에는 제가 마치 어린아이라도 된 것처럼 집이 그리워집니다. 제가 집에서 어머니와 같이 살 수도 있는데 그렇지 못하고, 어머니 혼자서 쓸쓸하게 지내신다는 생각이 들면서 어머니의 따뜻한 손길만 그리웁고, 제가 불효자임을 생각하니 오늘 저녁 그만 가슴이 무너집니다. 슬플 때면 어머니만이 저의 위안입니다. 제가 어렸을 때 등에 무거운 책가방을 메고 집으로 오면서 학교에서 당한 처벌 때문에 흐느껴 울다가도—어머니도 르망이 생각나시죠—어머니의 입술을 제 얼굴에 느끼면 저는 모든 슬픔을 다 잊었죠. 어머니는 훈육 선생이다, 동네 신부님이다 하는 분들로부터 저를 늘 든든하게 지켜주셨지요. 어머니가 계신 집이야말로 안식처이자 보금자리였으니까요. 그때가 얼마나 좋았던가요—그런데 지금도 똑같은 느낌입니다. 어머니는 제 도피처지요. 어머니는 모든 것을 다 아시고, 또 모든 것을 다 잊어버리도록 해주시지요. 그리고 원하든 원치 않든 저는 그만 어머니의 아주 어린아이가 되는 거지요

(1922, 원주 113).

어머니가 괴로워하시는 것을 생각하니 저는 너무 슬프군요. 제가 어머니께 제 모든 믿음을 다 바치며, 제 걱정을 모두 말씀드려야 됨을 저는 잘 알고 있습니다. 제가 어렸을 때 모든 괴로움을 말씀드리고 홀가분했듯이 어머니는 저를 또 위로해 주시겠지요. 저는 어머니가 당신의 아들인 이 못난 놈을 끔직히 사랑하고 계신다는 것을 너무 잘 알고 있답니다(1923, 원주 114).

저는 어머니 두 손 안에 모든 것을 다 맡깁니다. 그러면 어머니는 의젓하게 힘찬 말씀을 해주시죠. 그렇게 되면 모든 게 다 잘 풀립니다. 저는 지금 아주 어린 꼬마가 되어 어머니의 품 속으로 도망가고 싶은 마음이랍니다(1923, 원주 115).

어머니한테 아무 소식도 듣지 못한 지가 벌써 한 달째입니다. 저만 소식을 올리고 아무 말씀도 듣지 못하니 마음이 아프군요. 어머니의 말씀 한마디만 들어도 마음이 놓일 텐데요. 곱고 예쁘신 어머니는 제 마음을 뒤흔드는 커다란 사랑이시니 말씀입니다. 저는 멀리 떨어져야 비로소, 도피처인 보금자리가 제게 얼마나 다정한 곳인가 하는 것을 훨씬 더 잘 알게 되나 봅니다. 그러니 어머니의 말씀 한마디, 어머니의 손때가 묻은 어떤 기념품 하나로 제 모든 우울증을 가시게 할 수가 있습니다(1926, 원주 116).

　어머니는 이 세상에서 가장 사랑스러우신 분입니다……. 어머니는 저한테서 너무 멀리 떨어져 계십니다. 그러니 어머니가 얼마나 외로우실까 걱정입니다……. 제가 어서 빨리 집에 돌아가야 아들 노릇을 할 텐데요. 그게 제 꿈입니다. 어머니를 만찬에 초대하고, 그 밖에 또 어머니 마음을 기쁘게 해드릴 일이 얼마나 많습니까. 툴루즈로 어머니가 오셨을 때, 제가 해드릴 수 있는 것은 하나도 없어서 너무나 슬프고 부끄러운 나머지 따뜻한 말씀 한마디 나누지 못하고 그만 못난 모습만 보여드리고 말았습니다. 그러나 어머니, 어머니는 아무도 할 수 없는 사랑의 넉넉함을 제게 안겨주셨지요. 제 기억에 고스란이 살아남아 있는 어머니의 모습은 제게 얼마나 큰 힘이 되는지 모릅니다. 어머니의 손길이 남아 있는 물건이라면 그 어느 것이든 제 마음을 따뜻하게 해주는군요. 어머니의 목도리, 장갑, 이런 것들이 저의 마음을 지켜준답니다(1926, 원주 117).

　어머니가 원하신다면, 결혼하죠……(1928, 원주 118).

　르망에서 살던 시절, 우리가 침대에 누워 이미 잠들 무렵, 어머니는 때때로 아래층에서 노래를 부르셨죠. 그것은 마치 호화로운 축제에서 울려퍼지듯 저희들 귓전에서 맴돌았지요. 저한테는 그랬지요. 제 평생에 가장 '온화하고' 평화로우며 다정한 대상은 생모리스 시절 윗방에 있던 작은 난로였지요. 그것만이 존재에 대한 믿음을 제 마음 속에 심어 놓았습니다. 그 작은 난로가 모든 위험으로부터 우리를 지켜주었습니다. 이따금 어머니가 올라오시어 문을 열고 따뜻한 불로 상기된 저희들을 지켜보시곤 했지요. 열에 달구어진 난로의 불타는 소리를 확인하고는 다시 내려가셨습니다. 그것이 저의 둘도 없는 친구였던 셈이지요. 제가 터득한 영원무한성은 은하수에 있었던 것도 아니고 하늘을 날며 배운 것도 아닙니다. 바다도 아니죠. 바로 어머니의 방에 놓여 있던 그 둘째 침대였습니다. 병이 나서 누워 있다는 것이야말로 세상에서 둘도 없는 행복이었지요……. 침대는 끝없는 대양과도 같았고 저는 감기에 걸리기만 기다렸지요. 그곳에는 또 생동하는 벽난로도 있었죠. 영원불멸이 무엇인지 제게 가르쳐준 사람은 마그리트였지요. 제 어린 시절 이후 저는 그만 삶에서 아주 멀어진 듯한 느낌입니다(1930, 원주 119).

제가 어머니의 조그만 편지, 그 자상하신 편지를 받았을 때, 저는 그만 울고 말았습니다. 쌍야에서 어머니를 그리워하며 제가 홀로 외쳤기 때문입니다. 이웃과 헤어진 상태에서 침묵만 남아 있다는 사실에 대해 저는 참을 수 없는 분노를 느꼈으며, 저는 어머니를 목메어 외쳤습니다. 제 아내인 콘수엘로처럼 누군가를 꼭 필요로 하는 사람을 뒤에 남겨 놓고 떠나야 한다는 것은 끔찍한 일입니다. 감싸주고 방패막이가 되고자 귀향을 간절히 꿈꾸어 봅니다. 어머님께 대한 제 의무를 하지 못하도록 막고 있는 사막의 모래밭에서 손톱이 다 빠지도록 갈구합니다.

산이라도 옮겨 놓고 싶은 심정입니다. 그러나 저는 어머니가 필요했습니다. 저를 지켜주고 보살펴 주실 분은 어머니뿐입니다. 저는 작은 염소의 이기심으로 어머니를 찾아 소리질렀습니다. 제 처를 좀 생각해주느라 제가 집에 갔었죠. 그러나 어머니, 사실은 어머니야말로 귀향의 의미입니다. 이제는 그렇게 노약하시면서도 어머니는 수호천사처럼 그렇게 강하고 지혜롭게 우리를 지켜주셨고 저는 이 외로운 밤, 어머니의 도움을 간절히 기다리고 있습니다(1936, 원주 120).

그런데도 저는 어머니께서 몇 달 안에 고향의 벽난로 앞에서 저를 꼭 껴안아 주실 수 있으리라 간절히 소망하고 있습니다. 이제는 새하얗게 늙으신 사랑하는 어머니, 그때 저는 제 생각을 모두 다 말씀드릴 수 있겠지요. 어머니와 모든 문제를 상의하며 말씀 한마디 거스르지 않겠습니다. 어머니는 제게 말씀해주시고, 저는 세상 모든 일에 언제나 틀림이 없는 어머니의 말씀을 따르고⋯⋯. 저의 둘도 없는 어머니, 어머니를 사랑합니다(1944, 원주 121).

생텍스의 이 마지막 편지에서 '작은 양'과 '재갈'의 문제가 암시되어 있음을 독자는 한 번 더 확인할 수 있을 것이다. 그녀의 말이 옳아야 되고, 그래서 어떤 일에서도 틀림이 없는 바로 그 '장미'의 문제 말이다. 그러나 그 문제 말고도 이 편지들은 의무와 신의라는 생텍스에게 아주 중요한 생각을 속속들이 보여준다. 편지들은 무엇보다도 '장미'가 그녀의 작은 '별'에 퍼뜨리는 '향기'며 아늑함의 '분위기'에 생텍스의 감정이 얼마나 묶여 있는가 하는 점을 기록에 담고 있다. 더 나아가 생텍스가 평생 동안 얼마나 어머니에 고착되어 있는지를 아주 뚜렷하게 표현하고 있다. 우울한 어머니의 비난은 그를 죄의식과 무한한 보상심리로 짓누르는가 하면 동시에 그녀의 민감한 감수성으로 바깥 세상의 삭막한 현실에 맞서 그의 주위에 강력한 방어벽을 쌓아주는 것이다.

이것으로써 《어린 왕자》의 분석에서 제안한 우리의 가설은 충분히 증명되고도 남은 셈이다. 비록 상징적이기는 하지만 생텍스의 작품, 또는 그에 대한 글, 그 어느 곳보다도 《어린 왕자》에는 외부세계에는 철저히 감추어진 생텍스의 본질이 적나라하게 표출되어 있다. 그것은 바로 온갖 그리움의 감정, 양가성의 감정, 여러 요구사항들과 죄의식을 다 포괄하는 분리되지 않는, 분리할 수 없는 어머니에 대한 집착이다. 다른 말로 하자면 《어린 왕자》의 핵심적 비밀인 '장미'의 비밀은 어머니를 중심으로 풀어야만 이해될 수 있는 것이다.

2. 이카루스의 비밀

　그럼에도 어머니한테 유아적 심리로 종속되어 있는 상
태는 생텍스의 태도 가운데 하나일 뿐이며, 게다가 그것
은 잘 드러나지 않는 감추어진 태도이다. 또 다른 하나의
태도는 모든 사람이 다 볼 수 있으며 그들의 경탄의 대
상이 되는 '비행사'의 역할로서 뛰어나며, 창공을 가로지
르는 모험을 즐기는 사상가·작가·문명비평가 및 동지의
풍모를 보인다. '비행사' 생텍스(원주 122)를 찬양하는 노래
를 듣다 보면 그만 잊게 되는 것이 있는데, 그것은 형식
적으로 《어린 왕자》에서 또 다른 관점에 의해 보완되고
구원되기를 기다리는 것이 바로 이 역할이라는 점이다 :
'비행사'는 좌절한 것이다―《어린 왕자》의 동화는 그 좌
절로 시작되고 있다. 따라서 이 소설의 상징성을 제대로
이해하자면 비행사의 상징 속에 무슨 뜻이 담겨 있는지,

또는 그 상징이 얼핏 보기에 더 이상 아무런 생명력을 가지고 있지 않은 것인가 하는 물음을 던져볼 필요가 있다. 그렇게 되면 '어린 왕자'라는 인물에 대한 일종의 이면상을 보게 되는 것이며, 이 두 상징인물 사이의 대조와 긴장이야말로 생텍스의 본래 주제와 본질인 그의 실제 모습과 진실을 구성한다. '어린 왕자'와 '비행사'의 긴장 안에서만 생텍스가 독자에게 들려주는 "전언(傳言)"의 "예언적" 단초들이 왜 만족되지 않는 동경의 우울한 지평을 뛰어넘지 못하는가 하는 이유와 사실만 보자면, 그것들이 왜 마음을 놓게 해주는 확신으로 넘어가는 모습을 보이지 못하는가 하는 이유를 이해할 수 있다.

정신분석에서는(마르크스주의의 사회비판에서도 마찬가지인데) 정신적 자세를 특정한 심리적 복합체(또는 어떤 사회적 경제적 갈등)의 후발현상 또는 반응으로 해석하는 경향이 아직도 계속 지배적이다. 그러면서 정신적 내용 자체가 그 기저에 깔린 무의식적 과정의 '산물'인 것처럼 '하부구조'와 '상부구조' 사이의 엄격한 구별이 전제되고 있다. 물론 특정한 이론형성과 인생관은 이데올로기화 또는 이성화로서 극복되지 못한 심리적(또는 사회적) 부조화의 합리화 및 은폐로서 볼 수 있다는 점은 부정할 수 없는 사실이다. 그러나 일반적으로 이 전제는—스스로 이데올로기에 묶여—모든 정신적 확신을 무언가 비본래적인 것, 파생적인 것, 그리고 위장하는 것으로 설명하겠다면 모르지만 사실 받아들이기 어려운 전제다. 실제의 정신적 내용에서 출발하여 특정한 정신적(또는 사회적) 복합체의 문제를 해결할 수는 없는 것이고, 특정한 견해의 복합체적 성격을 암시하는 것은 바로 정신적 확신 안에서 일어나는 불합리성인 생각의 어긋남과 모순들인 것이다. 정신 자체가 아닌 정신의 협소화, 정신적 시각의 변질과 왜곡이 다른 무엇보다도 심리적 장애와 제한의 결과로서 밝혀진다—생텍스의 작품을 놓고 볼 때 이것은 그의 '전언'을 그 정신적 시각의 원대함과 인간적 깊이를 긍정적으로 이해하고 평가할 수 있다는 점을 뜻한다. 그렇다고 해서 이것이 그의 문제, 무엇 때문에 자기 자신의 미래 전망에 충분한 신뢰를 갖지 못하고, 그가 그토록 정열적으로 변호한 종교적 유산을 문학적(비유적)이지 않은 다른 방식으로 수용하지 못하는가 하는 문제를 도외시하는 것은 아니다.

《어린 왕자》의 모든 독자에게는 사랑과 신의라는 단어가 많이 나오는 데도 불구하고 이 책에서는 특이하게도 따뜻한 애정의 실제 감정 표시는 '비행사'와 '어린 왕자' 사이의 관계에서만 묘사되어 있다는 것이 눈에 띌 것이

다—거의 '그리스'적이라 할 수 있는 동성애적 사랑으로
서, 소년을 사랑하는 이 상태에서는 끝없는 동경의 원리
로서의 에로스(원주 123)역이 '어린 왕자' 속에 뭉쳐 있다.
그와 반대로 여자에 대한 사랑에 관해서는 감추는가 하
면 동시에 보여주는 '장미'의 상징성을 제외하고는 생텍
스의 작품에서 한 마디도 언급되어 있지 않다(원주 124).
이 사실만 가지고도 생텍스의 근원적이며 참된 사랑은
어린 시절부터 변함없이 그의 '장미'뿐이었다고 결론지어
야 할 것이다. 그리고 그가 '믿음직한' '어른세계'에 물들
지 않은 '어린이'의 역할에서 자신을 가장 존경하고 사랑
할 수 있었으며, 한편 어머니에 대한 끈끈한 정을 자신과
타인들에게 다 고백하는 것을 동시에 아주 부끄러워하며
망설였다는 사실을 알 수 있다.

그러나 생텍스의 동화는 더 많은 것을 드러내 보여주
고 있다. 자신의 장미만을 유일하게 사랑한 어린 왕자는
이 세계에 발을 내디딜 때, 장미한테 쫓겨난 사람으로서
그녀의 요구로부터 도망쳐 온 사람으로 그려지고 있는데,
바로 이런 대립이 생텍스의 특징인 것처럼 보인다. 그럴
것이 고상한 '보수적' 가치관의 소유자인 어머니에 대한
끈끈한 정뿐만 아니라 그와 똑같은 정도로 모성의 치맛
바람에 대한 불안이 생텍스의 생각과 감정을 특징짓고

있으며, 이런 배경을 알고나야만 그의 창작의 원칙적 미완성과 정신적 불안 등을 이해할 수 있다. 진리의 추구에서 요구되는 자기초월인 헌신 및 희생이라든지, 그의 생애 끝 무렵에 더욱 깊이 자리잡던 죽음에의 동경—인생에서는 이룰 수 없으면서도 베일에 싸여 유혹하는 모성의 세계와의 신비적 결합, '장미'의 행성합일, '장미'의 별로 어린 왕자가 귀향함으로써 모든 문제가 문자 그대로 '유토피아적'으로 해결된다는 점 또한 더 잘 이해할 수 있을 것이다. 이런 점들을 분명히 하자면, 물론 《어린 왕자》의 동화를 작가의 모든 작품과 전기를 동원하여 살펴볼 필요가 있다. 그곳에는 어머니한테서 도망간다는 중심 주제가 그 바닥에 깔려 있는 것이다.

생텍스는 비행기 조종사·작가로서 문학사에 기록되어 있는데, 이는 맞는 말이다. 그에게 비행기 조종사는 언제든 그만둘 수 있는 직업이나 부업이 아니라 그의 인생을 다 걸어야 할 만큼 절실한 욕구다. 최악의 의기소침의 상태로부터 그를 구제한 것이 비행기 조종술이었다(원주 125). 그것은 실제적인 행동에 적극적으로 참여하고자 하는 그의 소망을 비상하게 만족시키며 그토록 동경했던 동지와의 일체감, 공동의 사명에 참여함으로써 느끼는 일체감을 그에게 선사했다(원주 126). 비행—그것은 생텍스에게 모든 점에서 어머니의 세계와 반대를 이루는 남성적 세계를 뜻했다. 그의 안에 있는 '어린 왕자'는 수많은 죄의식과 심리적 종속상태, 말하자면 영원히 호로자식으로 남게 된다는 위험에 직면하여 '비행기 조종사'로서 그의 독립심과 남성을 시위하고자 평생 동안 절망적으로 노력했던 것이다.

어머니의 치맛바람에 맞선 투쟁, 남성적 자기 확신의 추구, 동지적 일체감의 동경, 평균치보다 힘들고 까다로운 '실제적' 과업에 대한 욕구는 의심할 여지없이 종종 피학적인 성격을 보여주는 수준까지 이르렀다. '전쟁 서신'에서 생텍스는 다음과 같이 고백한다. "내가 욕구를 느끼지 않는 것에 대해 나는 무엇보다도 강한 욕구를 가지고 있었다 : 쓰레기, 비. 시골농가에서 발병하는 신경통. 빈둥거리는 저녁. 이 모든 불안과 천 미터 높이에서 내려오는 우울. 불안을 또한 욕구하고 있었다. 이해할 수 있는 일이다. 사람들한테 일어날 수 있는 모든 것을 나는 욕구했던 것이다. 사람이 사람과 함께 있고자, 그리고 나와 비슷한 사람들과 함께 살며 힘을 내고자 이런 일이 벌어졌는데, 그럴 것이 내가 그들과 떨어져 있게 되면 나는 아무 곳에도 쓸모가 없는 사람이 되고 만다. 그들이 하고 있는 일에 혼신의 노력을 바치치 않는 사람들인 구

경꾼에 대해서는 경멸감만을 느낄 뿐이다.”(원주 127)

버릇만 나빠진 국외자 생활이라는 게토에서 마침내 벗어나 단순한 유유상종의 인생을 즐긴다는 소망이 아주 분명히 표현되고 있다. ‘사람들’—그것은 텅 빈 쾌락과 공허한 재치의 인위적 세계에서 속절없이 사는 사람들이 아니라, ‘삶’ ‘행위’ 그리고 ‘희생’의 주체를 말한다. 생텍스는 ‘실제적인 것’과 ‘인간적인 것’의 영역을 투지를 태우며 희생정신으로 가득찬 것과 아주 당연하게 일치시키는데, 이 일치는 그 명증성을 모성적 섬세함, 위협적인 비남성성과 잠재적 자기혐오의 체험에 근거한 통일성에서 찾을 수 있다. 다른 상황에서는 해볼 만하고 권장할 만한 것인데도 “단순한”, 명상적, “이론적” 인생이 생텍스한테는 부패의 온상으로서 멸시, 거부된다. 그러면 그럴수록 그는 어머니의 모순적 사랑을 대체해 주는 것을 찾으며 그것을 질식할 듯한 어머니의 사랑에서 찾지 않고 공동과업으로 뭉친 남자들만의 동료집단에서 확인한다.

전기에 알려져 있다시피, ‘친구’와 ‘동료’를 찾는 생텍스의 동경은 실제로 채워지지 않은, 그리고 어쩌면 끝내 채워질 수 없는 희망이었고, 그것은 인간적 체온과 연대감의 실제적 체험이라기보다는 오히려 ‘장미’로부터 도망가고자 하는 욕구에서 비롯된 것이라 할 수 있다. 그렇지만 어머니와의 특정한 유아적 체험 때문에 그들의 지성과 감성이 여자 앞에서 무의식적 불안으로 풀기 어렵게 왜곡되어버린 모든 사람들처럼(원주 128) 생텍스는 자신의 감수성과 심사숙고의 기질 및 예술적 성향을 무슨 유혹처럼 불길한 손길로서 받아들였으며, 어머니의 세계로부터 될 수 있는 대로 정반대되는 '남성적' 이상을 형성함으로써 모든 힘을 다해 벗어나고자 노력했다. 이 노력의 과정에서 그는 자신의 참된 친구를 발견한다. 생텍스가 흠모하여 마지 않던 프리드리히 니체가 그와 비슷한 방식으로 일세기 앞서 '초인'의 사상, 위대한 '행동'의 철학으로 도망감으로써 어린 시절의 '모권(母權)'에서 벗어나고자 했다(원주 129). 그리고 생텍스의 동시대 인물로서는 장 폴 사르트르가 절대자유의 요구로써 모성의 감옥에서 벗어나고자 애썼다. 그가 보기에는 자신으로부터 신과 같은, 즉자적이면서 대자적인 존재를 산출하기에는 인간은 너무나 '쓸모없는 욕망'의 현존일 따름이었다(원주 130). 무엇보다도 '자본계층'에 대한 그의 증오, '노동자'의 일원이 되려는 그의 헛된 시도, 그 예로서 르노 자동차 노동자들을 향한 증오심, 노동계층 설득의 실패(원주 131), 자신에 대한 끝없는 불만족은 동기나 방법 그리고 목표 설정에서 '동료'와 '참된' 인간을 헛되이 추구하던 생텍스 자신과 아주 흡사한 유사성을 보인다.

그러나 생텍스의 삶에서는 평생에 걸쳐 어머니로부터 도망가려는 노력이 니체나 사르트르보다는 '혁명성'에서 훨씬 뒤지게 표현되어 있었다. 어머니에 대한 불안감과 죄책감은 그에게 반항의 의지를 모두 질식시키고 말았으며, 게다가 그는 어머니를 너무 존경한 나머지 그녀의 인격과 세계관에 관해 어떤 의구심도 품지 않았다. 그럴수록 더욱 그의 내부에는 동경에 가득찬 퇴행적 경향과 함께 불안에 사로잡힌 채 앞으로 향하고자 하는 노력 사이의 갈등이 상징적으로 연결되어 표현 속에 집약되어 나타나고 있었다. 생텍스는 그것을 '하늘을 난다'는 정열적 욕구에서 발견했다. 전기작가들은 날고자 하는 생텍스의 소망이 병적 습관성이 될 위험이 있었다는 점에 의견을 같이 한다. 그런 상태에서 그는 항공역학의 한계와 법칙을 자주 무시했으며, 그것은 분명히 평균치를 넘는 정도로까지 발전하였다(원주 132). 생텍스에게 비행의 이 '잉여가치'가 '날아다니는 꿈'의 상징 자체에 근거하고 있음을 많은 것이 웅변한다(원주 133). '어머니인 대지'와 그 '중력'에서 환상적 방법으로 벗어나고자 하는 유혹, 모든 질곡과 제한으로부터 벗어난 무한한 독립과 자유의 상상, 모든 것을 압도하는 우월함과 신과도 같은 전능의 감정, 모힘, 남성적 용기와 시험의 도취, 의미를 부여하는 위대한 행위에 대한 희망 등에서 그런 점들이 잘 나타나 있다.

공간에서의 상승은 그 자체, 영혼의 위대함이나 인간적 성숙과 아무런 관련도 없다는 점을 들어 생텍스의 비행하고자 하는 성향에 대한 비판적 이의로서 제기하는 것은 거의 의미가 없다—'비행'은 원형적 상징이며 인류의 꿈이다. 그 꿈 안에 자연을 극복하려는 인간의 정신과 관련된 모든 그리움들이 꿈틀거리고 있는 것이다. 그래서 중부 아메리카 인디안의 신화는 날개 달린 뱀에 대해 이야기하고 있는데, 그 뱀 속에서는 정신이 물질을 극복하며 바람신의 힘 아래에 있는 지상적인 것이 하늘로 고개를 든다(원주 134). 그래서 많은 민족의 설화와 동화에는 구속의 특정한 형태로부터 벗어나고자 인간이 어떻게 새로 변하는지에 대해 끊임없이 이야기하고 있다(원주 135). 그리고 신과 같은 새 또는 조류 인간의 상징에서 자유와 지성 및 권력에 대한 요구가 끊임없이 확인된다—실제의 구속, 감정적 혼란과 자신의 가치에 대한 강한 회의의 전형적 반대소망들이다. 그것이 '비행 조종사' 생텍스의 심리 세계인 것이다.

그런데 생텍스는 '비행'에서도 모성적 '땅의 뱀'에서 떠나지 못한다. 상징 속에는 그것이 거부하고 있는 것과 함께 그것이 부정하고 있는 것의 내용이 담겨 있다. '비행기' 자체는 어머니의 상징인 것이고 생텍스는 '비행'의 모성적 체험의 내용을 분명히 의식하고 있었으며, 《아라스로의 비행》의 한 구절에는 비행기의 조종석에 앉아 있는 자기 자신을 어머니의 품속(또는 그 몸 안)에 있는 작은 아이로서 느끼고 있는 장면이 나온다. "온갖 종류의 관과 케이블로 뒤엉킨 이곳은 인간 육체의 순환계로 발전되었다. 나는 비행기로 확대된 유기체이다. 특정한 단추만 누르면 점차 내 옷과 산소를 덥혀 주는 비행기는 내게 쾌적한 상태를 안겨 준다……. 비행기는 말하자면 나를 먹여 살리고 있는 것이다. 비행기를 몰기 전에는 그것이 비인간적으로 보였는데, 이제는 그 가슴 곁에 자리잡고 있으면 비행기에 대해 일종의 유년기의 다정스러움을 느끼게 된다. 일종의 갓난아이의 애정을 느낀다."(원주 136)

생텍스는 한 걸음 더 나아가 비행기의 조종석에서 갖는 음식의 섭취 행위를 갓난아기의 젖 먹는 행동과 비교하고 있다. "그냥 이따금 손가락 끝으로 마스크로 통하는 조그만 고무관을 눌러본다. 늘 팽팽한 상태를 유지하고 있는지 확실히 알아 놓아야 되는 일이다. 우유가 아직 우유병에 있는지 손으로 잡아보고 그런 다음 얌전히 우유를 빨아 마시는 것이다."(원주 137)

아무리 생텍스가 그의 어머니를 '떠나 비행'하려 할지라도 내적으로는 그런 만큼 더욱 그녀한테 묶여 있으며, 바로 이 집착과 해방, 구속과 자유, 안정과 모험의 갈등이 심층심리적으로 그의 모든 사유의 잠재적 배경을 이룬다. '어머니'로부터 도망가고 다시 어머니한테 돌아오는 과정에서 유일한 정신적 '고공비행'이라 할 수 있는 그의 사유는 니체와 사르트르에서도 발견되는 것으로서—시종일관되는 자세에서는 비록 뒤떨어지지만—행복이라는 말 대신 행동이라는 말을 넣어만 보아도 그 점이 잘 드러난다. 그밖에 목표, 존재, 이성의 자리에 길[道]과 참여 그리고 의지라는 단어가 각각 들어간다(원주 138).

여우와 어린 왕자의 말 속에 생텍스가 얼마나 많이 성찰한 '철학'을 담아 넣었는가 하는 점은 그 책을 한 번 읽은 독자로서는 알 수가 없다. 생텍스의 싸움과 노력, 끊임없는 대결, 그 진지함과 극단성을 이해하자면, 자신의 퇴행적 경향에 대한 반작용으로 마치 성스러운 의무라도 되는 것처럼 자기 자신의 부단한 초월을 위해 필요로 했던 문제되는 문장들을, 특히 《성채》를 배경으로 마치 확대경으로 바라보듯이 읽어야 된다. 그가 《성채》의 통치자로 하여금 다음과 같이 말하게 하듯 그렇게 말이다. "그리고 사물에 대한 위대한 투쟁 : 너의 큰 잘못에 대해 이야기할 시간이 다가왔구나……. 모든 것이 넘쳐 흐르는 가운데서 금강석을 받긴 했으나, 결국 쓸모없는 유리제품밖에는 내놓을 것이 없는 사람들을 나는 불행하고 불만족스러워하며 정체성을 갖지 못한 사람들이라고 여겨왔다……. 그럴 것이 사물은 너를 성장시킨다는 의미만을 갖고 있으며 그것을 소유함으로써가 아니라 그것을 극복함으로써만 너는 성장한다." "일년 365일 내내 바윗돌에서 진을 다 빼고, 그로부터 빛의 광채를 얻어내고자 일년에 한 번 노동의 결실을 다 태워버리는 사람이 그 결실이 다른 곳에서 나오고 그의 수고를 필요로 하지 않는 결실을 날마다 받는 사람보다 더욱 풍성한 사람이

다.”(원주 139)

　생텍스가 실제로 자신의 막내 기질, 어머니의 응석받이라는 전형적 기질에 맞서 모든 의지와 죽기를 각오한 자기 혐오의 힘을 다해 얼마나 치열한 싸움을 벌여왔는지 분명히 알 수 있다. 어머니한테 거저 받는 것은 그에게 모두 아무런 가치가 없는 것으로 보였으며, 자기 시대의 근본적인 악으로서 투쟁의 목표였던 “소비의 행복”과 “갈증을 해소시켜 주는 알약이나 파는 상인”(원주 140)을 통한 모든 가치의 파괴가 생텍쥐페리의 북받친 분노를 사는 까닭은 그곳에 자기 자신이 속속들이 느끼고 있던 위험이 재현되고 있기 때문이다. 어머니의 숨막히는 ‘애정’에서 그에게 주어진 모든 것은 따지고 보면 그 기회를 빼앗긴 만큼 남발된 것이며, 따라서 그 의미가 반감된 것이다. 자신의 갈증으로 동경하고, 타인의 갈증이 아닌 자기 자신의 정열로써 소망하고, 그 노력으로써 극복하고, 자기 자신의 일로써 생산한 것만이 훌륭한 일로서 가치가 있는, 그러한 일로 생텍스는 크게 만족할 수 있다. 생텍스의 특이한 가르침은 숨막히는 보살핌과 그 배경에 자리잡고 있는 어머니의 불안한 사랑이라는 체험의 공간을 함께 생각할 때만 뚜렷해진다. 생텍스의 생각을 그것이 너무 지배하는 나머지 그는 다음과 같이 단언적으로

그것을 일반화시키고 있다 :

> ……사물의 의미는 터줏대감을 위한 비축량에 있는 것이 아
> 니라 변모와 전진 또는 삶의 타오르는 불꽃에 있는 것이다(원
> 주 141).

다만 '향락하는 자들', 소비의 안이함에 탐닉하는 사람
들을 그는 비판하고 있다. 그의 비판이 틀린 것은 아니지
만, 그 강도를 이렇게 절대적으로 증폭시킬 수 있는 추진
력은 태동하는 대중 시대의 체험에 있다기보다는 모든 것
을 주고 그럼으로써 모든 것을 먹어치우는 어머니에 대한
생텍스의 강렬한 인상에 있다 할 수 있다. 그에 대한 반작
용으로 그는 결여된 아버지, 남성적 '도전'의 세계라는 이
상을 찾아 도피한다(원주 142). 생텍스는 그것이 단순한 소
유로 치달리고 있다고 본다. 그리고 그렇게 치달리면 사
랑 자체도 위험스럽게 보이는 나머지, 《성채》의 통치자
가 다음과 같이 말할 때 그 말에서는 소시민적 결혼 형
식에 대한 타당한 비판의 주조음이 가학적 내용과 분리
될 수 없는 사랑의 노예화에 대한 오이디푸스적 불안의
음조와 새로이 섞여 들려온다 :

너희들의 사랑은 그 바탕이 미움이다. 그럴 것이 너희들은 남자 또는 여자한테 머물며 살고 있는데 그곳에 너희들의 힘이 비축되어 있기 때문이다. 그리고 하루 종일 어물쩍거리는 개처럼 너희들 먹이를 곁눈질하는 개를 모두 미워하기 시작한다. 그러면서도 너희는 이런 이기적 욕망을 사랑이라 부르고 있다. 사랑이 너희에게 허락되자마자 너희는 이 자유로운 선물 또한 너희의 불운한 우정에서 그렇듯이 비굴하게 왜곡시키고 있다. 따라서 너희가 서로 사랑하는 바로 그 순간부터 너희는 상처 입은 것처럼 보이기 시작한다. 그리고 이 고통의 시선으로써 더욱 예속시킬 수 있도록 너희는 상대방을 괴롭힌다. 그리고 물론 너희는 괴로워한다. 그런데 바로 이 고통이 내 마음에 들지 않는다. 무엇 때문에 내가 이 점에 있어 너희를 부러워한단 말인가?(원주 143)

이 생각을 액면 그대로 이해하자면 그것은 무조건 '받아야' 된다는 것에 대한 거부감 또는 선물을 받아야 한다는 것에 대한 불안감이다. 자신이 저지른 복수를 크게 두려워한 나머지 생텍스의 정확한 통찰력은 불안에 좌우되어 과장스럽고 조급하게 일반화되어 비인간적으로까지 들린다. 상대방을 조건없이 '요구'하고 마치 '밥'처럼 먹어 삼키는 '사랑'은 불행만 가져온다는 것이 사실이듯이, 인간은 자신의 한계와 미완성의 상태에서 상대방을 보상에 필요한 존재로서 마치 일용할 양식과도 같이 절대적으로 필요로 하고 있다는 사실 또한 부인할 수 없는 일이다. 그와 반대로 생텍스는 사랑이야말로 종속과 유대 그리고 상호적 필요성과 관계된다는 것을 원칙적으로 인정하지 못하고 있다. 사랑의 상호 교환적 필요성이 문제될 때마다 그에게는 원초적 이기주의와 단순한 욕구와 기생적 게으름이라는 왜곡된 상이 밀치고 올라오는데, 어머니를 실제로 자신의 욕망만을 위해 한번 '사용한다'는 유아적 죄의식 말고도 단순히 보호받고 보살핌 받는다는 '나태성 수동적' 괴물에 대한 무거운 불안감이 똑같이 작용하고 있는 것처럼 보인다.

생텍스와 니체는 불안이라는 개념을 빌려 이웃사랑과 용서라는 기독교적 이상에서 유아적 성격과 퇴폐성이라는 부정적인 면을 지적하고 있다.

너희는 용서와 이웃사랑만을 너무 많이 가르쳐서는 안된다. 왜냐하면 그것은 잘못 이해될 수 있으며, 다만 경멸 또는 복종에 대한 존경심을 뜻할 수 있을 따름이다. 그러니 너희는 인류와 개인을 통해 지상에서 이루어지는 모든 사람의 경이로운 협동을 가르칠 일이다(원주 144).

이런 식으로 생텍스가 일방적으로 받는 것에 대해 주는 것을, 선물 받는 것에 대해 선물 주는 것을 강조할 때, 그는 사랑을 결국 단순한 목표와 이상향으로 변질시키고 만다. 사랑하는 사람에게 애인은 그가 호흡하는 공기와 같은 것이며, 그를 떠받치는 바다와 같은 것이며, 그를 따뜻하게 해주는 빛과 같은 것으로서, 사랑의 적극적인 성격을 부정할 때, 그는 모색과 발견, 희망과 성취, 현실과 과제의 끊임없는 교환에 바탕을 두고 있는 사랑의 순환을 파괴하는 것이다. 사랑은 자기 자신의 존재를 탄생시키고자 상대방을 필요로 하는 내적인 상호의존에 의해 가능하다. 생텍스는 그와 반대로 어떤 특정한 숨막히는 사랑의 과대함에 대한 불안 때문에 타인의 행복을 위한 자기 희생과 참여를 너무 강조하여 그 행복이 태양과도 같이 모든 방향으로 흘러 넘치는 자기 방출의 화신이 되기에 이른다. 모든 인간관계의 행동주의에 초점을 맞춘 일방적 강조는 결국 생텍스로 하여금 《성채》의 통치자로 하여금 아주 진지하게 다음과 같이 말하도록 한다 : "내가 이미 네게 말하지 않았던가, 사랑에 대한 동경이 바로 사랑이다."(원주 145)

이런 생각을 가지고 살아가려는 사람에게 이 말씀은 사랑이라는 행복의 체험을 끊임없는 긴장의 요구로 대체

할 것을 뜻하는 것일 따름이다. 물론 《어린 왕자》의 '여우'는 틀린 말을 한 것이 아니다 : "네가 장미를 위해 잃은 시간은 네 장미를 아주 중요한 존재로 만든다."(원주 146) 그러나 생텍스의 관점은 그 단호한 극단성에서 원인과 결과를 혼동하고 있음에 틀림없다. 장미의 가치는 그 장미를 위해 바친 노력과 희생의 양에 달려 있는 것이 아니라, 거꾸로 한 인간을 정말 사랑한다면 어떤 희생과 노력도 대단할 것이 없다. 물론 그의 가치를 사랑을 통해서야 제대로 알게 되지만 그를 진실로 사랑하자면 그의 절대적 가치를 '마음으로 보고' 느껴야만 되는 것이다. 들판에 있는 오천 그루의 장미에게 어린 왕자가 하는 말은 맞다 : "너희들은 아름답지만, 그러나 속은 비어 있다."(원주 147) 인간에 대한 사랑으로 이 비유를 읽을 수는 없다. 안과 밖, 아름다움과 정신, '우아와 품위'(원주 148)라는 이 분법은 인간 자신에게는 모욕석이다. 사랑의 노력으로써, 빈 그릇처럼 여자를 가치와 내용으로서 가장 먼저 채울 수 있고 채울 수 있어야 되는 남자의 역할에 끼워 맞추게 되면, 이것은 경멸로 통하는 경계 또는 같은 말이 되지만, 애정이 불가능한 상상력의 심리로 통하는 경계에 가까이 접근하는 것으로서 위험하기 짝이 없는 생각이다. 사랑에 있어서 결정적인 것은 상대방을 자신의 노력의 양이나 의미로써 충족시키는 데에 있는 것이 아니라, 오히려 상대방의 절대적 가치를 감지하여 펼쳐 나가도록 도와주는 기술에서 나타난다. 이렇게 되어야만 상대방이 존재한다는 사실에 대한 감사의 고양된 느낌이 생긴다. 자기 자신이 상대방에게 내용과 의미를 주어서는 안되고, 애인의 아름다움, 마력 그리고 끝없는 거리를 통해 온 세상이 중심, 자장(磁場), 의미를 부여하는 조망이 되는 것이다. '길들이기'라는 사랑의 기술조차도 애인의 영혼이, 밀물이 밀려올 때마다 아주 진기한 조개를 새롭게 해변으로 나르고, 그 파도는 무궁무진하게 깊은 바다에서 살고 있는 매우 귀한 진주와, 누구도 보지 못한 산호에 대해 이야기할 수 있는 바다와 같지 않다면, 단조로움에 그만 떨어지고 말 것이다. 끝없는 비밀의 발견, 합일과 영원의 바다와도 같은 느낌으로 영혼이 확장되는 것은 사랑 속에 있는 동경의 참된 형식을 보여주며, 이것은 분명히 생텍스의 우울한 이상향과는 정반대가 되는 것이다.

사랑의 문제는 사실 인간의 불충분함에 대한 환멸에서부터 비롯하여 모든 사물의 체험에까지 이르고 있다. 생텍스의 시각에서 보자면, 공간에서의 어떤 형상이건, 시간 속의 어떤 의식이건, 그 어떤 것도 미리 주어진 가치와 내용을 갖지 않는다. 그러면 그럴수록 그를 사로잡는 것은 생명 없는 '물질'에 금욕적 자원봉사로써 의미와 가치의 도장을 누르고자 하는 욕구이다. 그렇게 되면 사랑의 문제에서 의미를 발견하는 자유는, 행동과 희생 속에서 의미를 구축한다는 구속으로 변형되어야 했다(원주 149). 그렇기에 '카이드'는 말하기를 : "그리고 너를 도와야 되는 내가 있다. 그리고 나는 나의 사제를 희생시킨다. 그 희생이 설령 아무 의미가 없다 할지라도[필자의 간투사 : 보라!] 나는 나의 조각가들로 하여금 그들이 설령 스스로 회의한다 하더라도 조각하도록 명령하겠다. 나는 나의 친척들을 죽이겠다고 위협하며 왕국으로부터 추방할 것이다. 그렇지 않으면 그들끼리 서로 죽이도록 명령하겠다. 나는 그들을 나의 엄격함으로써 살린다."(원주 150)

인간적 풍모와 흉내낼 수 없는 세련됨으로 두드러진 그의 생각과 감정에서 전체주의의 잔악함과는 완전히 별개의 것으로 보이는 생텍스의 철학은 이와 같은 자원봉사적 행위의 '철학'으로 말미암아 프로메테우스적 강요의 폭력적 행위로서 원하든 원치 않든 아주 수상쩍은 방식으로 전체주의에 가까운 니체의 표어를 떠올리게 한다 : "내가 행복을 추구하고 있다고? 내가 추구하는 것은 나의 작품이다 !"(원주 151) 의미를 만들고 가치를 키워 나가는 자칭 행동주의와 자원봉사의 열정이 결국 모든 사물과 인간과 개체를 단순한 원료, 괴물 같은 건축물의 부품으로 전락시킨다.

생텍스 사유의 모든 양가성이 이미 두드러지게 나타나고 있는 《야간비행》에서 트비에르는 파타고니아 항로개설이라는 우편물 수송을 위한 야심만만한 작업이 상당한 인명의 희생을 요구할 것이며 이것은 남편과 아버지에 대한 여자와 아이들의 이해나 권리와 절대적으로 상충하리라는 것을 아주 잘 알고 있다(원주 152). 그러나 '남자'와 '성인들'의 '요구'가 그것과 직접적으로 부딪친다면 '여자'와 '아이들'의 권리를 추상적으로 인정한들 무슨 소용이 있을 것인가? 용서나 빌 수 있을 따름이지 결코 책임질 수 없는 일을 책임감에서 해야만 되는 진짜 비극적 갈등이 생길 수 있다(원주 153). 이런 종류의 비극은 도덕성 자체의 변증법에서 생기는 것이지 생텍스의 경우처럼 성의 형이상학화된 이중구조에서 비롯하는 것은 아니다. 생텍스가 남성과 인간성을 추구하면서 그것 때문에 늘 다시 불안의 모순에 빠지곤 하던 그 양가성 자체를 '비극적'이라고 부른다면 몰라도 '남성적인 것'이 오해되어, '보존하는' '지켜주는' '정적인' '여성적인 것'의 태도에 대한 도덕적 대결의식으로서만 느껴질 때, 남자의 의무가 출발과 투쟁 그리고 행동이라는 반대되는 태도 자체로써 자신을 드러내는 것에 있다고 하는 생각은 '남성적 반항'으로서 이해될 수 있는 것이다. 《야간비행》의 끝에 가서는 그것의 실현을 위해서 인간이 '희생'되어야 하는 목표는 문제되고 있지도 않다.

"승리……패배……이런 말들은 아무런 의미도 없다. 그것은 개념과 가상에 불과한 것들로서 실제의 삶은 그 아래에서 움직이다 어느새 다시 새로운 개념이나 가상을 만들어 낸다. 어떤 승리는 민족을 약화시키고 어떤 패배는 그 민족을 새로 일깨운다. 리비에르가 겪었던 패배는 어쩌면 충만한 승리를 좀더 가깝게 가져다 주는 교훈일지도 모른다. 진행중인 사건만이 유효한 것이다."(원주 154)

역사의 이와 같은 행동주의로서 독일 나치의 신비주의까지를 포괄하여 문자 그대로 모든 것이 정당화되고 있다. 승리와 패배의 부추김 속에서 자신을 형성하고자 역사의 흐름이 인간의 희생을 필요로 할 때 역사 이데올로기는 완벽하게 재현된다. 마치 중부 아메리카의 아스테크 인디안이 어떤 민족보다 인상적으로 거행하는 피비린내 나는 의식에도 이유가 있다면 있는 것이다. 흙과 공기, 불과 물이라는 음양대립의 근원적 상징의 모순에서 생긴 '네 가지 움직임'은 그 전진하는 역동성을 신에게 제물로 바쳐진 인간의 희생을 통해 확보하고 있다(원주 155). 역사의 신화 속으로의 이런 후퇴가 당연하게 여겨질 때, 모든 야만적 행위는 가능하다. 아니 필연적이기까지 하다. '피'와 '희생'의 신비는 그러나 사실 아무 것도 정당화하지 못한다. 그리고 자신을 보호하고자 대량의 인명희생을 필요로 할 때, 신은 숭배의 대상이 되는 것이 아니라 다만 더욱 끔찍한 존재가 되고 만다. 그러나 신비화의 세계로부터 벗어나고자 한다면 여자의 비밀인 사랑의 체험은 무엇보다도 매혹과 마력을 잃지 않고서 불안을 일으키는 강박관념으로부터 해방되어야 한다. 결정적인 질문은 이제 세계의 배경에까지 이르는 '여성적인 것'과 '모성적인 것'을, 삼켜버리지 않는 안식처, 영원한 삶의 장소로 파악하는 것이, 어떻게 과연 가능한가 하는 것이다. 그것은 궁극적으로 어떤 신을 우리가 믿고 있는가, 어떤 신의 모습을 우리가 믿고 있는가 하는 질문인 것이다.

초인·인간신의 상(像)을 정립하고자 인신(人神)에 대한 기독교적 믿음을 공공연히 부정한 니체·사르트르와는 달리 생텍스는 그의 작품에 정말이지 수줍고 경건하게 전승된 표현인 '신'이라는 개념을 사용하고 있다. 전통적인 종교의 성스러운 측면과 공허한 측면을 다 인정하면서 신이라는 개념을 성서의 입장보다는 니체와 사르트르의 무신교에 가까운, 성서와는 아주 다르며 이따금씩 완전히 반대되는 내용으로 채우고자 함인데, 신의 모습에 대한 이런 새로운 해석 또한 본질적으로는 '모성적' 신의 품안에서 질식하여 죽을 것이라는 불안을 염두에 두고 있다.

생텍스가 신에 대해 이야기할 때는, 자신을 뛰어넘는 인간적 자기 초월, 인간적 안일의 부정이라는 의미로 대부분 그 말을 사용한다. 내적으로는 불안의 온상이며 정복해야 할 봉우리, 외적으로는 정상의 만남의 존재인 신을 '인격체' '은총' '아버지'라고 묘사하는 《성경》의 표현을 포함하여, 신을 인간의 본래적 피안과 연결하고자 하는 모든 시도에 대해 그는 격렬하게 반발했으며, 현대적 무신교의 원인이 무엇보다도 신이라는 개념의 인간화(니체라면 "양의 성격"(원주 156)의 철학이라고 말했겠지만)에서 찾을 수 있다는 그의 견해는 맞는 말이다. 그런데 기독교적 신의 그릇된 인간화에 맞선 반항은 생텍스로 하여금 기독교 정신의 희망을 모두 포기하도록 만들었다. "왜냐하면―'카이드'는 이렇게 말하고 있다―네가 신의 존재에 대해 의구심을 갖게 되면 그가 마치 너를 찾아오는 산보객처럼 보일 것을 너는 바라곤 할 터이지만, 네가 누구를 만나리라 생각하는가. 너를 그 어느 곳으로도 인도하지 않고 고독 속에 유폐시킬 너와 같은 사람을 만날 따름이다. 그럴 것이 네가 원하는 것은 신의 영광을 드러내는 것이 아니라 무대와 장바닥의 축제로서, 네가 체험하게 될 것은 일상적인 장바닥의 쾌락과 환멸이다. 그리고 그 환멸이 신을 저주하리라. 네가 어떻게 일상적인 것투성이의 상태에서 믿음의 증거를 댈 수 있겠는가? 그런데도 무엇인가 네게 임하리라 바라고 지금 있는 그대로의 너를 네 수준에 맞게 찾아와, 까닭도 없이 네 앞에서 무엇인가 모욕당할 것을 바라겠지만 간절히 신을 찾는 내게 이루어진 것같이 그런 일은 너한테는 일어나지 않을 것이다. 그와 반대로, 사물이 더 이상 존재하지 않고 사물을 연결하는 신의 매듭이 존재하는 그 단계에 네가 오르고자 애써, 마침내 그곳에 이르게 된다면, 정신적인 왕국이 열리며, 이성이 아닌 감성과 정신을 위해 예비된 현상들이 너를 눈부시게 할 것이다."(원주 157)

인간을 향한 신의 '계시' 또는 인간 몸 속에서 이루어지는 신의 '육화'라는 기독교적 생각들이 이 말로써 여지없이 부정되고 있다. 불안과 환난에 가득한 세계 가운데, 다만 인간이 '신'을 찾아 오르는 가능성만이 있을 따름이다. 그곳에 올라갈 수 있도록 해주마. 그럼으로써 너는 별빛에 드러난 산의 능선이 보여주는 모든 아름다움을 알게 되리라. 샘물의 단맛을 맛보도록, 너를 광야에서 목마르게 하리라. 그런 다음 너를 여섯 달 동안 채석장의 뜨거운 태양 아래 혹사시키리라. 그런 다음 네게 말하리라 : "정오의 햇볕 아래 몸이 다 타버린 남자는 밤의 비밀이 다가오면 별빛 아래 산의 능선을 다 오르고 나서 신의 우물의 침묵 속에서 그의 갈증을 풀게 되리라. 그리하여 너는 마침내 신을 믿게 되리라."(원주 158)

'신'—또는 '신'에 대한 믿음—은 생텍스에게는 인간이 자기 자신에게 원하는 것을 체험함으로써만 나타나며, 모든 사물이 인간의 노력과 희생을 통해서 그 가치를 보여준다. 따라서 '신' 또한 인간이 자기 자신을 부정할 때 발견하는 현실의 완벽한 구현 바로 그것이라 할 수 있을 것이다. 이와 같은 "신"은 인간의 질문에 어떤 답변도 주지 않는다. 그는 모든 인간적 자기 안일과 자기 만족에 질문을 던지는 원리일 따름이다. 어떤 의미에서 그런 신은 메카에 있는 커바[7]와 같다고 할 수 있겠다. 물론 예언

자 모하메드에게 보내는 전언과 가브리엘 천사를 염두에
두지 않고 하는 말이다. 그는 손의 접촉을 기다리는 검은
돌이다. 이마에 땀방울을 맺으며 광야를 가로질러 순례자
가 찾아올 때 그 의미를 되찾는 성스러운 돌이다. 그 자
체로서 의미가 있는 장소가 아니라, 자신의 한계를 뛰어
넘는 순례를 통해 자기 자신 속에 한계가 없다는 것을
발견할 수 있는 곳이다(원주 159). 왜냐하면 불빛에 보면
이런 '뛰어넘음'과 '순례'는 도달할 수 있는 목적지에 관
계되는 것이 아니라 사르트르의 경우와 마찬가지로 생텍
스의 여유를 모르는 초월은 근본적으로 다만 자신이 보
잘 것없다는 감정으로부터의 도피에 불과하다. 따라서
'신'과 모든 인간을 앞에 두고 떠나가는 완벽한 고립의
길일 따름이다. 《성채》에서 '카이드'는 이렇게 고백한다.
"주여, 이따금 저의 고독은 얼음장 같습니다. 이 저버림
의 광야에서 하나의 신호를 갈망합니다. 그러나 꿈에서
당신은 제게 가르쳐 주었습니다. 모든 신호가 덧없음을
알았습니다. 그럴 것이 당신은 저와 같은 위치에 계십니
다. 제가 자라도록 당신은 강요하지 않으시기에. 오! 주

---

7) 메카에 있는 대사원의 중앙에 위치한 건물로서 모든 이슬람교도들이
  찾아가고자 하는 순례지이다. 입구의 남동쪽 모퉁이에 성스러운 검은 돌
  이 자리잡고 있다.

여, 제가 지금 이 상태에서 무슨 일을 할 수 있겠습니까
?"(원주 160)

자신의 '왜소함'에 대한 부끄러움과, 자신에 대한 끝없
는 불만족과, 자신의 '비남성'에 대한 불안감, 프로이트의
용어로 '거세 콤플렉스'가 생텍스의 경우에는 종교적 언
어의 의상 속에 거의 감추어져 있다. 그런데 이 종교적
언어는 모든 것을 창조할 수 있도록 아무 것도 믿지 않
는 언어이며, 자신의 위대함을 '상승'에서만 찾고자, 이미
발견된 것에 안심하지 않는 언어이다. 그렇지만 극단적으
로 첨예화된 것, 자주 반명제로서만 파악할 수 있는 표현
들 속에서 동시에 그 반대의 것이 파악되지 못한다면 결
국 생텍스를 오해하게 되는 셈이다. 불안과 자기 혐오의
상태에서 세계의 '모성적' 배경이라는 가정을 줄곧 가차
없는 논리로써 비난하고자 했던 바로 그 남자가 동시에
자기 어머니의 세계에 대한 그리움에 가득한 추억에 마
치 마술에 사로잡히듯 묶여 있는 것이다. 생텍스는 어린
시절의 전승된 가치체계가 파괴되는 것에 깊이 괴로워했
으며, 그의 기본적인 입장은 완전히 보수적 성격의 것이
었다. 그 자신이 가장 그리워하는 바로 그것을 가장 부정
하며, 그 앞에 있으면 가장 멀리 도망가려 하는 그것을
사실은 가장 그리워하는 이 끊임없는 모순을 알지 못하

고서는 생텍스의 삶과 사상, 특히 '신'에 관한 그의 표현들을 이해할 수 없다. 부단한 자기 초월의 원리, 존재의 지속적인 불안이라는 원리가 바로 그 '신' 안에서 구현되고 있다고 보고 있는 생텍스는 동시에 신을 영원의 보증자라고 망설이지 않고 말할 수 있는 사람이다. 인간의 부단한 상승, 끝없는 방황을 말하다가도 엉뚱하게 인간의 안식처로서의 '신'에 관한 이야기로 넘어가는가 하면, 행동·희생·참여의 절대적 가치를 기리고 역사의 역동성을 모든 문제에 대한 마지막 열쇠로서 확신하기가 무섭게 지속과 확고함에 대한 욕구가 그를 엄습한다. 다음과 같은 《성채》의 영주의 다음 인용문은 '신'에 관한 그의 상이하고 모순된 모든 확신들의 기본 노선처럼 들린다.

……신의 몸종인 내게는 영원에 대한 의미가 절대적이다. 그렇기에, 나는 변화를 증오한다. 밤에 일어나서 그의 예언을 바람 속에 내던지는 그 변화의 목을 나는 눌러 죽인다. 하늘의 번갯불에 맞아 소리를 내고 쓰러지며, 숲과 함께 불타오르는 나무와도 같다. 신이 움직일 때면 나는 깜짝 놀란다. 변모하지 않는 존재인 그가 영원 속에서 다시 안정되길 기원한다. 그럴 것이 세계의 창조를 위한 시간이 있지만, 또한 물려받은 것을 보존하는 행복한 시간도 있기 때문이다. 그것을 안정시키고 가꾸고 손질하는 일이 남아 있다. 땅의 균열을 다시 메우고 사람

들에게 화산의 흔적을 감추는 사람이 바로 나다. 나는 심연 위에 자리잡고 있는 풀밭이다……. 그러기에 나는 일곱 세대가 지난 뒤 그 일의 완성에 좀더 이르고자 배의 용골작업 또는 배의 곡선작업을 다시 착수하는 그 사람을 보호한다……. 나는 번식하는 가축의 무리를 사랑한다. 나는 다시 찾아드는 계절을 사랑한다. 그럴 것이 무엇보다도 나는 고향을 갖고 있는 존재이기 때문이다. 나의 숙소인 오, 성채여, 나는 너를 모래의 계획들로부터 지킬 것이며 야만인을 향해 울려 퍼지도록 전쟁의 나팔로 너를 둘러 싸겠노라(원주 161).

방금까지도 찬양받던 현세의 집시들인 '유목민'들과 '실향민'들이 이제 어느새 우리가 조심해야만 되는 '야만인'이 되고, 이제 갑작스레 출발 대신에 보존이 문제되고 있는데, 그럴 것이 나락 앞에서 불안이 우리를 위협하고 있기 때문이다.

이와 비슷한 모순들이, 예를 들면 니체의 작품에 나타나는데, 그와 생텍스 사이의 영적 친밀성은 늘 다시금 부각되며 그것은 분명히 여자를 두려워하는 똑같은 근원에서 분명히 발원하고 있다. 지속과 영원에 대한 모든 생각을 역사와 세계의 플라톤, 기독교적 조작이라고 낙인찍고 난 다음, 니체 또한 생텍스와 마찬가지로 그가 벗어나고자 하는 세계로 되돌아가고자 하는 욕구가 얼마나 강한

지(원주 162), 그리고 그의 세계관의 '역동주의'가 근본에 있어 환멸을 느낀 '전통주의'에 뿌리박고 있음을 알려주고 있다. 니체가 '실향성'을 받아들이고 고독 속으로 더욱 더 높이 상승하고자 노력하는 것과는 달리(원주 163), 생텍스는 잃어버린 것을 되찾고자 끝없이 갈망한다. 니체의 '초인'이 전 유럽을 그 영향권 아래 두고자 했던(원주 164) 정신적 도전의 끝 지점에서, 자기 시대의 재앙에 대한 답변으로서 생텍스는 자기 자신의 어린 시절의 가치들이 구원되리라는 희망은 사라지고 그것이 모두 파괴되는 것을 한탄할 뿐이었다. 그 자신에게 남은 것이라고는 죽음에의 강한 동경뿐으로서 그것은 그의 동료들이 농담으로 갖다 붙인 '성스러운' 생텍스의 몸짓에 불과한 것으로, 《장군에게 보내는 편지》에 그는 그 점을 솔직하게 고백하고 있다.

   내가 전장에서 목숨을 잃게 될 것인가 하는 문제는 나의 관심 밖이다. 내가 사랑한 것 가운데 도대체 무엇이 남을 것인가? 사람뿐만 아니라 관습, 어떤 정신적 광채……대체되지 않는 강, 어떤 정신적 빛……남게 될 것들은 완전히 나의 관심 밖이다. 중요한 것은 사물의 어떤 배열이다. 문화는 보이지 않는 자산인데, 그럴 것이 문화가 사물을 지배하고 있는 것이 아니라,

사물을 서로 연결시키는 보이지 않는 끈이라는 바로 그 사실 때문이다. 완전한 악기가 대량생산되어 우리가 그것을 나누어 가질 수도 있겠지만, 그렇다면 음악가는 어디에 남을 것인가? 내가 전장에서 죽게 된다면 그것은 걱정할 바 아니지만 내가 '이 필연적이며 일상적인 직업'으로부터 살아 돌아올 수 있다면, 그때 내게 문제되는 것은 하나가 있을 뿐이다 : 사람들에게 무엇을 말할 수 있으며, 또 말해야 된다는 것인가?(원주 165)

생텍스는 모든 질문 가운데 가장 중요한 이 질문을 그의 삶의 끝에 이르러 이중적 답변으로 풀고자 했다. 근본적으로 그 답변은 그의 삶의 중심적 대립을 극복하지 못한 상태에서 마지막으로 확연히 그려내주고 있다 : '어린 왕자'는 그의 '장미'한테 돌아가고, 한편 추락한 '조종사'는 다시 하늘로 날아 오른다는 것이다. 이런 '끝'은 끝이 아니며, 아무 것도 설명하지 못하는 대단원의 막일 뿐이다. 생텍스의 인생에시 되행적이며 진보적 경향이 이제 화해의 가능성을 잃고 최종적으로 그리고 직접적으로 분열되어 버리고 만다. 모습을 드러내고 있는 재난, 그 속에 놓여 있었을 기회, '어린 왕자'와 '비행사'를 하나의 삶의 통일체로 용해시키는 가능성은 마침내 깨지고 말았다. 그 대신 어떤 식으로든지 오이디푸스 콤플렉스의 역동성이 드세게 자리잡는다 : 어머니의 세계로의 회귀와 그에 대한 피할 수 없는 대가인 죽음, 궤도에서 벗어난 세계에 직면하여 생텍스는 자기 자신의 어린 시절을 동경하며, 우리가 방금 인용한 어머니에게 보내는 마지막 편지에 적힌 소망은 하나도 틀림없이 맞는 말임이 밝혀진다. 어머니의 품으로 돌아가 그녀 곁에서 '어린 왕자'의 역할을 끝까지 맡는 것이야말로 그의 가장 간절한 소원인 것이다. 어린 시절의 '어리석은 짓'을 저지르지 않고—'양'의 주둥이에는 재갈이 물려 있다—어머니의 사랑스런 큰 아들이 되고 싶은 것이며, 수년이 지난 이제 '장미'를 제대로 평가하고 또 자신의 정당성을 주장할 만큼 그는 충분히 성숙해 있다는 것이다. 그것은 소원의 놀라운 실현인 셈이며, 삶 앞에서의 최종적 체념과 투항에 비견되는 소망이리라—마지막으로 그의 성숙한 남성과의 투쟁을 받아들일 만큼 생텍스는 자신만만했다. '어린 왕자'의 죽음은 또한 다음과 같은 의미로 해석되어져야 할 것이다. 생텍스가 자신 안에서 최종적으로 퇴행적 동경을 억누르려 하고 있다고 말이다. '아이'의 모습을 자신과 조화시키지 못하고, 그 모습을 그만 이상향의 나라로 영원히 보내버리고 말았다. 물론 독자들이 '어린 왕자'를 만난다면, 해결책을 가르쳐 달라고 그에게 부탁했을 것이다. 그러나 그것은 분명한 구조신호이긴 하지만 사실 너무 늦고 말았다. 지구 상에서 앞으로는 다만 '비행사'만을 알게 될 것이며 또한 알고자 할 것이다. '어린 왕자'는 죽었다. '카이드' 만세(원주 166). 이는 질문을 없애기보다는 오히려 더 많이 던지고 있는 파괴적 양분법이다.

3. '성채'와 '하늘나라 예루살렘' 사이에서

　20세기의 가장 중요한 동화작품이 인간의식의 혼란을 치유하는 꿈으로서, 정신의 암흑에서 빛으로 인도하는 길로서, 영혼이 자기 자신을 다시 발견할 수 있는 장소로서 과연 얼마까지 읽힐 수 있을 것인가 하는 물음에 대답하려고 우리는 《어린 왕자》를 분석했다. 연구의 결과는 희망과 낙관을 불허한다.

　카프카의 반(反)동화와 비교할 때, 생텍스의 작품은 의심할 여지없이 광야의 오아시스를 뜻하며, 그의 《성채》[8]는 카프카의 《성》에 나타나는 얼음처럼 차가운 상실과 비교하면 마치 꽃피는 정원과도 같다. 그의 세계관은 그 비평적 안목에서 뛰어나며, 그 조망에서 대단하며, 그리

---

8) 독일어 번역본의 제목은 '사막의 도시'이며, 저자도 그 제목을 쓰고 있지만, 이 책에서는 한글 번역본의 제목인 '성채'를 사용하기로 한다.

고 질문 제기의 극단성에서 예언적이다. 게다가 그것은 문학창작의 눈부신 유혹의 힘으로 표현력을 얻고 있다. 무엇보다도 그 안에는 인간이 살아남고자 한다면 반드시 이루어야 할 중요한 가치들에 대한 의식이 깃들여 있으며, '나'라고 하는 개체의 행동과 증언으로 인본주의의 뒤흔들리는 바탕을 지키고자 노력한다. 한 인간으로서 또 더 무엇을 할 수 있겠는가. 그런데도 생텍스의 작품에는 결정적인 것이 하나 빠져 있다. 바로 종합의 힘이다

철학적으로 보자면 "우리 시대의 형이상학적 상황"(원주 167)을 정신적으로 이겨낼 힘이 생텍스에게는 없다. '논리'의 착종, 비판적 이성의 부산물에 대한 그의 혐오감은 직접적 명료성이라는 직관주의를 그에게 강요한다. 그것은 당면문제를 구체적으로 다루지도 못하며, 제안된 타결책을 논리적으로 확보하지도 못한다. 의심할 나위없이 아주 눈여겨 새겨볼 만한 '조감도'를 그가 높은 고도에서 보내고 있지만, 그것이 결코 '지상에서' 부지를 확보하지는 못한다. 모든 문학적·상징적 구체성에도 불구하고 생텍스의 생각은 근본적으로 추상적이며, 역사적 현실을 소통의 관계에서 해석하기에는 무력하다. 구체적인 것으로부터의 도피, 현실에 직면하여 보이는 '접촉불안', 정신적으로 통합해야 할 것을 단순히 합리적 사유로 변화시키

고 마는 것 등은 명석한 사유의 결여 또는 논리적 결과의 부족함에 바탕을 두고 있는 것이 아니라, 오히려 심리적 상황의 뿌리 깊은 양가성에서 비롯한다. 심리학적으로 볼 때, 생텍스는 그가 추구하는 것을 얻어서는 안된다. 그는 자신이 사랑하는 것을 두려워할 줄 안다. 그에게 안정과 평안을 줄 수 있는 것을 그는 피해야 한다. 그러기에 그가 동경하는 것으로부터 그는 도피해야 하며, 그가 가장 소망하는 것을 그는 부인해야만 한다. 그리고 그 반대 또한 성립한다. 그를 부정하는 것을 긍정해야 하며, 그를 위협하는 것을 추구해야 되고, 그에게 모순되는 것과 함께 성장해야 한다. 휴식을 모르는 투쟁, 영웅적 신화로서, 이 신화에서는 어린 시절의 질식시키는 '뱀'이 성년의 죽음을 가져오는 구원자로 변모한다. 심리적으로 통일을 이루게 하는 모든 것이 이 양가성에서는 유아적 사랑, 부드러움의 슬픈 우수, '남성적' 강인함과 고독의 프로메테우스적 자기 형성으로 분해된다. 확산되는 인간성 황폐에 맞서 생텍스는 마지막의 필사적 노력으로서 구속력을 가진 노력, 가치를 창조하는 의지, 행운의 세계에 맞선 행위의 요구를 내세운다. 그러나 시대의 파괴력에 맞서 과연 위대한 카이드가 자신의 성벽을 지킬 수 있을 것인가? 그의 '성채'가 광야의 밀려옴을 과연 견딜 것인가?

우리 시대의 허무주의를 초월적 전망의 힘과 인본주의의 공존적 건축으로써 극복하는 것이 생텍스의 주된 관심사였다. 그의 작품은 이 목표에 맞춰 측정되어야 하며, 다른 모든 척도는 그의 크기에 미치지 못할 것이다. 그렇다면 생텍스의 체험과 작품에서 나타나듯이 세계의 배경, 삶의 밑바탕이 그토록 불안으로 왜곡되어 있는 한, 인간적 삶의 의미와 개방적 초월은 있을 수 없다고 말해야 될 것이다. 자기 존재에 대한 무의 체험, 순진한 무의미성의 존재로서 자기 자신에 대한 증오, 먼지의 무형성에 맞서 모든 노력을 다하여 자기 자신의 초상화를 실현하려는 노력, 확실한 구조, 가치와 품위에서 인간이 어떤 척도를 자신에게 어떻게 부여할 수 있는가 하는 것이 결정적인 문제가 아니다. 오히려 결정적인 문제는 인간이 존재의 무에 대한 불안을, 현존의 권리를 좀더 깊이 신뢰함으로써 극복하여, 존재의 평안한 척도로 되돌아갈 수 있는가 하는 것이다. 의무·행위·책임과 희생의 금욕적 테러가 '참된' 인간을 낳는 것이 아니다. 그와는 정반대로 '초인', '인신', '데덜루스'의 이데올로기가 20세기에 들어와 모든 다른 이데올로기보다도 더 나쁜 것으로 드러났다. 어떤 강요와 폭력도 자기 증오와 구토를 없앨 수 없으며, 새로운, 자칭 더 훌륭한, 위대한 인간을 자신과 타인으로부터 이끌어내려는 모든 프로메테우스적 시도의 잠재적 견인주의로부터 결코 자유롭게 하지 못한다. 현실적으로 유일한 인간현존의 결정적인 문제는 원칙적으로 다음과 같다. 성경의 말씀을 따르자면 단지 "먼지"일 뿐(창세기 3 : 19)(원주 168)이라는 인간의 불안이 어떻게 누그러질 수 있는가? 인간의 형상을 빚어낸 손을 인간이 두려워하는 한, 마치 무엇인가 옭아매고 옥죄는 것인 이 손에서 자유로워지고자 모든 힘을 거기에 다 쏟아부을 것이다. 자신을 위협하고 있는 종속의 상태를 극단적으로 멀리하고자 애쓸 것이며, 그럴수록 더욱 자기 자신의 고유한 모습을 빚고자 하는 생각을 갖게 될 것이다. 낯선 왜곡에 대한 불안과, 의지도 없고 무정형인 반죽 뭉치 모습의 자신에 대한 증오심에서 강력한 고압과정을 통하여 자기 존재의 무가치한 석탄 부스러기로부터 값비싼 금강석을 이루어내고자 노력해야만 될 것이다. 그러나 생텍스의 예는 이런 시도의 빠져나갈 길 없는 진퇴유곡을 증명해주는 듯하다. 좀더 손쉽고 안정된 작은 세계, 단지 그 안에 있기만 하면 족한 그런 세계에 대한 동경이 더욱 크게 자리잡고 있는 배경이 그 밑에 깔려 있으며, '어린이'의 세계와 '어른'의 세계, 어머니의 품속에 대한 동경과 일의 요구, 작은 상태로 용인되고자 하는 소원과 자기 자신의 행위와 위대함을 꿈꾸는 것이 더욱 극단적으로 나뉘어 있다.

동경(憧憬)과 투쟁, '어머니를 향한 하강'과 '별을 향한 상승'의 악순환으로부터 출구는 단지 하나밖에 없다.《구약성경》〈창세기〉에 기록된 인간의 창조에 관한 구절을 믿으면 족할 것이다 : "여호와 하나님이 흙으로 사람을 지으시고 생기를 그 코에 불어넣으시니 사람이 생령이 된지라"(창세기 2 : 7). 빚어내는 '모성적'인 배경이 세계에 있다는 사실을 겁낼 게 아니라, 인간의 본질을 이루는 것이 동시에 인간의 동력체이며, 인간을 형상화하는 것이 인간의 내부에서 움직이는 것이며, 우리를 시험하는 것이 우리를 지키고 있다는 사실이야말로 우리가 무서워해야 할 일이다. 그리고 인간적인 것은 극복의 대상이 아니라 사실은 발견의 대상일 뿐이다. '광야'를 구원하고 '황폐화'의 과정을 멈추게 할 힘을 가진 사람은 '카이드'가 아니다. 근친상간·동성애·남성우월과 거세공포의 오이디푸스 강박상태에서 해방된 사람인 '어린 왕자'가 바로 그 사람이다.

종교의 유산을 바탕으로 하여 그의 모습이 자리잡아 가고 있음은 진실이며, 모든 인간 안에는 신의 얼굴이 그

현현을 기다린다는 진리에 아주 가까운 사람이 생텍스였다(원주 169). 모든 인간의 내부에서 신적인 모습의 예술작품을 발견한다는 것이 문제가 되며, 레오나르도·모차르트·셰익스피어 또는 너와 나 누구든 개개의 인간은 그의 속에서만 발언·표현·그려질 수 있는, 영원의 모습, 음악 그리고 말씀을 자신 속 깊이 간직하고 있다. 영원하며 파괴할 수 없는 것으로서 연인의 눈에, 고요한 호수의 맑은 수면 위에 하늘의 별처럼 비치는 것, 그 속 가장 깊은 바닥까지 잠기는 것이 문제인 것이다. '행위' '엄격' '권력' '의지'—대리석 뭉치 옆의 미켈란젤로—가 아니라 오히려 참을성 있는 시선, 이해심을 가지고 귀기울여 듣기, 부드러운 조화와 마음의 자발적 화음의 기술이 '인간적인 것'의 정원을 찬란하게 꽃피도록 일깨운다. 따라서 문제되는 것은 '빚어내고' '변화시키는' 것이 아니라, 성숙하도록 하며 빛 속에서 드러나도록 하는 것이다.

사랑하는 사람에게는 발견해야 될 것이 무한한데, 그것은 단지 사랑의 눈으로서만 감지할 수 있다. 그리고 연인이 존재한다는 것을 외경심으로서 감사할 때, 가까이 있음의 모든 순간은 경건과 기도의 신전으로 바뀐다. 인간을 '서로 붙도록' 해주는 것은 의무가 아니다. 그들을 영원히 결합하는 것은 영혼의 화음, 행운의 이동하는 물결,

기쁨의 떨리는 파도로서, 이것이 그들을 저항할 수 없는 힘으로 함께 삶의 중심까지 몰고 간다. 인간의 가치를 밝히고자 "배"를 만들고 "신전"을 세우려 할 필요는 없다 (원주170). 거꾸로 신한테 가까이 있기에, 우리는 마치 성전처럼 연인의 영혼을 지닐 수 있다. 신의 따뜻한 빛이 높은 창문을 넘쳐 흐르고 있음을 연인의 애정에서 느낄 수 있으며, 영혼의 해안으로 통하는 문들이 이미 열리기라도 한 듯하다—이집트인의 신앙에서처럼 태양의 배가 이미 강안에 준비되어, 사랑의 물결에 그냥 실려가기만 하면 되는 것이다. 우리가 실려 가는 곳은 '다른 피안'의 세계로서, 시공을 떠난 그곳에서는 연인들의 마음이 영원히 화합하며, 이 세상과는 달리 영원한 합일의 상태에서 형제애를 누릴 수 있는 것이며, 누려야만 될 것이다.

《성채》의 미래상과 '하늘나라 예루살렘'이라는 성경의 미래상 사이에서 최종적으로 우리는 선택을 해야만 된다.

광야의 도시인 '성채'의 장벽은 역사의 모래 위에 세워져 먼지의 덧없음에 대항하기라도 하듯, 그 탑을 뻗치고 있다. 광야의 열풍은 거리마다 불어오고, 그 뜨거운 입김은 갈증으로 사람들의 가슴과 입을 태운다. 마치 용광로 속에 녹아 모습이 변하듯이, 형식과 내용도 새롭게 변모한다. 왜냐하면 그들이 '가치' 있는 까닭은 '교환'의 과정에서 그렇게 되기 때문이다. '매듭'의 부분으로서, 피라미드의 석재(石材)로서, 성궤(聖櫃)의 장식으로서, 그러면서도 자기 자신 안에서 무와 같은 존재인 한 인간을 사랑한다 함은 여기에서 무소유와 희생의 미덕을 통해, 그를 가장 먼저 인간으로서 배출하며 '나라'의 지체로 그를 변형하는 것이다.

그와 달리 나일강의 오아시스에 살던 옛 이집트 사람들이성경이 나오기 1500년 전 하늘을 올려다볼 때, 무수한 별 속에서 무한한 영원의 세계로 단지 옮겨졌을 뿐인 그들의 작은 세계를 한번 더 체험했다. 창공에는 지상의 옛 카이로의 오두막과 궁전이 펼쳐졌는데(원주 171), 마치 하늘의 여신 누트(Nut)[9]의 밤의 의상을 주옥인 양 그들이 에워싸고 있는 형상이었다. 아침이 되면 그곳에서 카이로의 동쪽 마을의 산에는 밤의 동반자들인 달의 신 토트(Tot)[10]의, 원숭이 머리를 한 아이들이 한번 더 모습을 드러낸다(원주 172). 그들의 시끄러운 기도로 삶의 떠오름, 다시 태어난 해의 웅장한 모습을 노래하고자, 하늘의 나

---

9) 이집트 신화에 나오는 하늘의 여신. 땅의 신인 겝(Geb)의 부인으로 매일 저녁 태양을 삼킨다.
10) 이집트 신화에서 달과 학문의 신. 신의 사신, 영혼의 안내자이기도 하다.

일 강변으로 처녀들은 우물을 찾아 가고, 상인은 시장으로, 애들은 학교로 가며 끝없는 위엄과 영원한 의미와 빛의 변함없는 아름다움이 삼라만상 위에 펼쳐진다. 모든 사람에게 영원의 축복이 내리고 있었으니 세상의 모든 일은 하늘의 반영, 행복의 전주곡일 따름이고 사랑의 마력은 이미 차안과 피안, 죽음과 영생의 다리를 만들고 있기 때문이다.

《신약성서》는 ‘하늘나라 예루살렘’이라는 미래상에서 이와 같은 상상력을 수용하고 증명하며, 기독교에게도 같은 신앙의 방향을 제시한다. “나는……성스러운 도시, 새롭게 신이 하늘에서 내려주신 도시, 신랑을 위해 단장하고 모든 준비를 갖춘 신부와 같은 도시, 예루살렘을 보았도다.”(계시록 21 : 2) 우리들 희망의 모습들이 이 세계의 거울 속에서만 그려지고 있는 셈이다. 그러나 지상적인 것을 이미 이곳에서 우리의 영원한 고향의 축복과 약속으로서 발견할 수 있는 것이 바로 사랑이다. 우리가 행복하다면 하늘의 지복을 힘으로써 노릴 것이 아니라, 사랑의 행복 속에 하늘이 이제 지상에 내려와서 사랑하는 사람들을 연결하는 모든 것을 완전히 그 축복으로서 감싸게 되는 것이다. 이렇게 온 세상이 노래부르기 시작하고 다정함의 합창 속에 아름다워지면, 이 순간 한 조각의 지구는 그만큼 하늘로 바뀌는 것이다. 끝내는 죽어야 하는 인간에게 사랑의 한마디 한마디가 잊혀지지 않는다면, 우리가 사랑하는 사람의 불변에 대한 증거도 바로 그 사랑이 아니겠는가. 세계가 사랑의 불멸의 합창으로 바뀐다면, 하느님이 몸소 말씀하기 시작하는 것을 느끼게 된다. 파트모스의 예언자는 다음과 같이 말하고 있다 : "그의 왕좌로부터 '인간들 사이에 세워진 나의 천막을 보아라'라고 말하는 큰 목소리를 듣는다."(계시록 2 : 3) 인간의 유한적인 눈으로는 하느님을 볼 수 없지만, 자신의 마음 속에서 사랑의 움직임들은 힘으로서 그를 느낄 것이며, 지금 이 땅에서와 똑같이 사랑하는 사람들의 눈에서 그를 다시 인식하게 될 것이다. 왜냐하면 우리는 다시 만나게 되기 때문이다. 신 그 자체인 사랑이 우리에게 이것을 가르치고 있다.

20세기의 도전들에 대한 대답이 이미 그 안에 놓여 있을까? 분명 그것이 그렇게 쉽지는 않을 것이다. 그러나 거기에서부터 비로소 우리의 생각은 좀 더 포괄적인 시각을 갖도록 하는 통일의 상태로 자리를 잡아갈 것이다. 아마도 곧, 우리는 삶의 끝에 가서 우리 시대의 곤궁에 맞서 과연 우리가 무엇을 했는지 묻게 될 것이다. 그 주도적 이념들의 무엇을 과연 우리가 파악하였으며, 그 오류 가운데 무엇을 물리쳤는지, 아마도 우리는 질문을 받을 것이며, 발전의 과정에서 우리가 몇 세대씩이나 뒤져 있다고 대답해야만 할 것이다. 그러나 자기 자신의 철학도 없이, 제기된 질문과 관련되어서는 속수무책의 상태에서, 우리가 도대체 무엇 때문에 이 세상에 살고 있었는가 하는 질문을 받는다면, 다음과 같이 대답할 수 있게 되길 바란다 : 우리는 사랑의 눈으로 세상을 보고자 노력하였다(원주 173). 마음의 광야 한복판에서 우리는 '어린 왕자'를 다시 발견했다. 그리고 우리의 인생에는 마치 영원으로 향한 창문처럼 우리를 바라보는 눈이 있었다. 이것이 바로 우리의 대답이다. 다른쪽 강 언덕으로 우리를 함께 실어 나르는 배에 우리는 올라탄 것이었다. 옛날 이집트 사람들의 말이 옳았다. 온 세상은 사랑의 눈으로 볼 때, 단지 베일이요, 반짝이는 작은 빛이요, 영원의 그림자일 뿐이다(원주 174).

원 주

《어린 왕자》의 인용문은 그 간편성 때문에 칼 라우흐 출판사의
독일어 번역본을 따른다. 생텍스의 다른 작품은 독일 문고판 출판
사에서 나온 3권으로 된 판본을 이용함.

1. 생텍스, 《성채》, 147장. II 415쪽.
2. 예컨대 셰익스피어의 《한 여름 밤의 꿈》의 5막 1장의 끝이 그와
   같다.
3. 생텍스, 《성채》, 125장. II 368쪽.
4. 같은 책, 78장. II 256쪽.
5. 카프카, 《성》(Berlin 1935). 이미 케이트(C. Cate)는 그의 저서《
   생텍쥐페리, 그의 삶과 시대》, 403~404쪽에서 카프카의 《성》의
   고독을 자신의 행성에 있는 '어린 왕자'의 고독에 대비시켰다. 이
   들의 고독은 신으로부터 멀어져버린 인간의 체험과 가장 밀접하
   게 연관되어 있다. 생텍스는 다음과 같이 말한다. "아직 보호를
   받아야 할 나이에 우리는 너무나 일찍 신을 버리게 된다. 그리하
   여 우리는 고독한 아이로서 인생의 가시밭길을 헤쳐 나가야 된
   다." 케이트, 같은 책, 404쪽 참조.

190

6. 《성채》의 입문적 이해를 위해서는 에스탕(L. Estang)의 《생텍쥐
페리》, 67쪽 이하를 참조할 것. 알베레스(R. M. Albérès)는 그의
《생텍쥐페리》, 243쪽에서 《어린 왕자》에 대해 "요정 이야기보다
감동적이며 이상한 매력을 주는 책"으로서, "20세기의 어린이들을
위하여" 책을 쓸 때, 귀감으로 삼아야 할 책이라고 극히 정당한
논평을 하고 있다. 르 이르(Y. Le Hir)는 그의 책 《생텍쥐페리의
어린왕자에서 환상과 신비》(*Fantaisie et mystique dans 'Lepetit
prince' de Saint-Exupery*), 22~23쪽에서 생텍스가 세부적인 곳
까지 전형적인 동화들에 의지하고 있음을 지적한다. 예컨대 '왕'이
'어린 왕자'에게 "내가 너를 잘 볼 수 있도록 가까이 오너라"라고
말하는 것은 동화 《빨간 모자》에서 늑대가 쓰고 있는 어투이다.
또 '어린 왕자'가 '허영에 사로 잡힌 사람'에게 "당신은 재미 있는
모자를 쓰고 있군요"라고 말하는 것처럼 《빨간 모자》에서는 할머
니가 늑대에게 질문하는 것이다.
7. 이의 전형으로는 호프만(E. T. A. Hoffmann)의 소설 《세라피온의
형제들》(*DieSerapionsbrüder*), Ⅳ 222~258쪽을 참조할 것.
8. '악(Böse)'이라는 낱말은 어원적으로 어근 bhou(부풀리다 : auf-
blasen)에서 왔다. 이 단어의 어원적 이해와 불안에서 악의 도출
을 이해하기 위해서는 드레버만(E. Drewermann)의 《악의 구조》,
제 3 권(개정 2 판), 1980, LXXVI~LXXVIII쪽을 참조할 것.
9. '거짓된 모습(Als-ob-Fassade)'이라는 개념은 아몬(G. Ammon)이
그의 《역학적 정신병리학 편람》 속의 〈자살의 정신 역학〉에서 최
초로 사용한 것이다.
10. 《요한복음》 8장 1~11절.
11. 도스토예프스키, 《백치》, 1권 1부 6장, 82~92쪽.
12. 베르나노스(G. Bernanos), 《어느 시골 목사의 일기》(*Journal d'un
curé de campgne*), 157~182쪽.
13. '신의 아이'는 의식과 무의식의 반통일(反統一)의 결실로서 정신
분석학적, 신학적으로 지금까지는 살지 않았으나 새로운 생명으로

깨어나고 있는 존재를 비쳐 보이고 있는 원형적 이미지다. 융(C. G. Jung) / 케레니(K. Kerény), 《신의 아이의 신화적, 심리학적 해석》(Amsterdam-Leipzig, 1940) 참조. 아직도 네팔에서는 수호 여신 탈레주(Taleju)의 화신으로서 쿠마리(Kumari)에 대한 예배에서 신의 아이를 경배하고 있다. 코흐/슈테크뮐러(P. Koch/H. Stegmüller)의 《신비의 땅, 네팔의 축제—불교와 힌두교》(München, 1983), 103~114쪽 참조.

14. 생텍스, 《바람, 모래 그리고 별》, I 339쪽 ; 라우흐(K. Rauch), 《생텍쥐페리, 인간과 작품》, 51쪽도 동일한 의미로 이 문장을 인용하고 있다. 그러나 그는 다른 전기 작가들과 마찬가지로 파괴된 삶에 대한 이 이미지가 생텍스 자신과 그의 생각에 어느 정도까지 적용되어야 하는가를 묻고 있지 않다.

15. 생텍스, 《어린 왕자》, 27쪽 ; 르 이르, 앞의 책, 27~28쪽에는 ‘어른’을 신선한 가슴, 자발적인 체험과 가치판단을 상실한 사람들로, 물질적인 가치 질서 이외에는 아는 것이 없는 사람들로, 아름다움과 시에 대한 무관심으로 하여 그들 내면에서 모든 의미가 죽어버린 사람들로 표현하고 있다. 이러한 의미에서 ‘어른들’은 단순히 ‘성인’이 아니라 ‘아이들’의 전형적인 대립개념이다. 이 두 가지에 인간의 근본적 입장들이 반영된다.

16. 쇼펜하우어의 주저, 《의지와 표상으로서의 세계》, 전집, II·III에서의 인식론적 이분법에 따랐다.

17. 생텍스, 《어린 왕자》, 38쪽.

18. 도스토예프스키는 《백치》, 2권의 3부 7장, 104쪽에서 매우 정확하게 말하고 있다. “자신의 무의미와 무력함을 인식할 때, 치욕에는 인간이 넘을 수 없는 어떤 한계가 있음을 알아라. 그 어딘가에서부터 그는 치욕 그 자체에서 엄청난 쾌감을 느끼게 된다.”

19. 키에르케고르, 《죽음에 이르는 병》, 49쪽 이하에서 약함에 대한 절망을 반항의 절망에 대비시켰다. 키에르케고르의 절망의 개념에 대해서는 드레버만의 《악의 구조》, III, 487~492쪽 참조.

20. 입센, 《들오리》 5막(희곡 II), 250~251쪽의 끝에서 렐링(Relling)이 딸의 죽음을 슬퍼하고 있는 엑달(Hjalmar Ekdal)의 나르시스적인 자기 도취를 두고 하는 말이다.

21. 도스토예프스키는 《죄와 벌》, 1부 2장, 13~31쪽에서 술주정뱅이 마르멜라도브(Marmeladow)의 절망을 이와 같이 묘사하고 있다.

22. 중독의 주물적 성격에 대해서는 드레버만, 《정신분석학과 윤리신학》, 제3권 : 《삶의 한계》(Mainz, 1984) 참조.

23. 드레버만, 《죽음을 불러들이는 발전》, 90~110쪽은 서양의 기독교적 세계상 속에서 생명을 지닌 것들의 수난을 서술하고 있다.

24. 레임 디어(J. Lame Deer 외 공저), 《수(Sioux)족의 무의(巫醫) 타카 우슈테(Tahca Ushte)》, 1979, 139쪽.

25. 같은 책, 92쪽.

26. 같은 책, 50쪽.

27. 레히아이스(K. Recheis/G. Bydlinski), 《나무도 말을 한다. 인디안의 지혜》, 93쪽.

28. 예컨대 《바람, 모래 그리고 별》, I, 298쪽에서 생텍스는 페네크(사막에 사는 여우)의 지혜를 찬탄하고 있다. 이 여우는 선인장에 있는 달팽이를 잡아먹고 사는데, 달팽이가 전멸하지 않도록 선인장마다 달팽이를 어느 정도 남겨 둔다. 드레버만, 《죽음을 불러들이는 발전》, 83~84쪽을 참조할 것.

29. 생텍스, 《어린 왕자》, 67쪽.

30. 마르크스는 《자본론》 III, 650쪽에서 토지 가격의 결정을 다음과 같이 말한다. “지대와 토지의 가치는……토지 생산물 시장과 함께, 따라서 비농업적 인구의 성장과 함께 식량이나 원제품에 대한 욕구 또는 수요와 함께 발전한다.”

31. ‘영혼을 판다’라는 모티브는 동화 속에 곧잘 비유로 나타난다. 그림 동화 〈손 없는 소녀〉 ; 드레버만-노이하우스의 《손 없는 소녀》, 31~32쪽.

32. ‘참된 시간(wahre Zeit ; durée réelle)’이라는 개념은 베르그송의

철학에서 큰 역할을 하고 있다. 그의 책 《의식의 직접적 所與에 관한 시론》(*Essai sur les données immédiates de la conscience*)(1889)을 참조. 《물질과 기억》(1896), 234쪽 이하에서 베르그송은 물리학이 시간의 추상적 무한 가분성(可分性)이라는 추상적 도식을 만들어 내는 것을 비난하고 있다. 이러한 관념적 도식은 고정과 분할의 결과만 보여주며 사물 자체와는 아무 관계가 없고 생성을 고정시키는 데서만 인간적 관여(關與)를 위한 접점(接點)이 될 뿐이다. 사실 물리학은 양자역학의 형태로서 아인슈타인의 일반상대성이론에서 시간의 기하화를 극복하였다. 이의 이해를 위해서는 브롤리(L. De. Broglie)의 《빛과 물질》(Frankfurt, 1958), 166~181쪽의 〈시간과 운동에 대한 현대 물리학의 견해와 베르그송의 사고〉를 참조할 것.

33. '외부지향성(Außenlenkung)'이라는 개념은 리스맨(D. Riesman)의 《고독한 군중》, 137쪽에서 나온 것이다. 여기서 외부지향적 인간이란 모든 활동의 의미를 타인보다 우월한 데서 찾는 사람을 의미한다. 리스맨은 외부지향성에 내부지향적이고 전통지향적인 생활방식을 대비시키고 있다.

34. 슈테판 츠바이크, 《마젤란》, 145쪽 이하를 참조할 것.

35. 키에르케고르는 그의 글 〈내 과제의 어려움〉(전집 제2권, 392~394쪽)에서 관료화된 기독교를 '범죄적 사건' '영혼의 매각 행위' '화폐위조 행위'로 고발한다.

36. 니체, 《비시대적 고찰》, 110쪽의 〈역사가 삶에 미치는 손익에 관하여〉를 참조할 것. 여기서 니체는 '객관성'이라는 개념으로 자기들의 '속물성'과 '우둔함'을 은폐하는 '역사가의 허영'을 이야기한다. 그렇게 함으로써 그들은 예술가의 마음으로 또는 사랑하는 사람의 마음으로 경험 자료를 대하여, 역사를 주어진 전형에서 더 나아가 계속 창작해야 하는 과제로부터 회피하는 것이다.

37. 생텍스, 《성채》, 50장, II, 423.

38. 키에르케고르, 《공포와 전율》, 19쪽에서는 '신앙'을 '이러한 삶'에

대한 신뢰로 규정한다. 키에르케고르의 '무한의 이중운동'으로서의 신앙이라는 개념을 이해하기 위해서는 드레버만의 《악의 구조》, Ⅲ, 497~504쪽을 참조할 것.

39. 생텍스, 《어린 왕자》, 58쪽.

40. 같은 책, 61쪽.

41. 같은 책, 61쪽.

42. 생텍스, 《어느 장군에게 보내는 편지》, Ⅲ, 324쪽.

43. 같은 책, Ⅲ, 225쪽.

44. 같은 책, Ⅲ, 227쪽—사실 인간의 사막이라는 비유는 니체의 《차라투스트라는 이렇게 말했다》의 〈사막의 딸들 속에서〉, 234~238쪽에 나오는 문장. '사막은 자란다. 사막을 감추는 자에게 재앙 있을진저'를 연상시킨다.

45. 생텍스, 《어느 장군에게 보내는 편지》, Ⅲ, 227~228쪽.

46. 생텍스, 《바람, 모래 그리고 별》, Ⅰ, 332쪽.

47. 성경에서는 잘 알다시피 모세·엘리아·세례 요한·예수가 사막에서 신의 진리를 예비한다—르 이르, 《생텍스의 '어린 왕자'에 나타난 환상과 신화》, 48~49쪽에서, 《어린 왕자》에서는 세부적인 것들의 상징과 정신적 생활의 단초(端初)가 잘 드러나고 있으며 '사막'은 내면적 생활의 중간 단계를 상징할 뿐 아니라, 사막이라는 자연적 실재는 침묵과 고독 속에서 신을 만나기 위한 유리한 조건이라는 점을 지적하고 있다. 유감스럽게도 저자는 정신분석학적인 상징이해에 대한 무지 때문에 그 이상은 통찰하지 못한다.

48. 《코란》 5：4(마호멧의 메디나 시절 텍스트)은 '이슬람' 즉 '신에 대한 헌신'을 종교 자체로 선언한다. 가르데(L. Gardet), 《이슬람교》, 21쪽을 참조할 것.

49. 생텍스, 《성채》, 138장, Ⅱ, 397쪽.

50. 이에 대한 상징이 기독교 건축물에서는 교회 입구에 있는 성수반이다. 성소에 발을 디디게 되면 '세계의 우물(Weltbrunnen)'인 서쪽 바다로 내려가게 되고, 그리하여 표면적인 것이 죽어 깊은

곳의 진리로 새생명을 얻어 세계로 다시 돌아오게 된다. 이 모티브를 가장 아름답게 그려내고 있는 동화가 〈홀레 부인〉이다. 드레버만-노이하우스의 《홀레 부인. 그림 동화의 심층심리학적 해석》, 제 3 권(Olten-Freiburg, 1982), 32~35쪽과 50쪽, 주 49를 참조할 것.

51. 뱀은 낮과 밤, 밝음과 어두움, 육지와 바다, 의식과 무의식, 선과 악, 존재와 비존재 사이의 접촉과 통로를 상징하는 존재이다. 드레버만, 《악의 구조》 1, 개정 2 판(1979), LXV~LXXVI쪽과 2, 69~111쪽을 참조할 것. 죽음은 출구 없는 상황에서 자연의 최후의 은총으로 이해될 수 있다. 드레버만의 《정신분석학과 윤리신학》 제3권, 《삶의 한계》에서 〈자살 ; 자연의 최후 은총에 관하여〉를 참조할 것.

52. 드레버만/노이하우스, 《황금새. 그림 동화의 심층심리학적 해석》, 제 2 권(Olten-Freiburg 1982), 39~40쪽을 참조할 것.

53. 플루타르크의 오시리스 신화는 뢰더(G. Roeder)의 《고대 이집트인들의 종교 서적》(Jena, 1915), 15~21에 실려 있다. 아누비스 신에 대해서는 헬크의 《신화사전》 제1권 《근동지역의 신과 신화》(Stuttgart,1965)에 있는 헬크의 《이집트 : 이집트인의 신화》, 334~336쪽을 참조할 것.

54. 무당의 피안(저승) 여행에 대해서는 핀트 아이젠/게르츠(H. Findeisen/H. Gehrts), 《무당. 수렵보조자, 상담자, 접신자, 예언자, 치료자》(Köln, 1983), 112~125쪽 〈신간(神竿)과 강신〉과, 226~244쪽 〈지상의 아들과 천녀의 결혼〉을 참조할 것. 그림의 동화에서 이 도식을 가장 뚜렷이 표현하고 있는 것이 《수정의 공》이다. 드레버만/노이하우스, 《수정의 공. 그림동화의 심층심리학적 해석》, 제 6 권(Olten-Freiburg, 1985)을 참조할 것.

55. 예컨대 동화 《백설공주》에서는 곰이 그러한 모습을 보이고 있다. 드레버만/노이하우스, 《수정의 공 : 그림 동화의 심층심리학적 해석》 제 4 권(1983), 30~35쪽을 참조할 것.

56. 생텍스, 《성채》, 125장, II, 366~367쪽, 126장, II, 372쪽.

57. 같은 책, 138장, II, 396~397쪽.

58. 같은 책, 135장, II, 387쪽.

59. 생텍스, 《어린 왕자》, 75쪽.

60. 생텍스, 《바람, 모래 그리고 별》, 304~318.

61. 《시편》 23편 2절.

62. 그림 동화 〈생명수〉를 참조할 것. 이 동화는 그 내용과 구조가 동화 〈황금새〉와 여러 가지 점에서 비슷하다. 주 52를 볼 것.《신약성서》에서 이와 비교될 수 있는 것이 《요한복음》 4장 1~42절에 나오는 야곱의 우물가의 여자에 관한 이야기와 《요한복음》 5장 1~9절의 베데스다 연못가의 불구자에 관한 이야기이다. 《구약성서》에서는 특히 〈에스겔〉 47장 9절을 볼 것.

63. 생텍스, 《어린 왕자》, 72쪽.

64. 드레버만, 《정신분석학과 윤리신학》, 제3권, 《삶의 한계》에서 〈자살 : 자연의 최후 은총에 관하여〉(Mainz, 1984)를 참조할 것.

65. 불타는 손녀를 죽음으로 잃은 부유한 비사카 미가라마타 (Visakha Migaramata) 부인에게 다음과 같이 말한다(Udana VIII 8).

> 이 세상의 고통과 슬픔
> 그 가지 수 헤아릴 수 없지만
> 원인은 단 하나
> 사랑하는 것 있기 때문이라
> 사랑할 것 없으면 고통은 따르지 않나니
> 이리하여 이곳에서 사랑할 것 없는 이
> 고통에서 벗어나 즐거움뿐이라
> 그대 고통 없는 깨끗한 곳 가려면
> 이 세상 아무것에도 애착하지 말라

글라제나프(Glaenapp)의 책 《인도의 철학》, 포츠담 1929, 132쪽에 실린 올덴베르크(H. Oldenberg)의 번역.

66. 드레버만(E. Drewermann), 《악의 구조》, 제1권, 《시간의 고리와 삶에 관하여》(*Von der Geborgenheit im Ring der Zeit, in: Strukturen des Bösen*), 개정3판 1981, 378~89쪽.

67. 마야 책력의 구성과 철학을 이해하기 위해서는 톰슨(J. E. S. Thompson)의 《마야 : 인디안 문화의 흥성과 쇠퇴》, 256~269쪽과 코던(W. Cordon), 《포폴 부(Popol Vuh) : 마야의 신화 역사》, 182~189쪽을 참조할 것.

68. 생텍스, 《바람, 모래 그리고 별》, I, 335쪽.

69. 특히 카뮈의 《시지프스의 신화》, 18~19쪽을 보라.

70. 특히 가브리엘 마르셀의 《희망의 철학 : 니힐리즘의 극복》(München, 1964), 70~71쪽에 있는 희망의 현상학과 형이상학의 기획이 이와 같은 점을 보이고 있다. 여기서 그는 희망과 사랑의 끊을 수 없는 연관성을 보여주고 있다.

71. 레니히(W. Lennig), 《에드가 앨런 포우》(Hamburg, 1959), 138~139쪽, 148~150쪽을 참조할 것.

72. 《에드가 앨런 포우 전집》, 슈만과 뮐러의 편집본(Olten, 1976), 제9권, 189~191쪽.

영어 원시

But our love it was stronger by far than the love
Of those who were older than we –
Of many far wiser than we –
And neither the angels in Heaven above
Nor the demons down under the sea,
Can ever dissever my soul from the soul
Of the beautiful Annabel Lee.

For the moon never beams without bringing me dreams
Of the beautiful Annabel Lee;
And the stars never rise but
I see the bright eyes
Of the beautiful Annabel Lee;
And so, all the night-tide, I lie down by the side
Of my darling, my darling, my life and my bride,
In her sepculchre there by the sea -
In her tomb by the side of the sea.

73. 《요한복음》 14장 1~4절.

74. 가디너(A. Gardiner), 《상형문자 연구를 위한 이집트어 문법 입문》(Oxford, 1957) 제 3 판, 568쪽에 따르면 단어 mnj는 '상륙하다'의 뜻인데, 땅에 누워 있는 사람 또는 미라에 한정시켜 사용하면 '죽다'를 의미한다.

75. 가디너, 같은 책, 563·576쪽

76. 《아이헨도르프 선집》, 슈타프의 편집본, 《예감과 현재》, 265쪽.

77. 〈율리엔에게(An Julien)〉라는 제목의 시에서 노발리스는 다음과 같이 노래한다.

    이루 말할 수 없는 기쁨으로
    나는 당신 인생의 반려되어
    가슴 깊은 떨림으로
    놀라운 당신 모습 사랑합니다.
    우리 가장 깊이 한몸 되니
    나는 당신의 몸, 당신은 나의 마음
    이 세상 하나뿐인 그대, 내 당신을 택하였고
    당신은 나를 택했으니
    충만한 사랑으로 우리 둘을 취하신

감미로운 분에게 감사드립니다.
언제나 그분 우리 한몸 되게 하나니
오오! 정성 다하여 그분 경배할지라.
그분의 사랑 영원히 우리 지켜 주니
그 어떤 것도 우리 결합 깨지 못하리
그분 곁에서는
인생의 짐도 가볍고
우리는 서로 기쁜 마음으로 말하지요:
그분의 하늘 나라 벌써 여기서 시작되었으니
이곳에서 우리 사라진다 해도
그분 팔에 안겨 다시 만나리라.

슐츠(G. Schulz)의 주석본 《노발리스 작품집》(뮌헨, 1981), 84~85쪽.

노발리스의 13세의 애인인 소피 폰 퀸에 대한 관계에 대해서는 베츠의 책 노발리스 : 비밀에 동의하다(Freiburg, 1980), 13쪽을 참조할 것.

78. 생텍스의 니체에 대한 유사성과 친근성에 대해서는 에스탕의 책 《생텍쥐페리》, 25~26쪽을 참조할 것. 니체 유년 시절의 전기와 우리가 여기에서 재현한 바 생텍스 초기 유년 시절의 심리적 상태의 유사성에 대해서는 프렌첼(I. Frenzel)의 책 《니체》, 8~16쪽에 쓰여 있다. 그 밖에 에스탕의 책에는 교육과정에서 어머니의 극성이 똑같이 지나치게 강조된 점, 똑같은 외로움(동성애적 색채가 짙은), 다르게 눈에 띄기, 생가에 대한 뒤늦은 신비화, 삶의 진로로서 '남성적 반항' 등이 지적되고 있다.

79. 보기를 들면 그림의 동화 《생명수》 또는 《푸른 빛》. 동화적 방식의 이야기들을 무턱대고 '종합적으로' 읽고자 하는 융(C. G. Jung) 제자들의 편견은 근절할 수 없는 것처럼 보인다. 《어린 왕자》는 분명히 '소년'과 '비행사'의 이별로 끝나는데, 에스탕은 같은

책 18쪽에서 "어린 왕자가 성채를 세운 위대한 가이트라는 새로운 인물이 되고자 모래 위에 누워 스러져가고 있다"고 말하고 있는데 이는 옳다. 《직접체험과 믿음》, 246쪽. 하임러(A. Heimler)의 《어린 왕자》에서는 이와 반대로 '어린 왕자'의 '귀향'을 '자아 종합화의 절정'으로서 "죽음을……앞에 두고……불안을 극복하며 당신을 발견하는 길로서" 매듭지어 읽고 있다.

80. 이것의 심층심리학적 의미에 대해서는 드레버만의 책《심층심리학과 성서 해석》제 1 권(1984), 〈형식들의 진리 : 꿈, 신화, 동화, 설화와 전설〉, 198쪽을 참조할 것.

81. 퀸(A. Quinn), 《천사와의 투쟁 : 어느 남자의 삶》, 8~9쪽에 좌절한 위대한 배우의 간절한 기원이 그려져 있다. "젊은이여, 내게 도움을……나를 돕게나, 아니면 우리는 둘 다 빠져 죽을 걸세." 배우가 사랑을 발견하자(344~345), 그 젊은이는 사라진다. 거기에서 젊은이의 떠남은, 사실은 동질화의 성격을 띤다. 생텍스의 경우에는 어린 왕자는 마치 낯설지만 아주 사랑스런, 그러면서도 실은 일에 방해가 되는 방문자와도 같아 비행사가 엔진을 수리하는 데 전혀 아무 도움도 주지 못한다. 그의 '떠남'은 진짜 분열로서 리비도의 퇴행과 자아 속에 있는 불협화음으로 이루어진 혼합물이다.

82. 《어린 왕자》, 8쪽.

83. '기억의 은폐'라는 개념과 뜻풀이에 대해서는 드레버만의 《심층심리분서과 성서 해석》, 제 1 권의 350~368쪽을 참조할 것.

84. 뱀과 여자의 상징적 단일성에 대해서는 노이만(E. Neumann)의 책 《위대한 어머니 : 무의식에서의 여성적 형상들의 현상학》(1974), 143~145쪽을 참조할 것 ; 지구·달·뱀과 가임성의 단일성에 대해서는 드레버만의 《악의 구조》, 제 2 권, 69~87쪽을 참조할 것—하임러는 그의 책 《어린 왕자》, 200쪽에서 뱀의 상징체계에 보이는 '어린이의 악몽'을 아주 정확하게 인식한다 ; 그러나 그는 '밤에 어머니를 찾아' 외치는 '의지할 데 없는' 어린이를 아주 자기 멋대로 연상함으로써 이 통찰을 그만 무산시키고 만다. 오히려 그

반대가 맞다 할 것이다. 하임러의 해석은 먼저 추상적 일반성의 시각으로 보아뱀에서 어떤 특정한 '세계 안에 있음'을, 그런 다음 다시금 자의적—구체적으로 '군비경쟁'과 '경제각축'을 진단하면서 문제의 핵심으로부터 너무 멀리 벗어난다.

85. 동화에서 보기를 들면 : 《두 형제》 또는 변형된 모습으로 〈수정의 공〉; 드레버만/노이하우스의 책 《수정의 공》(1985). 《그림 동화의 심층심리학적 해석》, 제 6 권을 참조할 것.

86. 생텍스의 《어린 왕자》, 26쪽. 크리스누아(M. de Crisnoy), 《생택쥐페리》, 64·70·175쪽에서 대부분의 전기 연구가들처럼(주 124참조) 어린 왕자의 '장미'에서 생텍스의 처음 약혼 시절에 대한 추억들을 연상하고 있다 : "우정에 대한 불멸의 표현을 발견한 생택쥐페리는 사랑에 관해서는 더 이상 한마디도 하지 않을 것이다—아니다! 15년이 지난 뒤 어린 왕자는 장미, 사랑에 굶주린, 이해하기 힘든 꽃한테 사랑에 빠지게 된다." 그러나 베르니와 쥬느비에브의 관계가 《남방 우편기》에서 의심할 여지없이 첫사랑의 좌절 체험을 따라 전개되고 있기는 하지만, '생택쥐페리의 영적 삶의 표현' (크리스누아, 같은 책, 180쪽)인 《어린 왕자》의 해석에서 무엇보다도 왕자(아기 생텍스!)의 장미로의 귀향이라는 주제를 이해하도록 하지 못한다면 어떤 설명도 만족스럽지 않다.

87. 생텍스, 《어린 왕자》, 26쪽.

88. 같은 책, 11쪽.

89. 둥근 '행성'은 심층심리학적으로는 여성의 유방으로 해석할 수 있다. 이렇게 볼 때 어째서 '어린 왕자'는 자신의 '행성'에서 분명히 단 한 번도 목마름과 굶주림으로 시달리지 않았는지—'비행사'를 놀라게 하는 이 능력을 그는 지구에서도 그대로 지닌다—그 이유가 비로소 이해된다. '어린 왕자'의 무욕의 배경은 구순기(口脣期)의 '어머니 젖가슴의 지나친 탐닉'이다. 이 탐닉은 '어린 왕자'의 조그만 모습과 상대적으로 커다란 '행성'의 대비를 통하여 더욱 돋보이게 된다. 아무도 없는 '행성' 위에서의 '어린 왕자'의

고독은 '행성'을 무엇보다도 어린아이에게는 전세계이며, 그러면서도 그 안에선 자기가 유일한 '사람'이라는 것을 느끼지 않았던 어머니의(구순기적) 상징으로 볼 때에야 이해된다. 각주 90. '화산'의 '청소'는 명백히 '항문'에 관련된 행위다. 이 행위에서 '분화구'의 '분출물'은 '오물'로 해석될 수 있을 뿐만 아니라 제 1 반항기의 공격적 행위로도 상징될 수 있다. 억압된 구순기의 죄책감에 이제 강력한 강박신경증이 추가된다—이러한 인성상 특성은 어디서나 특히 《성채》에서 찾아볼 수 있다. 첼러(R. Zeller), 《생텍쥐페리 삶의 비밀 또는 어린 왕자의 비유》, 93쪽 이하에서는 '화산'에서 '사랑'과 '희망'을 본다. 그러나 그러한 주장은 무엇으로도 그 정당성을 입증할 수 없다.

91. 에스탕(L. Estang), 《생텍쥐페리》, 151쪽의 '연보'를 보면 1904년에 어머니가 세 딸과 두 아들을 데리고 리옹의 집을 떠난 것으로 되어 있다. 이후에 생텍스는 외조모와 어머니의 아주머니가 소유하고 있던 두 성에서 어린 시절을 보냈다. 슈브리에(P. Chevrier), 《생텍쥐페리》, 17쪽을 참조할 것. 이러한 변화에서 어떠한 영혼의 갈등이 생기게 되었는지 어떤 전기 작가도 주목하고 있지 않다. 첼러는 같은 책 31쪽에서 생텍스의 '고독'에 대해 언급하면서 ("고독이 그의 내부에 있었다.", 34쪽) '그는 항상 고독했음'을—전세계가 마침내 《어린 왕자》의 "나는 외로워"(생텍스, 《어린 왕자》, 61쪽)를 메아리치고 있음을 밝힌다. 그러나 다른 모든 전기 작가들처럼 첼러도 고독을 심리적으로 조명하지 않고 현상적으로만 비추어보인다. 이리하여 원인이 결과와 뒤바뀌어 생텍스의 고독은 과장된 언어로, "무한에 대한 동경"(첼러, 같은 책, 34쪽)으로 해석되며, 심지어 "그의 종교적 고독에 대한 비행사의 믿음"(31쪽)까지 언급된다. 그럼에도 불구하고 '어린 왕자'와 '장미'를 전기적·심리학적으로 관련시키고자 할 때 많은 해석자들은 파혼한 최초의 약혼녀에 대한 생텍스의 추억에서 답을 얻으려 한다. 에스탕, 《생텍쥐페리》, 24~25쪽. 그러나 에스탕조차도 '장미'가 있는 행성은 생

텍스의 약혼기가 아니라 유년기로 이해되어야 함을 인정하고 있다. 더욱이 '어린 왕자'가 돌아가는 여자는 생텍스의 삶에선 오직 하나, 그의 어머니일 뿐이다. 그의 첫사랑에서조차 어머니에 대한 추억은 맹렬하게 다시 불타 오른다. 또한 생텍스의 첫사랑이 실패한 원인도 그의 어머니에 대한 관계의 특징을 이루고 있던 모순된 감정의 병립 구조에서 찾아볼 수 있다. 아래 주 124를 볼 것. 생텍스의 성장사에 대해서는 케셀(P. Kessel), 《생텍쥐페리의 생애》, 6~27쪽, 〈유년 시절과 청소년 시절〉을 참조할 것.

92. 생텍스, 《어린 왕자》, 30쪽—하임러는 그의 《자아 체험과 신앙》 안의 〈어린 왕자〉, 211쪽에서 '왕자'의 '장미'에 대한 걱정의 배후에 있는 '꽃에 대한 용납될 수 없는 공격'을 매우 적절하게 보여주고 있다. '입으로 하는(언어에 의한) 공격에 대한 불안'이 실제로 존재한다. 그러나 여기서도 하임러는 "현실적인 여자와의 만남"(214쪽)이 가능하다고 여기고 있지만, '장미'와 '왕자'의 갈등을 '의식'과 '무의식'의 갈등으로 만들어버림으로써 자신의 인식을 더 진전시키지 못한다.

93. 생텍스, 《어린 왕자》, 28쪽—하임러는 위의 책, 204~205쪽에서 '양'이란 '보아뱀'이 '자아의 지속적인 영향 아래 변한 것'이라고 말한다. 그러나 '자아의 지속적인 영향'이 무엇인가를 어느 누구에게도 이해시키지 못한다는 점은 제쳐 놓는다 하더라도 이 수수께끼 같은 상징 해석은 해결해 주는 문제보다도 더 많은 장애를 가져온다. '양'의 진정한 문제는 '재갈'이며 '장미'에 대한 위협이다. 해석은 여기서 시작되어야 한다.

94. 생텍스, 《어린 왕자》, 12쪽.

95. 같은 책, 28쪽.

96. 같은 책, 28쪽.

97. 네퍼템(Nefertem)은 원래 '완벽한 자' 또는 '완벽한 아름다움의 구현자'라는 뜻이며 피라미드 텍스트에 따르자면 "레(Re)(역주 : 강의 이름)의 콧등(역주 : 강의 돌출부)에 걸려 있다 하는 저 연

꽃"이다. 케스(H. Kees),《고대 이집트의 신》, 89쪽 참조. 신왕조 시대에는 세 왕(Ptah·Sachmet·Nefertem)이 종교적 의미에서 삼위(三位)를 이루었다. 케스, 같은 책, 287쪽.

98. 에스탕,《생텍쥐페리》, 25쪽에서 작가는 생텍스의 여성관에 대해 다음과 같이 말한다. "……실제로 그는 저 유명한 문장, '남자는 전쟁을 위하여, 여자는 전사의 휴식을 위하여 길러야 한다'를 표현만 조금 다를 뿐 거의 그대로 따르고 있다." 전기 작가의 보고에 따르자면 생텍스 스스로 '귀여운 딱정벌레들'(그는 여자를 이렇게 불렀다)이 문제될 때에는 이 원칙을 적용했다. 심지어 《성채》에서는 사랑 자체를 단순한 상징으로 탈가치화시켜 버린다. "아마 진실에서는 남편의 귀가를 기다리는 저 여인의 사랑도 그리 중요한 것은 아니리라. 길 떠나기 전에 흔들어주는 손도 아마 그리 중요한 것은 아니리라. 그것은 보다 더 중요한 무엇인가를 상징하고 있는 것이다." "……기하는 상징이다. 그러나 하나의 세계를 잉태한 아내를 안아주고 보호해 주는 남편의 팔도 역시 상징이다." 2권 21장 110쪽. 생텍스 같은 남자에게는 여인의 사랑은 '휴식에의 유혹'을 의미하는 것으로서 특히 위험한 것이었다. 왜냐하면 "모성이 그러하듯 사랑이 매일마다 바뀌지 않는다면 그대는 사랑 속에서 똑같이 쉴 수 없기 때문이다. 물론 그대는 그대의 곤돌라에 앉아 평생 곤돌라 뱃사공이 되고 싶겠지. 그러나 그대는 착각하고 있다. 왜냐하면 상승이나 이행이 아닌 모든 것은 무가치한 것이기 때문이다. 그대가 멈추면 그대는 권태를 만나게 될 것이며 이렇게 되면, 풍경도 그대에게 더 이상 아무 것도 말해주지 않는다. 그래서 그대는 그 여인을 물리친다. 물론 그 전에 그대 스스로를 물리쳐야 하겠지만(2권 35장 150쪽)." 니체라도 달리 말할 수는 없었을 것이다. 이와 비슷한 언급은 2권 38장 157~158쪽을 참조할 것—한편 《성채》의 '군주'의 환상은 눈에 두드러지게 "무희와 가희, 궁녀들"에서 맴돈다(2권 37장 153~155쪽을 참조할 것). 성의 영주인 카이드는 특히 "……자기 도취에 빠지고", "스스

로 벌어 생활하지 않고 소비만 하는" 여자, "사랑 속에서 노획물을 노리는" 여자를 조심하도록 명백히 경고하고 있다(2권 170장 474~477쪽)—흡혈귀로서의 여자, 이것은 여자를 '뱀'으로 보는 생텍스의 여성관에서 심리적 불안의 측면을 보여준다. 책임으로서의 '사랑'은 바로 이 감정이 도덕적 요청이라는 모습을 취한 것이다. 라키(E. A. Racky)는 그의 저서 《생텍쥐페리의 인간 이해》, 34~35쪽에서 심리적 문제는 보지 못하고 있지만, 사실적 측면은 다음과 같이 옳게 설명한다. "생텍쥐페리는 단 한번도 '동료로서의 남성과 여성'이라는 현대적인 표현을 보여준 적이 없다. '위대한 사랑'이라는 말에 매달리고 있는 것이다". "생텍쥐페리는 유별난 기사적 정중성으로, 경외심으로 여자를 대한다. 여자는 부서지기 쉽고 섬세하다. 그들을 거친 손으로 건드려서는 안된다. 여자들은 행동에 참여하거나 남자 집단의 모든 것을 희생하는 우정을 체험할 수도 없다. 생텍쥐페리는 비행사들의 세계에서는 다른 사람을 이해한다는 어려움이 극복될 수 있다고 믿었다. 남자들 사이의 우정은 친구로서 친구에게 속마음을 털어놓는 유대의 끈을 창조한다. 그러나 여자는 자신의 비밀을 유지한다." '잠재된 동성애'의 사실 증거가, 무엇보다도 여자로부터의 비밀한 도피가 이보다 더 잘 서술될 수는 없을 것이다. 권태에 빠져 있던 《성채》의 군주는 마침내 그가 얻은 신부에게 "너는 내가 신으로 상승하기 위한 하나의 계단일 뿐이다. 너는 나를 붙들기 위해서가 아니라 불태워지고 소비되기 위하여 창조되었다(2권 29장 134쪽)"라고 말한다(같은 책, 133쪽). 첼러(R. Zeller)는 그의 책 《생텍쥐페리의 인간과 배》, 89쪽에서, 사실 이러한 생각과 기독교적 관점의 차이를 인정하나, 그럼에도 불구하고 바로 이곳에서 "생텍쥐페리는 '하늘을 향한 동경'을 여자에 대한 사랑"과 화해시킬 수 있었다고 설명하고 있다. 자신의 영혼을 하늘로 상승시키기 위한 수단으로 여자를 마녀처럼 '불태워버리는' '화해'라니? 어떤 곳에선 생텍스를 믿는 대신 이해해야 한다. 아네(D. Anet), 《생텍쥐페리》, 207쪽에는 생텍스가

“여자에게 부여했던 진정한 역할”은 “어린 소녀”라는 점을 설득력 있게 보여준다. 물론 그는 이 속에서 심리적인 문제—성인 여자에 대한 불안, 불안에 사로잡힌 한 아이의 영적인 장애—를 보지 못하고 있지만, 진지하고 차분한 어조로 어린 소녀들이 “남자들의 사명을 거두어버리지”는 않지만, “자신들의 빛나는 순결과 말없는 사랑 속에서 남자들의 사랑의 토대를 세운다”는 것, 그리하여 이 야기는 곧 남자들 사이에서 “영웅”에 이르게 된다는 것을 설명하고 있다(212쪽).

99. 생텍스, 《어린 왕자》, 31쪽.

100. 같은 책, 30~31쪽.

101. 같은 책, 62쪽.

102. ‘외풍’과 ‘기침’은 분명히 영혼의 ‘감기’로 해석되어야 할 것이다. 알렉산더(F. Alexander), 《정신신체의학》(1951), 99~104쪽에 따르자면 호흡 기능의 히스테리성 교란은 무엇보다도 ‘분리의 외상’을 지니고 있는 정신적 의존성이 기도(氣道)가 냉각될 때 드러나는 현상이다. ‘기침’이 지니고 있는 명백히 공격적인 의미는 속담처럼 자주 언급된다.

103. 생텍스, 《어린 왕자》, 31쪽.

104. 같은 책, 같은 곳.

105. 같은 책, 같은 곳—“장미여, 오 순수한 모순이여, 쾌락이여 / 그리도 많은 눈꺼풀 아래 / 어느 누구의 잠일 수도 없음이여.” 이 시는 릴케가 자신을 위하여 지은 비명(碑銘)이다. 장미, 이 오랜 역사를 지닌 ‘신비적 합일(unio mystica)’의 서양적 상징은 일평생 릴케에게 황홀과 깊은 경건의 바탕이 되었다—홀투젠(H. E. Holthusen), 《릴케》, 163쪽. 저 비명은 어머니와의 모순된 관계로 인해 동료 인간들에 대한 관계가 항상 방해를 받았던 까닭에 “사랑하면서 사랑할 수 없었던”(같은 책, 11~20쪽) 한 남자의 비명이다. 여기에다 릴케는 21살에 15년 연상의 루 안드레아 살로메를 만난다. 그녀는 그에게 최초로 사랑의 완벽한 체험을 선사하며, 그는 “같은

뜻을 지녔으나 더 우월한 영혼에 의해 이해되며 인도되는 행복, 연인 속에서 동시에 그 결핍의 고통을 겪어야 했던 어머니의 형상을 보게 되는 행복을 갖게 되었다.”(같은 책, 33쪽) 살로메와 릴케의 우정은 일평생 지속되었다. 이에 반하여 생텍스에게는 이러한 행복이 주어지지 않았다. 여기에다 그는 그의 어머니와(우리가 이미 본 것처럼) 모든 여자들이 남자를 유약하게 만드는 영향력에 대해, 그리 성공적이지는 못했지만, 많은 파탄을 감수하면서까지 강력하게 저항했다.

106. 생텍스, 《어린 왕자》, 32쪽.

107. 같은 책, 같은 곳.

108. 같은 책, 34쪽. 하임러가 《자아체험과 신앙》에 수록된 〈어린 왕자〉, 216쪽에서 언급하고 있는 것들은 제대로 짚은 것이다. 이제 ‘장미’가 잘못을 자기 탓으로 하자 ‘어린 왕자’는 놀란다. 그러나 그가 ‘장미’의 이러한 해명에서 ‘솔직한 사랑의 고백’을 보았을 때 그는 그녀 곁에 있는 것을 두려워하여 사실을 반대로 뒤집는다. 그것은 그에게 길 떠나는 것에 대한 죄책감을 안긴다. 이것이 ‘장미’의 행동에서 위험한 점이다. 그러나 하임러가 장미의 4개의 가시를 ‘십자가’와 ‘사랑’……등의 ‘의식의 4방위’로 해석하자는 제안(217쪽)은 무리한 것이며, 그러한 해석은 텍스트와 아무런 관련이 없다.

109. 생텍스, 《어린 왕자》, 34쪽.

110. 같은 책, 93쪽.

111. 《어머니께 드리는 편지》, III 470.

112. 같은 책, III 477쪽.

113. 같은 책, III 493쪽.

114. 같은 책, III 495쪽.

115. 같은 책, III 496쪽.

116. 같은 책, III 518쪽.

117. 같은 책, III 522쪽.

118. 같은 책, III 534쪽.

119. 같은 책, III 544쪽.

120. 같은 책, III 546~547쪽.

121. 같은 책, III 549쪽.

122. 특히 알베레스, 《생텍쥐페리》(1946), 83쪽을 보자. "하늘에서 느끼는 시적 체험은 생텍스에게는 자연의 관찰일 뿐만 아니라 자연의 힘과의 접촉이기도 하다."—이와 비슷한 시각으로는 들랑쥐(R. Delange), 〈생텍쥐페리〉(R.Delange/L. Werth 공저, 《우리의 친구, 생텍쥐페리》에 수록), 111~126쪽, 케이트, 《생텍쥐페리의 생애와 시대》, 143~158쪽—벤첼리우스(L. Wencelius), 《친구 생텍쥐페리》, 47~62쪽. 그는 52쪽에서 〈천공 탐험가의 영웅적 삶〉에서 '남대서양의 용들'과 싸우는 '옛 전설 속의 기사들'을 본다. 생텍스가 스스로 만들어낸 신화—그것들은 분명히 성공작이었다—에는 그러한 평가가 항상 따른다. 켈러만(W. Kellermann)도 《생텍쥐페리》(Göttingen, 1947, 679~694쪽) 683쪽에서 이와 비슷한 지적을 하고 있다. "비행사는 자신의 안전과 행복을 포기함으로써 전사의 품성을 유지한다. 그러나 그 대신 그는 밤의 장엄한 우주적인 고독에 깊이 잠기어 그것을 동화와 전설과 종교의 표현법으로 그려낸다." 마치 비행의 '기술'이란 모험가의 손발을 묶어놓고 치밀한 계획으로 우연을 배제시키는 일과는 아무 관련이 없다는 듯이! 어쨌든 그러한 일이 기술자의 '책임'이어야 할 터인데도.

123. 에로스의 형상에 대해서는 랑케(R. von Ranke-Graves), 《그리스 신화 : 근원과 해석》, 제1권 116쪽을 참조할 것. 불멸에 대한 동경의 원리로서의 에로스의 해석에 대해서는 플라톤의 《향연》 전집 제2권 26장(207 a5~208 b6) 236~237쪽을 참조할 것.

124. 위의 주 91·98을 볼 것—예컨대, 케이트는 《생텍쥐페리》, 171~182쪽에 아르헨티나의 언론인 고메스 카리요(Gomez Carillo)의 미망인 콘수엘로 순신(Consuelo Suncin)과 생텍스의 결혼생활을 낭만적인 필치로 묘사하려 애쓰고 있다. 그러나 그의 서술에서도 사

랑에 도취한 쪽은 신랑보다는 틀림없이 신부였음을 감지할 수 있다. 그러나 후에 콘수엘로는 "그녀 자신의 분방한 환상"(케이트, 404쪽)과 뉴욕에 망명 중인 이름 있는 초현실주의자들과의 우정 때문에 생텍스의 엄격성을 견디기 어려워했다. 생텍스가 일찍 죽지 않았다면 두 사람의 관계가 얼마나 더 오래 지속되었을지, 또 생텍스가 잦은 비행으로 가족으로부터 계속적인 휴가상태로 삶을 보낼 수 없었더라면 그 둘의 관계가 과연 지속될 수 있었는지는 추측해 볼 만한 문제이다. 라우흐, 《생텍쥐페리. 인간과 작품》은 생텍스가 콘수엘로를 위해 드린 기도문 하나를 인용하면서, 이 기도에는 "남자와 여자 사이에 진실되고 순결한 사랑과 신에 대해 꾸밈 없는 순결한 신앙"이 토로되어 있다고 보았다(25쪽). 그러나 '기도'는 사실은 "자기가 경멸하고 거부하는 저들 모두를 만나지 말아 달라는" 아내에 대한 부탁이며, 한편으로는 "자기는 매우 강한 것처럼 보이나 실은 항상 불안에 시달린다"며, "주여 저로 하여금 불안을 면케 하소서"라는 고백이다. 생텍스에게서 신의 모습과 기도에 대한 이해를 위해서는 밑의 주 158·159를 참조하라─생텍스가 《남방 우편기》에서 베르니(Bernis)와 쥬느비에브(Geneviève) 사이의 (불행한) 관계를 어떻게 그리는가, 또 여기서 자신의 사랑─옛 약혼녀 루이즈(Louise de Vilmorin)(1922)─에 대한 추억을 어떤 식으로 가공하고 있는가를 이해하기 위해서는 에스탕, 《생텍쥐페리》, 23~25쪽, 32~33쪽, 46~47쪽과 케이트, 《생텍쥐페리》, 63~68쪽을 참조할 것. 케이트는 그 당시 2년 연하이었던 루이즈가 결혼을 하기에는 너무 어린 소녀이었음─이것은 또한 정확히 역으로 '어린 왕자'의 '장미'에 대한 관계가 좌초하는 근거가 된다─을 언급함으로써 '어린 왕자'의 '장미'는 루이즈와 동일인일 수 없음을 옳게 지적하고 있다─라우흐는(앞의 책, 25쪽) 《어린 왕자》에서는 여자라는 세계가 왜 아무런 역할도 못하는지를 다음과 같은 말로 해명하려 한다. "'어린 왕자'의 어린 영혼과 대립하고 있는 것이 경직된 성인의 세계로 그가 방문한 행성들의 각

양각색의 지배자들은 모두 남성이며 자기 자신에만 집착하고 있다. 그는 이들 모두를 이상하고 낯설게 느낀다. 반면에 그는 '야성의 피조물', 짐승들, 여우의 살아 있는 지혜에 부드러운 친밀감을 느낀다. 그리고 그가 다정 다감함과 수줍음으로 사랑하였으며, 그리도 그리워하고 사모하던 장미는 그에게 모든 여성적인 것이 집중적으로 표현되어 있는 대상이다. 지구에서 따뜻함과 사랑의 친밀이 모두 사라진 후 그는 마침내 다시 그의 장미에게로 도피한다." 참으로 옳은 말이다. 그러나 그것은 생텍스 자신 속에 존재하여 그와 주위 세계를 불화케 했던 대립을 은폐하고 있으며, '여성적인 것'을 향한 그리움 속에 있는 핵심, 어머니와 관련된 상호 모순된 감정의 공존 상태를 알아보기 어렵도록 한다. 생텍스를 미화할 필요는 없다. 그러나 그의 한계와 함께 그의 위대함을 파악하기 위해서는 그를 이해할 필요가 있다.

125. 비행과 '이카루스'의 도주라는 모티브와의 관계에 대해서는 에스탕, 《생텍쥐페리》, 32~33쪽, 145쪽을 보라. "이미 이 시기에(즉, 1926) 그의 편지에서는 생텍스적 비극이 나타난다. 항로의 신비는 그를 도피로부터 구원하며, 그것을 연민으로 변화시킨다. 그러나 멋진 모험으로서의 비행이 끝나자마자 불안은 다시 옛 모습을 드러낸다."

126. 생텍스가 자신의 소망과 의지로 창조해낸 신화에 붙어 다니는 것이 그의 '친구'와 '동지'로서의 모습이다. 실제로는 케이트조차도 그의 《생텍쥐페리》, 341쪽에서 동지들과의 '나이 차'가 인간 관계를 어렵게 했고 "갖은 노력에도 불구하고……생텍스는 자신을 국외자"로 느꼈다는 점을 받아들이고 있다. 생텍스의 '동지애'와 '연대 행위'에 대한 신념에 대해서는 에스탕, 《생텍쥐페리》, 73~81쪽을 참조할 것. 이 입장의 핵심은 다음과 같다. "경험은 우리에게, 사랑은 서로를 쳐다보는 것이 아니라 같은 방향으로 같이 바라보는 것이라고 가르친다."(생텍스, 《바람, 모래 그리고 별들》 I, 329쪽) 분명히 생텍스는 여기서 사랑과 동지애를 혼동하고 있다. 말

을 바꾸어, 그는 자기는 동지를 구하는 것 외에 다른 '사랑'을 상상할 수 없다고 밝힌다. 문제는 항상 동일하다. 영웅적 행위로만 비로소 인간이기를 입증한다면 인간은 사랑의 대상이 될 수 없는 것이다. 《아라스로의 비행》(I, 449~450)에서 생텍스는 자기 모멸과 우정의 열망 사이의 분열을 극명하게 보여주고 있다. "관객이라는 직업은 나에게는 항상 끔찍한 것이었다. 내가 참여하지 않는다면 나란 무엇인가? 존재하기 위하여 나는 참여해야만 한다. 나는 동지들의 숭고한 품성으로 살아간다……. 나는 나를 둘러싼 그들 속에서 황홀감에 젖는다……. 어떠한 것도 이 형제애를 훼손시킬 수 없다." 생텍스는 이러기를 원했다. 그러나 실제로 그러하였던가? 라키(E. A. Racky)는 《생텍쥐페리의 인간 이해》, 28쪽에서 "비행사들의 세계에서는 행동하는 인간들끼리 서로 연대를 맺음으로써 그들의 우정과 동지애는 깊어진다. 생텍쥐페리는 이러한 우정과 동지애를 모든 인간들에게서 본질적인 가치로 생각할 만큼 그 순수한 형태를 체험했다"라고 의견을 피력한다. 그러나 실제로 라키는 여기서 이상과 현실을 혼동하고 있다. 실제로는 '동지들'이 《야간비행》의 저자에게 얼마나 잔인하게 보복했는지를 에스탕, 《생텍쥐페리》, 142~143쪽은 잘 보여주고 있다. 그렇다. 생텍스가 그의 동지들한테서 그가 필요로 하는 따뜻함을 찾았다 할지라도 그는 그것을 받아들일 수 없었으리라. 그의 그리움은 도달될 수 없는 것을 향하고 있기 때문이다. "나 자신 이상일 것……내가 동지들에 대하여 느끼는 사랑을 체험하는 것, 외부로부터 오는 자극이 아니고, 기껏해야 이별의 만찬 때를 제외한다면 결코 자신을 드러내 표현하지 않는 저 사랑을……집단에 대한 나의 사랑은 드러내 표현할 필요가 없다. 사랑을 이루는 것은 같이 결합되어 있다는 것 뿐이다."(생텍스, 《아라스로의 비행》, I, 451쪽) 현실적인 (동성애적인) 결합과 그것의 대상물(代償物)로서의 용기 있는 포기에 대한 불안이 이보다 더 뚜렷하게 표현될 수는 없으리라.

127. 생텍스, 《전선에서 어느 친구에게 보내는 편지》, III, 175~176쪽

—하임러, 〈어린 왕자〉(《자아 체험과 신앙》에 수록), 206쪽에는 비행의 모티브에서, "자신의 힘으로 대지라는 어머니로부터 벗어나려는 운동"을 올바로 인식한다. 그러나 그는 전기를 고려하지 않고 항상 '원형적'으로만 《어린 왕자》를 해석하기 때문에, 가장 중요한 문제, 즉 자신의 어머니로부터의 도피를 보지 못한다. 그 대신 하임러에 따르자면 '하늘[陽]'과 '대지[陰]'의 대립이 문제된다.

128. 슈테른(K. Stern), 《여성으로부터의 도피. 시대 정신의 병리학》, 191~193쪽을 참조할 것. 여기서는 특히 근대 정신의 '마니교적' 특징을 지적하고 있다.

129. 생텍스와 니체의 유사성에 대해서는 에스탕, 《생텍쥐페리》, 25~26쪽, 86~87쪽을 참조할 것. 니체와 마찬가지로 생텍스에게서도 "개인은……단지 길이며 과정"에 지나지 않는다(생텍스, 《아라스로의 비행》, I, 467). 이 '길'의 목표는 "항상 건강하고 강한 영웅적 단독자이다. 이 영웅관은 인간 속에는 항상 영웅의 가능성이 갖추어져 있다고 본다……행동인(homme d'action)은 명백히 '초인'의 특징을 지니고 있다."(라키, 《생텍쥐페리의 인간 이해》, 80쪽) 생텍스는 《아라스로의 비행》, I, 484~485쪽에서 다음과 같이 말한다. "나는 이제부터 개인에 대한 인간의 우선권을 위하여 싸울 것이다." "나는 이웃 사랑을 내걸어 범용성을 찬양하기를 요구하면서, 인간을 부정하고 개인을 결정적인 범용성에 가두어두는 사람들 모두와 싸울 것이다—나는 인간을 위하여 그 적들과 맞서 싸울 것이며, 또 나 자신과도 맞서 싸울 것이다." 이러한 대목에서는 현실적 인간을 경멸하는 니체의 '먼 사랑'(역주 : Fernstenliebe—기독교의 이웃 사랑에 대립되는 개념)과의 어떠한 차이점도 보이지 않는다.

130. 철저한 우연성의 영역에서 사르트르의 자유의 철학에 대해서는 드레버만, 《악의 구조》, III, 207~209쪽, 213~218쪽, 226~263쪽을 참조할 것. 슈테른(《여성으로부터의 도피》, 89~102쪽)은 사르트

르에게서 자연(과 자기 자신) 앞에서의 '구토'를 여성에 대한 불안이라고 분석하면서 다음과 같이 말한다. "사르트르에서 성(性)은 항상 '어떤 집의 방문에 따르는 부수적 재미' 같은 것으로 나타나며, 여성적인 것의 가치 박탈과 맞물리어 나타나는 방식은 니체에서 시작하여 레닌까지에 이르는 앞 세대의 어떤 문학을 특징 짓던 사춘기적 성을 연상시킨다. 이러한 연관으로 볼 때 흥미롭게도 사르트르의 전 작품 속에서 사랑을 보여주는 유일한 장면은 《기이한 우정》(*Drôle d'Amitié*)에서 한 남자가 그의 동지의 팔에 안겨 죽어가는 부분뿐이다!(같은 책, 99쪽) 사유의 총체적인 심리구조 : 자아의 수치스러운 무가치를 극복하려는 행동가적 노력, (어머니라는)여성 앞에서의 불안, (동성애가 잠재된) 동지애라는 이상으로서 사랑의 환원, (오이디푸스적 콤플렉스의 측면을 지닌) 사랑과 죽음의 등치, 여기에다 어렸을 때의 체험으로서 정신적 과잉 기대와 물질적 호사가 뒤엉킨 질식에 찬 분위기가, 그들의 기질과 강조점의 차이에도 불구하고 생텍스에게서처럼 니체와 사르트르의 작품에서도 검증될 수 있다. 생텍스처럼 아버지 없이 '낯선' 가정에서 성장하였던 사르트르의 유년 시절에 대해서는 비멜(W. Biemel), 《사르트르》, 7~23쪽을 볼 것. 무엇보다도 "그는 자신을 감추어야 했고, 얌전해야 했으며, 다른 사람을 본받아야 했다."(20~21쪽)

131. 사르트르, 《지성인과 혁명》(Neuwied und Berlin)(Luchterhand Bd. 30), 149~150쪽을 참조할 것. 사르트르에서 '오만과 겸손'의 혼재에 대해서는 비멜, 《사르트르》, 93~102쪽을 참조할 것.

132. 실제로 '비행'은 생텍스에게는 이 세계에 존재하는 것을 정당화해주는 것, 그 이상도 그 이하도 아니었다. 에스탕(《생텍쥐페리》, 142~143쪽)은 무엇보다도 우편공항을 떠났던 1931년부터 생텍스의 삶의 기본 감정을 이루었으며, 1933년 생 라파엘 만에서 일종의 자살적 행위를 벌이게 하는 죽음과의 침울한 유희를 강조한다.

133. 프로이트가 발행한 잡지 《정신분석학》 6호에 실린 논문 〈두 가

214

지 전형적인 꿈의 느낌〉, 128쪽에서 ‘비행’은 무엇보다도 주관적 체험의 측면에서, 남성의 위대성과 황홀한 성취감 및 신비적 합일의 느낌, 또 생텍스를 그렇게도 매혹시켰던 체험 내용들을 재현시킬 수 있다는 점에서 ‘비행’이 갖는 생식기적 의미에 주목하고 있다—들랑쥐(R. Delange)의 글, 〈생텍쥐페리〉, 129~131쪽에는 생텍스가 죽었을 때 쥘레(Gelée) 대령이 쓴 추모의 글을 인용하고 있다. “그를 단지 멀리서만 아는 사람은 그에게서 모든 것, 시인과 모랄리스트, 학자, 심지어 마술사를 볼지 모른다. 그러나 그의 형제들인 우리는 잘 알고 있다. 우리는 그가 무엇보다도 비행사, 조종사라는 것, 창공의 존재라는 것을 알고 있다. 충분히 음미되고 잘 계산된 사회적인 고려에서가 아니고, 사명감과 열정을 가지고 택한 비행사인 것이다. 문학 비평가들이 언제 이것을 파악할 수 있을 것인지(같은 책, 130쪽)? 그들이 비행사 생텍스의 신화를 믿지 않고, 지구로부터 탈출하기 위해 자신의 비행기로 도피한 인간을 이해하려고 노력한다면 그 일은 가능할 것이다. 그의 추모사는 계속된다 : “생텍쥐페리는 어느 누구에게도 거의 빚을 지고 있지 않다. 그는 그 자신의 삶에 의해, 또 동료들과 함께 그 영웅적 신기원을 누리었던 기술에 의해 완전한 유일성을 이루어내었다.”(같은 책, 130쪽) 받는 사람이 되기보다는 주는 사람이 되기를, 자신의 행복을 생각하지 않고 다른 사람을 위하여 자신을 희생하기를, 평균의 범용성에 대항하여 싸우면서 자신의 위대성을 구현하기를 생텍스는 원했던 것이다. 라우호는 그의 〈생텍쥐페리〉(《우리시대를 만든 사람들》, 제2권, 올덴부르크, 1954년에 수록), 154~166쪽, 155쪽에서 “비행은 그에게 새로운 세계를 찾고자 출발하는 것을 의미했다. 그의 감성에서 창공으로의 비상은—이미 그리스, 게르만 신화에 등장하고 있는, 태고적부터의 인류의 꿈의 실현은—인간에게 부여된 모든 가능성을 고양시키는 일과 일치했다. 그를 가슴 아프게 했던 것은 인간의 이러한 소질들이 철저하게 사장되어 버린다는 것이었다.” 그의 또다른 저서인 《생텍쥐페리. 인간과 작품》, 53쪽에서는 '비행'을 "유기체와 기계의 합일", 앞을 향한 불굴의 전진, 완전히 새로운 존재 공간의 정복으로 묘사한다―여기에는 물론 루아(J. Roy)가 《생텍쥐페리의 정열》, 27~36쪽에서 콘래드(J. Conrad)의 해양과 항해 묘사를 같이 놓고 비교한 바 있는, 비행 묘사에서 생텍스의 문학적 위대성이 포함된다.

134. 세쥬르네(L. Séjourné), 《고대 아메리카의 문화》, 276쪽은 '날개 달린 뱀'에서, 떠오르는 태양, 하늘, 정신(=새)의 상징은 물론 물질, 대지의 여신들, 무, 죽음(뱀)의 상징을 본다.

135. 예컨대 그림의 동화 〈수정의 공〉에서도 그렇다. 여기서 마녀의 두 아들은 독수리와 고래로 변한다. 드레버만/노이하우스, 《수정의 공. 그림 동화의 심층심리학적 해석》, 제 6 권(올텐·프라이부르크, 1985)을 참조할 것.

136. 생텍스, 《아라스로의 비행》, I, 364쪽.

137. 생텍스, 《전선에서 어느 친구에게 보내는 편지》, III, 176~177쪽.

138. 라키, 《생텍쥐페리의 인간 이해》, 26~38쪽은 행동인의 모습을 매우 감동적으로 서술한다. 그는 자기를 넘어서도록 강요하는 장애물을 통하여 자신을 만들어가며, 자신의 행위를 통하여, 또 자신의 행위가 그에게 부과하는 책임을 통하여 자신과 타인이 '동지'로서 연대되어 있음을 느낀다. "행복은 그가 추구하는 목표가 아니라, 그것은 아름다움처럼……하나의 선물인 것이다."(같은 책, 31쪽)

139. 생텍스, 《성채》, 112장, II, 335쪽 또는 190장, II, 524쪽 : "……그것을 잃어버릴 위험을 무릅쓰고 네가 희생하는 것, 그것만이 존재한다."

140. 생텍스, 《어린 왕자》, 74쪽.

141. 생텍스, 《성채》, 56장, II, 198.

142. 대부분의 전기 작가들은 너무나 행복했던 생텍스의 어린 시절을 언급은 하나 구체적인 묘사는 해주지 못한다. 예컨대 들랑쥐(《생텍쥐페리》, 7쪽)는 열 살에 이르기까지의 어린 시절에 대해서는

생텍스가 6살에 이미 시작(詩作)을 시도했다는 것 외에는 아무 것도 기록하고 있지 않다. 생텍스의 누이 시몬느의 정보를 바탕으로 하고 있고, 무엇보다도 그와 보모 파울라(Paula Hentschel)와의 거리 없는 친밀을 보여주는 라우흐(《생텍쥐페리. 인간과 작품》, 23쪽)의 기록도 위와 동일한 모습을 보여준다. 이처럼 어떠한 전기 작가도 생텍스의 유년 초기에서의 성장의 정신적 배경을 진지하게 규명해보려 하지 않는다. 크리스누아, 《생텍쥐페리》, 11쪽은 생텍스가 다른 사람의 시선을 끌려고 노력하는 과정에서 '하얀 모자를 쓴 누이들'의 보살핌을 받고 싶어 아픈 체하는 것, 그러나 그만큼 더 급우들로부터 따돌림받으며 괴로워하는 것을 포착한다. 그러나 그녀조차도 여기서 생텍스의 전 생애를 지배하고 있는 아포리아—약할 때에는 발견하지 못하고, 강할 때에는 필요로 하지 않는 사랑을 그리워하는 것—을 보여주지 못한다. 내가 아는 한, 풀릴 수 없는 이 상반된 감정으로서의 유년 시절의 인상에 대해 어떤 전기 작가도 진지한 분석을 하지 않는다. 그 대신 어디서나 들리는 소리는, 예컨대 나우엔(H. G. Nauen), 〈생텍쥐페리의 삶과 작품〉(《시대의 소리》, 제153권에 수록, 1953~1954) 105쪽에 실린 다음과 같은 이야기이다. "생텍쥐페리는 참으로 꿈처럼 아름다운 어린 시절을 보냈음이 틀림없다. 그 시절은 순수와 행복의 진정한 낙원이었으며 가장 가혹한 순간에도 그를 결코 절망치 않게 했던 눈에 보이지 않는 힘이 항상 샘솟았던 원천이었다. 하늘에서 별처럼 이 행성에 떨어진 '어린 왕자'는 다름아닌 생텍쥐페리 자신이다." 생텍스의 작품에 대해 전체적으로 비판이 없지는 않았던 에스탕(《생텍쥐페리》, 16~22쪽)조차도 생텍스를 '가장 행복한 아이'로 보면서, 다음과 같이 기록하고 있다. "그는 아름다운 집에서 살며, 오래된 정원에서 뛰놀며, 티롤에서 온 보모 파울라가 들려주는 동화에 열중하고, 모든 어머니 가운데 가장 훌륭하신 어머니, 맹목적으로 그에게 헌신적이었던 누이들을 자기 마음대로 쥐고 흔들었다."(19쪽) 생텍스는 언제나 그의 어린 시절을 그리워했다. 이것은 사실이다. 그러므로 그 시절은 그와 같이 아름다운 측면을 지녔음이 틀림없다. 그러나 그러한 '아름다운 시절'이 덫일 수 있음을 전기 작가들 가운데 어느 누구도 이해하려고도 않았고, 또 이해할 수도 없을 것이다. 왜냐하면 그의 어린 시절은 그 후의 모든 삶에 불안과 우울의 독액을 주입시키고, 《어린 왕자》를 '위대한 카이드'로 변화시키게 하는 '모성적 질식'과의 절망적 싸움을 벌이게 한 만큼 위력을 지녔기 때문이다. 이베르(J. C. Ibert), 《생텍쥐페리》, 81쪽은 다음과 같이 기술함으로써 사실을 제대로 보고 있으나 이에 대한 심리적 통찰을 놓치고 있다 : "생텍쥐페리에게는 행동과 신비의 맞은편에 순수의, 다시 말하여 되찾은 유년 시절의 신화가 놓여 있다―어린 시절부터 그는 자신이 '유년 시절에서 추방되었다고' 느꼈다. 그리고 그는 종종 그의 작품 속에서 아무 근심 걱정 없던 그 시절을 향한 애련한 향수를 보여준다." 그리하여 역으로 이베르는 어른들을 멸시하는 《어린 왕자》 속에서 생텍스 자신의 대역을 본다. 그러나 여기서 생텍스 자신의 어린 시절과 생텍스 자신 속에 놓여 있던 갈등은 '악한 세계'의 탓으로 돌려지고, 반대로 생텍스 자신은 변호의 대상이 된다. 여기서 매우 위험한 점은 자신의 어린 시절의 소망과, 자신의 이루어지지 않은 꿈과 삶에 대한 환멸을 《어린 왕자》에 투사시켜 읽는 것이다. 그럴 때 이 놀라운 동화는 좌절한 사람들의 《성경》이 되기 쉽다. "아무 근심 걱정이 없었다는 것"이―그것은 아버지 없이 응석받이로 자랐다는 것을 의미한다―생텍스에게 얼마나 위험한 것이었던지를 우리는 이해해야만 한다. 생텍스는 40대의 나이로서 어렸을 때의 응석받이 생활에서 생긴 단점들을 제거하고자, 자신이 얼마나 열렬하게 또 얼마나 힘들게 노력했는지를 《아라스로의 비행》, Ⅰ, 385쪽에서 직접 묘사하고 있다. "침대를 떠나는 일은 마치 어머니의 팔, 어머니의 무릎에서, 어린 시절 어린 몸을 부드럽게 사랑해 주고, 애무해 주고, 품어주던 모든 것으로부터 빠져나오는 느낌이었다." 과보호와 응석을 받아주는 것이 지나친 엄격만큼이나 신경병적인 결과로 나타난다는 것을 이해한다는 데는 분명 심리학적인 어려움이 있다. 우리가 여느 때처럼 《어린 왕자》에 '어른들'의 이해할 수 없는 세계를 대립시키고, 그럼으로써 '어린 왕자' 자신 속에 있는 갈등을 외화(外化)시키면 생텍스의 성장에 처음부터 부여되어 있던 긴장은 이해되지 않는다. 그렇게 되면 우리는 '태양 왕'이라는 매혹적인 존재—생텍스도 또한 '태양 왕'이었다—에서 단순한 전설기록으로 오도될 뿐이거나, 해결 불가능한 질문 더미에 부딪치게 될 것이다. 실제로 생텍스는 자신이 엄마의 치마를 벗어나지 못하는 아이가 아니라는 것을 보여주기 위해서 '인간에 대한 영웅적 이해'가 얼마나 필요했는지를 《바람, 모래 그리고 별들》, I, 238~239쪽에서 직접 보여주고 있다. 여기서 그는 중년의 나이로 그의 옛 가정부 소피(Sophie) 양에게 다음과 같은 말로, 그녀의 지나친 염려에서 온 걱정과 잔소리가 얼마나 부당했던가를 말하고 있다. "당신은 추운 밤에 지붕도, 아줌마도, 침대도, 시이트도 없이 한데서 잠을 자야 하는 사막이 있다는 것을 아시나요?" 그러나 생텍스는 그와 같은 순간에 다시 자기의 '아름다웠던' 어린 시절, 자신의 어머니, 보모인 파울라를 그리워하고 있다. 첼러의 위의 책, 39~40쪽을 참조하라.

143. 생텍스, 《성채》, 55장, II, 196~197쪽.

144. 같은 책, 25장, II, 123쪽.

145. 같은 책, 126장, II, 372쪽—생텍스는 《아라스로의 비행》, I, 480쪽에서 허심탄회하게 설명한다. "개인의 존엄성은 타인의 시혜로 자신이 노예가 되지 않기를 요구한다." 역으로 그는 또 다음과 같이 말한다(같은 책, I, 454쪽). "나는 내가 베풀어줄 사람에게만 의무를 지고 있다."—사실 펠리시에(G. Pelissier)는 그의 논문, 〈생텍쥐페리의 《성채》〉(Synthèses 6(1951), 292~307쪽에 수록), 306쪽에서 생텍스의 입장을 변호하려는 뜻에서 다음과 같이 말하고 있다. "내가 찾는다면, 나는 이미 발견한 것이다. 왜냐하면 정신은 자신이 소유하고 있는 것만을 그리워하기 때문이다. 발견한다는

것은 보는 것이다. 내가 이미 지각하지 않은 것이라면, 그것을 어떻게 찾을 것인가?” 그러나 이것은 파스칼의 입장(《팡세》, 555장, 247쪽)이지 생텍스의 입장이 아니다. 이 명제는 파스칼의 경우에서처럼 그것이 신을 향한 절대적인 갈구와 관련될 때에만 옳다. 그렇지 않고 남자와 여자 사이에 관련될 때에는 오히려 절대적으로 틀린다. 이 밖에도 파스칼은 이 명제로써 인간의 형이상학적 불안을 진정시키고자 했다(“그러므로 불안해 하지 말라!”). 반면에 생텍스는 그의 정교한 정리로 여성의 접근 일체에 대한 불안을 변호하고, 자기 희생을 각오한 ‘탐색’을 미화하고 있다.

146. 생텍스, 《어린 왕자》, 72쪽.

147. 같은 책, 70쪽―드쿠르(Lucie-Marie Decour)에게 보내는 편지, III, 32쪽에 있는 “어린 소녀들”에 관한 표현과 똑같은 말들이다.

148. 쉴러(F. Schiller), 《우아와 품위에 관하여》(1793), (슈타프 P. Stapf가 두 권으로 편집한 쉴러작품집의 2권), 505·526쪽.

149. 라키, 《생텍쥐페리의 인간 이해》, 81~82쪽은 예컨대 생텍스의 《야간비행》에 덧붙여 다음과 같이 쓰고 있다 : “리비에르는 인간이 자신을 넘어서 성장하기를 요구한다. 이러한 관점은 프리드리히 니체에게서 온 것이다……. 대장(隊長)은 자신의 비행사들에게 공동의 과업에 완전히 복종하기를 요구한다. 과업이 모든 것이며 그것은 인간을 넘어서 존재할 것이다. 과업으로써 사나이들은 영원과 관계를 맺는다. 리비에르는 이 과업을 위하여 헌신·희생·포기 그리고 죽음을 요구한다. 그는 자신의 가혹한 요구가 인간적 행복을 파괴하지 않을는지 결코 묻지 않는다. 대장인 생텍쥐페리에게는 《야간비행》이 출판되던 당시 ‘행동이 행복을 망가뜨린다(L'action brise le bonheur)’는 문장이 중요하다. 젊은 생텍쥐페리한테 파시스트의 요소가 있다고 생각한 비평가들이 있다는 것은 놀라운 일이 아니다.” 라키는 생텍스에게는 ‘인간 내부에 변하지 않는 그 무엇’이 있다는 것을 지적함으로써, 이러한 비평을 무색하게 만들고자 한다. 그러나 인간이 단지 행위를 통하여서만 스스로

의 토대를 세우고, 그의 견해를 빌리자면, "행복한 완성과 평화"는 "오로지 죽음 속"에서만 있을 수 있다면, 변하지 않는 그 무엇이란 대체 무엇이란 말인가?(라키, 같은 책, 86쪽) 사실 생텍스는 이미 《바람, 모래 그리고 별들》에서 니체의 각인이 찍힌 영웅주의에 그가 '사랑'이라고 불렀던 기독교적, 사회적인 책임 정신을 보충시켰다. 그러나 생텍스가 《아라스로의 비행》, I, 484쪽에서 다음과 같이 말할 때의 사랑은 참으로 경직된 의지결정론적 사변이라고 하지 않을 수 없다. "사랑의 토대를 세우자면, 너는 희생부터 시작해야 한다. 그런 다음 사랑은 다른 희생을 더 요청할지 모르며, 모든 승리를 쟁취하고자 희생을 필요로 할 것이다. 인간은 언제나 첫걸음을 내디뎌야 한다. 존속하자면 그 이전에 인간은 생성되어야 한다."

150. 생텍스, 《성채》, 108장, II, 322쪽—III, 489쪽의 처형의 묘사를 참조할 것.

151. 니체, 《차라투스트라는 이렇게 말했다》, 4부, 징후, 252쪽.

152. 생텍스, 《야간비행》, I 154쪽 : "리비에르는 그의 사유에서 조그만 개인적 고통에 대한 질문이 아니라, 행위의, 행동 자체의 의미에 대한 물음이 제기되는 지점까지 이르렀다. 그와 대립하고 있던 것은 페이비언주의를 신봉하는 부인이 아니라, 다른 인생관이었다. 그는 이 조그만 음성에, 이 매우 슬퍼하고 있는, 그러나 적대적인 소리에 귀기울이고 동정해 주지 않을 수 없었다. 왜냐하면 행위의 세계도 개인적 행복의 세계도 분리의 단계에는 이르지 못하고 서로 갈등의 상태로 남아 있기 때문이다. 이 부인 또한 절대적인 세계, 그리고 그의 이름으로 자신의 권리와 의무의 이름으로 다른 이, 사랑하는 육체, 희망과 애정과 추억의 향토(鄕土)에 대한 요구를 내세우며 저녁 식탁 위의 정겨운 등불의 세계, 살과 피가 있는 육체의 세계에 대해 말한다. 그녀는 자신의 행복을 요구하였고, 그녀의 요구는 옳았다. 그리고 그, 리비에르도 옳았다……." 같은 책, 155쪽에는 다음과 같은 말이 나온다. "누구의 이름으로 나는(리비

에르는 자문한다) 그녀로부터……그녀의 사적인 행복을 빼앗았던 가? 그러한 행복을 지켜주는 것이 으뜸가는 법이 아니겠는가?— 그러나 그럼에도 어느날 피할 수 없이 이 황금의 행복들은 어쨌든 (정말이지!) 환영처럼 사라진다. 노쇠와 죽음은 나보다 더 무자비 하게 그것들을 파괴한다. 혹시 지킬 가치가 있는 더 지속적인 그 무엇이 있지 않겠는가? 아마(정말 그렇다!) 인간의 이런 부분을 위하여 내가 일하는 것이 아니겠는가?” 생텍스에 대한 존경에도 불구하고 우리는 다음과 같이 말하지 않을 수 없다 : 그러한 철학 적 사유는 냉소주의에 이르지 않을 수 없다. 《야간비행》, Ⅰ, 162~ 163쪽을 참조할 것—그럼에도 불구하고 이 점에서도 생텍스가 생 각한 것보다 더 앞으로 나아가고 싶어하는 작가들이 있다. 게링의 논문, 〈생텍쥐페리에서의 영웅적 휴머니즘〉, 134쪽을 읽어보자. “아니다. 리비에르는 무정한 것이 아니다. 그는 동정이 좋은 것이 라 생각한다. 그러나 유감스럽게도 목표만이 문제된다.(정말 그러 하다!) 그리고 그것을 달성하기 위해서는 악을 피할 수 없다. 무 엇보다 약해지지 말 것……! 지도자는 인간을 파멸시키는 어쩔 수 없는 상황에 놓일지라도 명령한다.” 이러한 글이 제3제국이 몰락 한 지 5년 후 독일에서 쓰여질 수 있었다는 것이 놀랍다. 그러나 이베르(J. C. Ibert) 같은 작가도 그의 《생텍쥐페리》, 28쪽에서 다음 과 같이 리비에르의 철학에 동의한다. “우리가 내딛는 발걸음 하 나하나의 가치는 우리가 자신을 초월하고자 애쓰는 노력에 비례한 다.” 같은 책, 30쪽을 보자. “이와 같은 지상적 행복의 단념을 정 당화하기 위해서는 어떠한 동기가 있어야 할까? 그것은 영원이며, 절대적인 것의 추구이며, 죽음의 공포에 대한 승리이다……. 정의 와 불의를 구별하지 않고 무차별적으로 리비에르는 인간이라는 소 재에 영혼을 빌려준다.” 그 결과는 31쪽에서 “그 자신은(리비에르 의 명령에 따라 자신을 희생하는 페이비언주의 신봉자) 존재하지 않는다!”로, 56쪽에서는 “그녀에게 중요한 것은 길이지, 목표의 달 성이 아니다”로 나타난다. 이와는 반대로 나우엔은 그의 〈생텍쥐페리의 삶과 작품〉, 109쪽에서 다음과 같이 제대로 의문을 제기했다. "결론적으로 말해 리비에르의 애매한 상념은 수백만 명이 수상쩍은 목적 때문에 희생당한 우리 시대의 수치, 강제수용소에 대해 도대체 무엇을 말해 줄 수 있단 말인가?"—1932년에 이미 페디먼(Clfton Fadiman)은 생텍스가 《야간비행》에서 미덕으로 미화하고 있는 '파시스트적 개념'과 '열렬한 영웅주의'를 다음과 같이 비판한다. "생텍쥐페리가 고백하고 있는 자신의 맹목적 의지와 힘에 대한 열렬한 숭배는 곧장 트라이취케(Treitschke)와 무솔리니의 과대망상으로 이어진다……. 이것은……위험한 책이다. 왜냐하면 이 책은 파괴적인 이념을 낭만적인 감정으로 묘사하면서 찬양하고 있기 때문이다."(이 인용문은 생텍스를 이런 비판으로부터 지키고자 애썼으나 실패한 케이트의 《생텍쥐페리》, 208쪽에서 옮긴 것이다.) 그렇지만 나우엔의 위의 책에서 생텍스의 사상의 기독교적 변화를 부각시킬 때, 이러한 비난은 제한되어 있다. 《아라스로의 비행》도 브르통(A. Breton)(그는 생텍스의 부인 콘수엘로의 친구였다!)에게 부당한 선고를 받았다. 그러나 이보다 더 잔인한 선고는 쿠아레(Alexandre Koyré)가 내린 것이다. 그는 이 책을 "기본 입장에서 '파시스트적'이다"라고 생각했고, 책의 토대를 이루고 있는 사상을 "'가부장적'이며 '반동적'인 것이라고 폐기처분해버린다."(케이트, 《생텍쥐페리의 삶과 시대》, 405쪽을 참조할 것) 《성채》에 관해서조차 파브리(A. Fabri)는 〈생텍쥐페리의 '성채'에 대한 하나의 해석〉, 900쪽에서 다음과 같이 비판한다. "생텍쥐페리는 고통을 충고로 위조하듯이 독백적인 것은 대화적인 것으로 위조한다." "신용에 의해 이루어지는 일종의 화폐 위조", 무엇보다도 "연극적으로 끔직스러운 멜로디"인 "나는 우두머리다. 나는 주인이다. 나는 책임자이다"를 그는 "훈장투의 지당한 말씀"이라고 적절하게 표현했다. "적지 않은 생텍쥐페리들이 그의 이러한 참패를 승리로 치부하리라는 것—《어린 왕자》의 경우에는 이미 그러한 일이 일어났다—은 또 다른 문제이다. 에스탕(《생텍쥐페리》,

89쪽)은 다음과 같이 정확하게 개괄한다. "생텍쥐페리 작품에서 인간을 형성하는 창조적인 의지의 얼굴은 권력에의 의지의 얼굴을 너무나도 닮았다. 우리는 그 얼굴을, 리비에르에서건 케이트에서 건, 좌우간 만나게 된다……. 그것은 필요하다면 나무의 가지를 치 고, 옆의 나무들을 베어버리는 정원사의 엄격성을 지니고 있다…… …. 그러나 인간은 나무가 아니다." "생텍쥐페리는 인간을 구원하 려 한다. 그러나 그 구원은 인간 하나하나가 대치될 수 없는 소중 한 그 무엇을 지니고 있기 때문이 아니다. 인류를 위하여 생텍쥐 페리는 '정원사의 관점'을 끌어대고 있는 것이다." 생텍스의 《바 람, 모래 그리고 별들》, Ⅰ, 199쪽을 참조할 것. 여기서 그는 그의 동지들의 죽음을 거목이 쓰러지는 것에 비유하고 있다. 첼러가 《 생텍쥐페리의 인간과 배》, 83쪽에서 "나무,—이것은 하늘과 천천히 결혼하는 밤이다"라고 묘사한 생텍스의 표현은 "인간에 대한 탄복 할 만한 정의다"라고 말한 것도 물론 옳은 말이다.

153. 드레버만, 《정신분석학과 윤리신학》, 제 1 권(Mainz, 1982), 19~ 78쪽에 수록된 〈비극적인 것과 기독교적인 것〉 참조.

154. 생텍스, 《야간비행》, Ⅰ 173~174쪽.

155. 크리케베르크(W. Krickeberg), 《고대 아메리카 문화》, 193~194쪽 ; 슈미트(P. J. Schmidt), 《아스테크족의 태양석》, 9~12쪽—이 밖 에도 생텍스의 《야간비행》, Ⅰ, 156쪽에는 인디안 문화와의 비교가 나와 있다. 여기서 그는 리비에르로 하여금 다음과 같이 생각하게 한다. "사랑한다. 단지 사랑만 한다. 이 얼마나 난처한 일인가?" "리비에르는 사랑보다 더 높은 의무를 어렴풋이 느꼈다. 아니면 아마 전혀 다른 종류의 어떤 사랑의 감정이 문제되었을 것이다. 문장 하나가 그의 의식에 떠올랐다 ; '그들을 불멸로 만드는 것이 중요하다.' 그는 그것을 어디에서 읽었던 것일까? '사람이 자기 자신만을 위해 추구한 것은 소멸된다.' 사원의 그림이 그의 의식 에 떠 올랐다. 고대 잉카의 태양신의 사원이다. 산중에 우뚝 솟은 석주들, 이것들이 없었다면, 그 폐허조차 마치 오늘날의 인간을 비

난하듯 치솟아 있는 그토록 강력하였던 이 문화는 흔적조차 남아 있지 않았을 것이다. '얼마나 가혹하게, 아니면 아주 이상한 애정을 가지고 그 지도자는 이 사원의 돌들을 산으로 끌어 올려 그들 자신의 불멸을 이곳에서 기억하도록 그 시대 민중들을 강요했던 것일까……? 그러한 사랑의 양식……그 당시 민족의 지도자—그는 아마 인간의 고통을 동정한 것은 아니겠지만, 그러나 인간의 죽음에 대해서는 무한한 연민을 지니고 있었나 보다. 개인의 죽음이 아니라 인류에 대한 연민, 모래 바다에서 인류가 소멸되어버리는 것에 대한 연민이었다. 그리하여 그는 그들에게 사막도 삼킬 수 없는 돌을 일으켜 세우게 하였다."

156. 니체, 《차라투스트라는 이렇게 말했다》, 4부, 우울한 노래(3), 229~230쪽 : "모든 양의 영혼에 대해 원한을 / 양처럼, 어린 양의 눈으로, 부드러운 털로, 회색 빛으로 / 어린 양과 양처럼 호의적으로 바라보는 / 일체의 것에 악의와 원한을!" '독수리의 품성을 지닌 자' '비행사'의 철학은 그와 같은 것이다.

157. 생텍스, 《성채》, 108장, II, 326쪽.

158. 같은 책, 81장, II, 264쪽. 라키(《생텍쥐페리의 인간 이해》, 86쪽)는 다음과 같이 제대로 설명하고 있다. "생텍쥐페리의 신은……기독교적 계시의 신이 아니다. 근본적으로 그는 신앙을 지닌 기독교도는 아니기 때문에, 그가 이해하는 신은 인간을 그 하위 단계에 두는 위계질서의 정상일 따름이다. 생텍쥐페리는 계시라는 사상에 저항한다. 그는 신이 인간의 지평으로 내려온 것을 창조자의 세속화로 생각하는 것이다. 여기서 예수 그리스도가 생텍쥐페리의 작품 속에 나타나지 않는 이유가 밝혀진다." 들랑쥐와 베르트의 책 《우리의 친구, 생텍쥐페리》에 실린 베르트(L. Werth)의 논문 〈내가 그를 만났을 때〉, 152~153쪽은 《성채》에 대한 주석에서 다음과 같이 설명한다. "신은 파악되지 않는다. 기도에 그는 침묵으로 대답한다……그는 말하자면 우리가 신앙 속에 편안하며 조용하게 자리 잡고……쉬는 것을 허용해 주는, 그러한 편안한 신이 아니다

……. 깊이 닻을 내린 기독교적 감정이(그는 항상 자신의 교양은 기독교를 토대로 하고 있다는 것을 강조한다) 보초근무 중 잠을 잔 초병을 가차없이 총살하는 제국의 무자비한 관점과 나란이 자리잡고 있다."—슈브리에(P. Chevrier), 《생텍쥐페리》, 119쪽은 생텍스의 신에 대한 생각을 사르트르가 그의 〈악마와 사랑하는 신〉, 《희곡전집》, 360쪽에서 다음과 같이 주장했던 견해와 비교하고 있다 : "너는 우리들의 머리 위에 열려 있는 허공을 보고 있는가? 내가 말해주마. 그것이 바로 신이다. 너는 땅에 뚫려 있는 구멍을 보고 있는가? 그것이 바로 신이다. 침묵이 바로 신이다. 부재가 신이며, 인간의 고독이 신이다." 사실 생텍스의 관점은 기독교보다는 사르트르의 관점에 더 가깝다(주 130을 볼 것). 그러나 생텍스는 그가 고독을 '신'이라 불렀을 때, 일종의 종교적 감정을 지니고 있었다. 이와 달리 사르트르는 자신에게 종교적 태도를 철저히 금지하였다.

159. 생텍스, 《성채》, 73장, II, 243쪽을 참조해 보자 : "고집을 부리면서 나는 사물의 의미를 묻고, 사람들이 나에게 부과하려고 했던 생명과의 교환이 어떻게 되는지를 설명해 달라고 신을 향해 올라갔다. 그러나 나는 산의 정상에서 화강암으로 된 석주만을 보았을 뿐이다—그리고 그것이 바로 신이었다." 에스탕(《생텍쥐페리》, 127~129쪽)은 그의 '신'에 대해 다음과 같이 정확하게 언급하고 있다. "신은 적어도 철학자의 신이지 않은가? 전혀 그렇지 않다. 왜냐하면 그의 초월성은 속임수이기 때문이다. 신은 내재성 속에서 부동(浮動)하고 있다. 그는 인간 앞에 존재하지 않는다. 그는 인간에 의해 투사된다. 신은 신적인 것을 향한 그리움이다. 그리움이 스스로 숭배의 대상을 마련한다." "생텍쥐페리의 휴머니즘에서도 '신은 죽었다.' 그러나 그는 그것을 말로 표현하거나, 신을—그런 일이 가능하다면—대치하려고 애쓰지 않고, 바로 이 죽음의 표지, 즉 침묵과 부재에 신의 이름을 붙이고 있다. 이는 마치 《고도를 기다리며》의 행동과도 같다."—이러한 점에서 이베르(《생텍쥐

페리》, 109쪽)의 다음과 같은 언급은 부분적으로는 옳다. "파스칼과 니체의 상속자로서 생텍쥐페리는 전자의 기독교와 후자의 무신론을 넘어가는 데 성공했다. 니체의(좀 더 정확하게는 헤겔의) '신은 죽었다'에 그는 다른 공식 '신은 침묵이다'를 대응시킨다."(위의 주 145를 참조)─생텍스가 '신'에 대한 생각을 가장 명백하게 표현한 어구는 《작가수첩》(Carnets)"에서 찾을 수 있다. 여기서 그는 기독교의 모순(지적인 불성실, '신자가 아닌 사람들'과의 논쟁, 복음서에 위배되는 소유 개념, 명백한 교조주의 등등)을 길게 열거한 다음 간결하고 정확하게 말하고 있다 : 신은 존재하지 않는다. 그것이 도대체 어떻다는 말인가? 신은 인간에게 신적인 것을 부여한다."(Ⅲ, 255쪽) 환언하자면 "접근할 수 없는 것, 또한 절대적인 것의 완전한 상징적 토대"를 세우자면 '신'에 대해 말해야 한다(Ⅲ, 256쪽). 《아라스로의 비행》, Ⅰ, 474쪽에서 생텍스는 자신이 근본적으로는 (기독교적) 신의 개념을 '신'이라는 이름 아래 '인간'으로 대치시키고 있음을 솔직히 고백하고 있다 : "나는 인간의 사랑인 형제애의 기원을 이해한다. 인간은 '신 안에서' 형제들이었다……. 신의 유산으로서 나의 문화는 인간들을 '인간 안에서'의 형제로 만들었다." 남아 있는 것은 가톨릭 교회의 의미가 공허해진 유산 : 권위·제례·의식 그리고 희생이다. "생텍쥐페리는 신을 찾는 사람이었으며, 천사의 빵을 갈구하는 굶주린 사람이었다"라고 크리스누아(《생텍쥐페리》, 5쪽)의 독일어 역자인 비키 폭트(M. Wicky-Vogt)는 말하고 있다. 그것은 사실이다. 그러나 생텍스는 자신이 발견될까 두려워했던 탐색자였으며, 굶주리면서 오히려 지나치게 배부르게 될까, 가뜩 불안해 하던 사람이었다.

160. 생텍스, 《성채》, 213장, Ⅱ, 623쪽.

161. 같은 책, 2장, Ⅱ, 27~28쪽.

162. 니체, 《권력에의 의지》, 1062장, 609쪽을 참조 : "신이 더 이상 존재하지 않는다 할지라도, 세계는 신적인 창조와 무한한 변화의 능력을 갖추고 있어야 한다." 같은 책, 692쪽 1061에는 다음과 같은

말이 나온다. "두 극단적인 사고 방식, 기계론과 플라톤주의는 영
원회귀라는 점에서는 일치한다. 둘 다 이상으로서 말이다."

163. 니체, 《차라투스트라는 이렇게 말했다》, 4부, 마술사, 192~194쪽
의 전율적인 시 : "누가 나를 따뜻하게 해주는가? 누가 아직도 나
를 사랑하고 있는가?"

164. 루카치(G. Lukács), 《이성의 파괴》, 제 2 권, 100~195쪽은 니체가
길을 열어놓은 비합리주의적 세계관에서 무엇보다도 파시스트적
이데올로기의 정신적 토대를 보았다.

165. 생텍스, 《어느 장군에게 보내는 편지》, III, 229쪽. 이것은 물론
전기 작가들이 생텍스의 죽음을 자신들의 '영웅'의 신화에 포함시
키는 작업에 걸림돌이 되지는 않았다. 예컨대 루아(위의 책, 68~
69쪽)는 1943년 무렵에 생텍스의 삶을 지배했던 불안과 절망에 대
해 보고하고 있다. 그러나 어떤 전설이나 설화에서처럼 여기에서
도 모든 모순을 주인공과 주위 세계의 관계에 끼어 맞추고 있다.
그리하여 프랑스의 운명과 인류가 처한 상태가 생텍스의 고독과
절망의 원인이 되어야만 했다. 그러나 진실을 보자면, 절망은 인간
자체 속에 늘 남아 있는 것이다. 절망은 주위 환경—그것은 객관
적으로도 비탄할 만큼의 수준일 수가 있다—을 자신이 등장하기
위한 구실, 엄폐물, 동기로 이용할 뿐이다. 루아가 그의 책, 85쪽에
서 알려주고 있는 다음의 설명은 노르만디 상륙을 축하하는 연례
행사를 맞이하는 프랑스인들에게는 아마 듣기 좋은 소리로 들릴
것이다. "베르나노스가 영웅에 대해 내린 정의, '생애 가운데 적어
도 한번 불명예보다는 죽음을 마다하지 않은 사람'이라는 정의를
우리가 받아들인다면", "생텍쥐페리야말로 영웅 또는 '기사'였던
것이다."(86쪽) 그러나 스승의 죽음으로 눈을 뜬 에마우스
(Emmaus) 제자들의 상황으로 루아가 우리를 끌고 가서, 생텍스의
때이른 죽음, 달리 말하여 '죽음의 순수함'이 곧 그의 삶과 '전설'
의 영광이 되는 것이라고 우리를 납득시키고 있다는 생각이 들면,
오싹 소름이 끼친다.

166. 에스탕, 《생텍쥐페리》, 28쪽을 참조할 것. 그는 생텍스의 이중성을 옳게 보여준다. "생텍쥐페리가 어린 왕자이며 동시에 위대한 카이드이라는 점에 우리는 만족해야 한다. 그의 호기심은 누구의 것일까? 전자는 가슴을, 그리고 후자는 머리를 갖추고 있는 것일까? 나는 모르겠다. 어쨌든 그를 특징 짓고 있는 것은 이원성이다." 같은 책, 22쪽을 참조할 것.

167. 로어모저의 책 표제, "시대의 형이상학적 상황, 종교적 의식의 개혁을 위한 팸플릿"(Stuttgart-Degerloch, 1975)이 그렇다. 그는 물론 헤겔주의자들이 생각하는 의미에서 "기독교의 도그마적, 윤리적, 정치적, 사회적 형태를 혁명적으로 변화시킴으로써 기독교적 실체를 개혁"할 것을 요구하고 있다.

168. 야훼신의 창조와 원죄 설화에 나타나는 인간성의 해석을 위해서는 드레버만, 《악의 구조》, I, 91~97쪽을 참조할 것.

169. 베르펠(F. Werfel), 〈저마다 곧장 따라 말해야 하는 것〉(《서정시》, 276~277쪽). "그 누구의 얼굴도 / 나는 결코 비웃지 않으리라. / 어떤 사람의 본성도 / 결코 심판하지 않으리라. / 식인종의 이마도 있을 것이다. / 뚜쟁이 눈도 아마 있을 것이다. / 식충이 입술도 있을 수 있다. / 그러나 갑자기 / 내가 간단하게 심판해버린 사람 / 그의 흐릿한 말에서 / 절망스런 어깨의 떨림에서 / 머나먼 우리의 고향 그 낙원의 / 부드러운 보리수 향기가 풍겨왔다. / 그리하여 나는 나의 노회한 판단을 뉘우쳤다. / 가장 더러운 얼굴조차 / 하느님의 빛이 펼쳐지길 기다리고 있다. / 욕망의 가슴들은 진흙이라도 붙잡지만 / 그러나 태어난 사람들 속에는 저마다 / 내게도 구세주의 강림은 약속되어 있다."

170. 생텍스의 《성채》, 9장, II, 59쪽. 65장, II, 217쪽. 75장, II, 243쪽 등이 그렇다.

171. 예컨대 모렌츠(S. Morenz)의 책 《고대 이집트의 저승사자》(Leipzig, 1964), 13쪽을 보자. 명계(冥界)의 제14지옥(《사자의 서》, 149장)에는 나일강을 상징하는 거대한 뱀이 또아리를 틀고 있는

데, 이 지옥의 이름은 '서쪽 하늘에 있는 옛 카이로'이다. "이러한 경우에는 《성경》에 나오는 '하늘 나라의 예루살렘'처럼 지상에 있는 장소가 하늘로 옮겨져 있음이……부각되어야 할 것이다." 기원전 1200년 경.

172. 이온스(V. Ions)의 저서 《이집트 신화》, 85쪽. 42·43·54·74·75쪽의 그림.

173. 파스테르나크(B. Pasternak), 《의사 지바고》, 589쪽을 참조하라. 여기에서 라라는 유리 지바고에게 다음과 같이 말한다. "삶의 수수께끼, 죽음의 수수께끼, 정신의 마술, 벌거벗음의 마술, 이 모든 것을 우리는 이해했다. 그러나 세계의 조그만 일들, 말하자면 지구의 변화에 관계되는 것, 그러한 것들은 유감스럽게도 우리의 일이 아니다."

174. 그리스 철학자들, 특히 플라톤은 고대 이집트인들로부터 불멸에 관한 기본 사상을 물려 받았다. 다음과 같은 점에서 플라톤의 사상은 영원한 정당성을 누린다. "우리가 이제는 거울로 보는 것같이 희미하나 그때에는 얼굴과 얼굴을 대하여 볼 것이요 이제는 내가 부분적으로 아나 그때에는 주께서 나를 아신 것같이 내가 온전히 알리라 그런즉 믿음, 소망, 사랑, 이 세 가지는 항상 있을 것인데 그 중에 제일은 사랑이라."(고린도전서, 13 : 12~13)

참 고 문 헌

1. 생테쥐페리의 작품

인용본 : Gesammelte Schriften in 3 Bden., München (dtv 5959) 1978.

Courrier Sud(1928) ; dt. : Südkurier, übers. v. P. Graf v. Thun-Hohenstein, 17-103.

Vol de Nuit (1931) ; dt. : Nachtflug, übers. v. H. Reisiger, I 105-174.

Terre des Hommes (1939) ; dt. : Wind, Sand und Sterne, übers. v. H. Becker, I 175-340.

Pilote de Guerre (1942) ; dt. : Flug nach Arras, übers. v. F. Montfort, I 341-487.

Le petit Prince (1943) ; dt. : Der Kleine Prinz, mit den Zeichnungen des Verfassers, übers. v. G. u. J. Leitgeb, I 489-579 ; zit. nach der Ausg. Düsseldorf (Karl Rauch Verlag) 1956.

La citadelle (1948) ; dt. : Die Stadt in der Wüste, übers. v. O. v.

Nostiz ; 2. Bd. der Ges. Schriften.

Kriegsbriefe an einen Freund(1940), übers. v. O. v. Nostiz, III
167-180.

Brief an einen General (1943), III 221-230.

Carnets (1936-1944), III 239-357.

Briefe an L.-M. Decour (1927/29), III 379-398.

Briefe an seine Mutter (1910-1944), III 447-550 (jetzt in
Herder/spektrum).

2. 생텍쥐페리에 관한 책과 논문

R. M. Albérès : Saint-Exupéry (Bibliothèque de l'aviation 1)
Paris 1946.

D. Anet : Antoine de Saint-Exupéry. Poète - Romancier - Mor-
aliste ; préface du Général Davet, Paris 1946.

C. Cate : Antoine de Saint-Exupéry, his life and times, 1970 ; dt.
: Antoine de Saint-Exupéry. Sein Leben und seine Zeit ;
übers. v. W. Hasenclever, Zug-Düsseldorf 1973.

P. Chevrier : Saint-Exupéry (la bibliothèque idéale 2), Paris
1958.

M. de Crisenoy : Antoine de Saint-Exupéry. Poète et Aviateur,
Paris ; dt. : Antoine de Saint-Exupéry. Mensch, Dichter
und Pilot, übers. v. M. Wicki-Vogt, Luzern 1964.

R. Delange - L. Werth : La vie de Saint-Exupéry ; dt. : Unser
Freund Saint-Exupéry, übers. v. J. Pech ; Bad Salzig -
Düsseldorf 1952 ; R. Delange : Antoine de Saint-Exupéry, S.
5-136 ; L. Werth : Wie ich ihn gekannt habe···, S. 137-192.

L. Estang : Saint-Exupéry par lui même, Paris 1958 ; dt. :

Antoine de Saint-Exupéry in Selbstzeugnissen und Bild-
dokumenten, übers. v. L. Sauter, Hamburg (rm 4) 1958.

A. Fabri : Versuch über Exupéry „Citadelle", in : Merkur 5
(1951) 896-900.

G. Gehring : Der heroische Humanismus bei Exupéry, in : Die
lebenden Fremdsprachen 2 (1950), Heft 5, 129-136.

J. C. Ibert : Antoine de Saint-Exupéry suivi de la „Lettre au
Général X" de A. de Saint-Exupéry, (Classiques du XXe
siècle 10) Paris 1953.

W. Kellermann : Antoine de Saint-Exupéry, in : Die Sammlung
2 (1947), Göttingen, 679-694.

P. Kessel : La vie de St.-Exupéry(Les albums photographiques),
Paris 1954

Y. Le Hir : Fantaisie et mystique dans „Le petit prince" de
Saint-Exupéry, Paris 1954

H. G. Nauen : Antoine de Saint-Exupéry : Leben und Werk, in :
Stimmen der Zeit. Monatszeitschrift für das Geistesleben
der Gegenwart, 153. Bd., 1953-1954, 104-115.

G. Pelissier : Introduction à la lecture de „Citadelle", in :
Synthèses 6(1951), Bruxelles, p. 292-307.

E. A. Racky : Die Auffassung vom Menschen bei Antoine de
Saint-Exupéry, Mainzer romanistische Arbeiten, Bd. 2,
Wiesbaden 1954.

K. Rauch : Antoine de Saint-Exupéry. Weg und Werk, in :
Gestalter unserer Zeit, Bd. 2, Oldenbürg 1954, 154-166.

K. Rauch : Antoine de Saint-Exupéry. Mensch und Werk.
Persönliche Erinnerungen, Eßlingen (verändert u. erw.)
1958.

J. Roy : Passion de Saint-Exupéry, Paris 1951.

L. Wencelius : Saint-Exupéry, der Freund, in : Romania, Bd. 1, Mainz 1948, 47–62.

R. Zeller : La vie secrète d'Antoine de Saint-Exupéry ou la parabole du petit prince, Paris 1950.

R. Zeller : L'homme et le navire de Saint-Exupéry, Paris 1953.

3. 그 밖의 참고문헌

F. Alexander : Psychosomatic Medicine, 1950 ; dt. : Psychosomatische Medizin, Grundlagen und Anwendungsgebiete, übers. v. P. Kühne, mit einem Kap. über : Die Funktionen des Sexualapparates und ihre Störungen v. Th. Benedek, Berlin 1951.

G. Ammon : Psychodynamik des Suizidgeschehens, in : G. Ammon(Hrsg.) : Handbuch der Dynamischen Psychiatrie, 1. Bd., München 1979, 777–792.

H. Bergson : Essai sur les données immédiates de la conscience, Paris 1889.

H. Bergson : Matière et Mémoire, Paris 1896.

G. Bernanos : Journal d'un Curé de Campagne(1936) ; dt. : Tagebuch eines Landpfarrers übers. v. J. Hegner, Köln[11] 1966.

W. Biemel : Jean Paul Sartre in Selbstzeugnissen und Bilddokumenten, Hamburg (rm 87) 1964.

L. de Broglie : Licht und Materie. Beitäge zur Physik der Gegenwart ; Ausw. aus : Licht und Materie(Matière et Lumière) und Physik und Mikrophysik (Physique et Microphysique), ausgew. v. G. Eder, übers. v. R. Tüngel u. R.

Gillischewski, Frankfurt(Fischer Tb. 226) 1958.

A. Camus : Le Mythe de Sisyphe, Paris 1943 ; dt. : Der Mythos von Sisyphos. Ein Versuch über das Absurde komm. v. L. Richter, Hamburg(rde 90) 1959.

W. Cordan : Popol Vuh. Mythos und Geschichte der Maya, aus dem Quiché übertr. u. erl. v. W. Cordan, Düsseldorf - Köln 1962.

F. M. Dostojewski : Prestuplenie i nakazanie(1866), dt. : Schuld und Sühne. Roman in 6 Teilen und einem Epilog ; übers. v. W. Bergengruen ; München (Droemer V.) o. J.

F. M. Dostojewski : Idiot (1868) ; dt. : Der Idiot ; übers. v. K. Brauner München (GCTb. 361-362) 1958.

E. Drewermann : Strukturen des Bösen. Die jahwistische Urgeschichte in exegetischer, psychoanalytischer und philosophischer Sicht.

1. Bd. : Die jahwistische Urgeschichte in exegetischer Sicht, Paderborn[1] 1977 ;[2] 1979, erw. durch ein Vorwort : Zur Er-gänzungsbedürftigkeit der historisch-kritischen Exegese ;[3] 1981, erg. durch ein Nachwort : Von dem Geschenk des Lebens oder : das Welt- und Menschenbild der Paradieser-zählung des Jahwisten(Gn 2, 4 b-25), S. 356-413.

2. Bd. : Die jahwistische Urgeschichte in psychoanalytischer Sicht, Paderborn [1] 1977 ;[2] 1980 erw. durch ein Vorw. : Tiefenpsychologie als anthropologische Wissenschaft ;[3] 1981 : Neudruck der 2. Aufl.

3. Bd. : Die jahwistische Urgeschichte in philosophischer Sicht, Paderborn [1] 1978 ;[2] 1980, erw. durch ein Vorw. : Das Ende des ethischen Optimismus ;[3] 1982 : Neudruck der 2. Aufl.

E. Drewermann : Der tödliche Fortschritt. Von der Zerstörung der Erde und des Menschen im Erbe des Christentums, Regensburg [3] (erw.) 1983 (jetzt in Herder/Spektrum).

E. Drewermann : Der Krieg und das Christentum. Von der Ohnmacht und Notwendigkeit des Religiösen, Regensburg 1982.

E. Drewermann : Das Tragische und das Christliche. Von der Anerkennung des Tragischen oder : gegen eine gewisse Art von Pelagianismus im Christentum ; Schwerte 1981 ; Veröffentlichungen der Kath. Akad. Schwerte, Nr. 5 ; hrsg. v. G. Krems ; Neudruck in : Psychoanalyse und Moraltheologie ; 3 Bde., Mainz 1982-1984 ; 1. Bd. : Angst und Schuld, S. 19-78.

E. Drewermann : Psychoanalyse und Moraltheologie, 3 Bde., Mainz 1982-1984 ; 1. Bd. : Angst und Schuld ; 2. Bd.. Wege und Umwege der Liebe ; 3. Bd. : An den Grenzen des Lebens.

E. Drewermann : Tiefenpsychologie und Exegese. 2 Bde ; 1. Bd. : Die Wahrheit der Formen. Von Traum, Mythos, Märchen, Sage und Le-gende, Olten - Freiburg 1984.

E. Drewermann - Ingritt Neuhaus : Das Mädchen ohne Hände. Grimms Märchen tiefenpsychologisch gedeutet, Bd. 1, Olten-Freiburg 1981.

E. Drewermann - Ingritt Neuhaus : Der goldene Vogel. Grimms Märchen tiefenpsychologisch gedeutet, Bd. 2, Olten-Freiburg 1982.

E. Drewermann - Ingritt Neuhaus : Frau Holle. Grimms Märchen tiefenpsychologisch gedeutet, Bd. 3, Olten-Freiburg 1982.

E. Drewermann - Ingritt Neuhaus : Schneeweißchen und Rosenrot. Grimms Märchen tiefenpsychologisch gedeutet, Olten -

Freiburg 1983.

E. Drewermann - Ingritt Neuhaus : Die Kristallkugel. Grimms Märchen tiefenpsychologisch gedeutet, Bd. 6, Olten - Freiburg 1985.

J. v. Eichendorff : Ausgew. Werke in 2 Bden., hrsg. v. p. Stapf, Wiesbaden (Tempel Klassiker) o. J.

P. Fedem : Über zwei typische Traumsensationen, in : Jahrbuch der Psychoanalyse, hrsg. v. S. Freud, VI. Bd., Leipzig - Wien 1914, 89-134.

H. Findeisen - H. Gehrts : Die Schamanen. Jagdhelfer und Ratgeber, Seelenfahrer, Künder und Heiler, Köln 1983.

I. Frenzel : Friedrich Nietzsche in Selbstzeugnissen und Bilddokumenten, Hamburg (rm 115) 1966.

L. Gardet : Connaître l'Islam, Paris 1958 ; dt. : Der Islam, übers. v. H. Bauer, Aschaffenburg (Der Christ in der Welt. XVll. Reihe : Die nichtchristlichen Religionen, 4. Bd.) 1961.

A. Gardiner : Egyptian Grammar being an introduction to the study of hieroglyphs, Oxford [3] 1957.

H. v. Glasenapp : Die Literaturen Indiens (Handbuch der Literaturwissenschaft, hrsg. v. O. Walzel), Wildpark - Potsdam 1929.

A. Heimler : „Der kleine Prinz" von A. de Saint-Exupéry, Meditationen des Weges personaler Reifung, in : Selbsterfahrung und Glaube. Gruppendynamik, Tiefenpsychologie und Meditation als Wege zur religiösen Praxis, München (Pfeiffer-Werkbücher Nr. 132) 1976, 200-249.

W. Helck : Die Mythologie der alten Ägypter, in : H. W. Haussig (Hrsg.) : Wörterbuch der Mythologie, 2 Bde., Stuttgart 1965 ; 1973 ; 1. Bd. : Götter und Mythen im Vorderen Orient, S.

313-406.

E. T. A. Hoffmann : Das fremde Kind, in : Die Serapionsbrüder
    (1819-1821) ; in : E. T. A. Hoffmann : Werke in 5 Bden.,
    aufgrund der v. G. Ellinger besorgten Ausgabe neu bearb. v.
    G. Spiekerkötter, Bd. 4, Zürich 1965, 222-258.

H. E. Holthusen : Rainer Maria Rilke in Selbstzeugnissen und
    Bilddokumenten, Hamburg (rm 22) 1974.

H. Ibsen : Vildanden, 1884 ; dt. : Die Wildente, in : Dramen, 2
    Bde., hrsg. nach der Ausgabe der „Sämtlichen Werke in
    deutscher Sprache" 1898-1904 von G. Brandes, J. Elias u. P.
    Schlenther, mil einem Nachw. v. O. Oberholzer, München
    1973, Bd. 2, 159-251.

V. lons : Egyptian Mythology, London 1968 ; dt. : Ägyptische
    Mythologie, Wiesbaden 1968, übers. v. J. Schlechta.

F. Kafka : Das Schloß, Berlin 1935 ; Neudruck : Frankfurt
    (Fischer Tb. 900) 1968.

H. Kees : Totenglauben und Jenseitsvorstellungen der alten
    Ägypter. Grundlagen und Entwicklung bis zum Ende des
    Mittleren Reiches; Berlin O.[3] 1977.

K. Kerényi - C. G. Jung : Das göttliche Kind in mythologischer
    und psychologischer Beleuchtung, Amsterdam-Leipzig
    (Albae Vigiliae VI - VII) 1940.

S. Kierkegaard : Furcht und Zittern. Dialektische Lyrik von Joh.
    de Silentio, Kopenhagen 1843 ; übers. ins Deutsche von L.
    Richter, in : Kierkegaards Werke in 5 Bänden, in neuer
    Übers. u. mit Kommentar vers. v. L. Richter, Hamburg (rk
    71 ; 81 ; 89 ; 113 ; 147) 1960-1964 ; Bd. 3 (rk 89) 1961.

S. Kierkegaard : Die Krankheit zum Tode. Eine christliche
    psychologische Entwicklung zur Erbauung und Erweckung,

von Anti-Climacus Kopenhagen 1849 ; übers. ins Deutsche von L. Richter, in : Kierkegaards Werke in 5 Bänden, in neuer Übertragung und mit Kommentar versehen von L. Richter, Hamburg (rk 71 ; 81 ; 89 ; 113 ; 147) 1960-64 ; Bd. 4 (rk 113) 1962.

S. Kierkegaard : Der Augenblick. Flugschriften zwischen 1854-1855 ; übers. u. erl. v. H. Gerdes ; in : S. Kierkegaard : Werkausgabe, Bd. II, 309-567 ; Düsseldorf-Köln 1971.

P. Koch - H. Stegmüller : Geheimnisvolles Nepal. Buddhistische und hinduistische Feste, München 1983.

Der Koran. Das heilige Buch des Islam. Nach der Übertragung v. L. Ullmann neu bearb. u. erl. v. L. Winter ; München.GGTb. 521-522), 1960.

W. Krickeberg : Märchen der Azteken und Inkaperuaner. Maya und Musica ; hrsg. v. W. Krickeberg (1928), Düsseldorf-Köln 1968.

J. Lame Deer-R. Erdoes : Lame Deer. Seeker of Vision, New York 1972 ; dt. ; Tahca Ushte. Medizinmann der Sioux, übers. v. C. Biegert, München 1979.

W. Lennig : Edgar Allan Poe in Selbstzeugnissen und Bilddokumenten, Hamburg (rm 32) 1959.

C. Lukácz : Die Zerstörung der Vernunft (Budapest 1954) ; Berlin 1962 (Werkausgabe, Bd. 9) ; Neudruck : Darmstadt-Neuwied, 3 Bde. (Sammlung Luchterhand SL 133, 138, 146) 1973-1974 ; 1. Bd. : Irrationalismus zwischen den Revolutionen ; 2. Bd. : Irrationalismus und Imperialismus ; 3. Bd. : Irrationalismus und Soziologie.

G. Marcel : Philosophie der Hoffnung. Die Überwindung des Nihilismus, übers. v. W. Rüttenauer, Nachw. v. F. Heer, München

(List Tb. 84) 1964.

K. Marx : Das Kapital. Kritik der politischen Ökonomie ; 3 Bde. (1 : 1876 ; II. : 1885 ; [2] 1893 hrsg. v. F. Engels) ; III. : 1894 hrsg. v. F. Engels) ; in : K. Marx - F. Engels : Werke, Bd. 23 (1965), Bd. 24 (1963), Bd. 25 (1964) Berlin O., hrsg. v. Institut für Marxismus-Leninismus beim ZK der SED.

S. Morenz : Altägyptischer Jenseitsführer. Papyrus-Berlin 3127. Mit Bemerkungen zur Totenliteratur der Ägypter, Leipzig [4] 1979.

E. Neumann : Die Große Mutter, Eine Phänomenologie der weiblichen Gestaltungen des Unbewußten, Olten-Freiburg 1974.

F. Nietzsche : Unzeitgemäße Betrachtungen (1873-1876), Ges. Werke in 11 Bden., Bd. 2, München (Goldmann Tb. 1472-1473) 1964.

F. Nietzsche : Also sprach Zarathustra. Ein Buch für alle und keinen (1883-1884 ; Teil I - III ; 1885 : Teil IV) ; München 1960 (GGTb. 403), Ges. Werke in 11 Bden.

F. Nietzsche : Der Wille zur Macht. Versuch einer Umwertung aller Werte (1887) ; ausgew. u. geordn. v. P. Gast u. E. Förster-Nietzsche, Stuttgart (Kröner Tb. 78) 1964, Nachw. v. A. Baeumler.

Novalis : Werke, hrsg. u. komm. v. G. Schulz, München 2 (neu bearb.) 1981.

Novalis : Im Einverständnis mit dem Geheimnis, ausgew. u. eingel. v. O. Betz(Texte zum Nachdenken, Bd. 773) Freiburg-Basel-Wien 1980.

B. Pascal : Pensées de M. Pascal sur la religion et sur quelques autres sujets, qui ont esté trouvées après sa mort parmy ses papiers, postum 1669 ; dt. : Über die Religion und über einige andere Gegenstände, übers. v. E. Wasmuth, Stuttgart[5] (erw. u. neu bearb.) 1954.

B. Pasternak : Doktor Schiwago, Milano 1957 ; dt. : Doktor Schiwago, aus dem Russ. übers. v. R. v. Walter, Frankfurt 1958.

Platon : Symposion, in : Sämtliche Werke in 6 Bänden ; in der Übers. v. F. Schleiermacher mit der Stephanusnumerierung hrsg. v. W. F. Otto, E. Grassi, G. Plamböck ; Hamburg (rk 1 ; 14 ; 27 ; 39 ; 47 ; 54) 1957-1959 ; Bd. 2, 1957, 203-250.

E. A. Poe : Das gesammelte Werk in 10 Bden., hrsg. v. K. Schumann u. H. D. Müller, Bd. 9 : Gedichte, Drama, Essays I, übers. v. R. Kruse, F. Polakovics, A. Schmidt, U. Wernicke, H. Wollschlager, Olten-Freiburg 1966.

A. Quinn : The Original Sin ; dt. : Der Kampf mit dem Engel. Eines Mannes Leben, übers. v. H. Hermann, München (GGTb. 3401) 1972.

R. v. Ranke-Graves : The Greek Myths, 1955 ; dt. : Griechische Mythologie. Quellen und Deutung ; übers. v. H. Seinfeld ; 2 Bde., Hamburg (rde 113-114 ; 115-116) 1960.

K. Recheis - G. Bydlinski : Weißt du, daß die Bäume reden. Weisheit der Indianer, mit Begleittexten v. L. Mayer-Skumanz u. Originalfotos v. E. S. Curtis, Wien-Freiburg-Basel[2] 1983.

D. Riesman : The Lonely Crowd. A Study of the Changing American Character, New Haven 1950 ; dt. : Die einsame Masse. Eine Untersuchung der Wandlungen des amerikanischen Charakters, übers. v. R. Rausch, eingef. v. H. Schelsky, Hamburg (rde 72-73) 1958.

C. Roeder : Urkunden zur Religion des Alten Ägyptens ; übers. u. eingel. v. G. Roeder (1914) Düsseldorf - Köln 1978.

G. Rohrmoser : Die metaphysische Situation der Zeit. Ein Traktat zur Reform des religiösen Bewußtseins, Stuttgart 1975.

J. P. Sartre : L'être et le néant. Essái d'ontologie phénoménologique, Paris 1943 ; dt. : Das Sein und das Nichts. Versuch einer phänomenologischen Ontologie ; übers. v. J. Streller, K. 4. Ott u. A. Wagner, Reinbek 1962.

J. P. Sartre : Le diable et le bon Dieu, Paris 1951 ; dt. : Der Teufel und der liebe Gott ; übers. v. E. Rechel-Mertens, in : Gesammelte Dramen, Hamburg 1969, 261-366.

J. P. Sartre : Rede vor Renault-Arbeitern (A Renault-Billancourt, in : L'Idiot International, Nr. 11, Nov 1970, S. 8), in : Der Intellektuelle und die Revolution, übers. u. eingel. v. I. Reblitz, Neuwied - Berlin 1971 (Luchterhand, Bd. 30).

F. Schiller : Über Anmut und Würde (1793), in : F. Schiller : Werke in 2 Bden., hrsg. v. P. Stapf, Wiesbaden (Tempel Klassiker) o. J.

P. J. Schmidt : Der Sonnenstein der Azteken ; Hamburg 1974 (Wegweiser zur Völkerkunde, Heft 6 ; im Selbstverlag des Hamburgischen Museums fur Völkerkunde).

A. Schopenhauer : Die Welt als Wille und Vorstellung (^{1} 1818 ; ^{2} 1844 ; ^{3} 1859) ; in : A. Schopenhauer : Sämtliche Werke in 7 Bänden, nach der ersten von J. Frauenstädt besorgten Gesamtausgabe bearb. u. hrsg. v. A. Hübscher, Bd. 2 u. 3 ; Wiesbaden 1965.

L. Séjourné : Altamerikanische Kulturen ; aus dem Franz. übers. v. M. u. Chr. Schneider ; Frankfurt (Fischer Weltgeschichte 21)

1971.

W. Shapespeare : A midsommer night's dream, 1600 ; dt. ; Ein Sommernachtstraum, übers. v. A. W. Schlegel, in : Sämtliche Werke, Wiesbaden (Löwit) o. J., 124-141.

K. Stern : The Flight from Woman, New York ; dt. : Die Flucht vor dem Weib. Zur Pathologie des Zeitgeistes, übers. v. O. Lause, Salzburg 1968.

J. E. S. Thompson : The Rise and Fall of Maya Civilization, Oklahoma 1954 ; dt. : Die Maya. Aufstieg und Niedergang einer Indianerkultur ; übers. v. L. Voelker unter Mitarbeit v. G. Kutscher ; Essen (Magnums Kulturgeschichte) 1975.

F. Werfel : Das Iyrische Werk, hrsg. v. A. D. Klarmann, Frankfurt 1967. St. Zweig : Magellan (Wien 1938), Frankfurt (Fischer-Tb. 1830) 1977.

역자 후기

　이 책은 오이겐 드레버만(Eugen Drewermann : 1940~)의 《본질적인 것은 보이지 않는다》(*Das Eigentliche ist un-sichtbar*)(1984)를 번역한 것이다. 이 책이 한글로 옮겨져 지식산업사에서 나옴으로써, 생텍쥐페리의 《어린 왕자》는 좋은 친구를 하나 더 얻게 되었다. 게다가 작가가 살던 그 시대의 시각에서 보자면 원수의 나라인 독일에서 온 친구이기에 더욱 소중한 친구를 얻은 셈이다. 동화《어린 왕자》에 나오는 친구가 고장난 비행기의 조종사였듯이, 독일 사람인 오이겐 드레버만도 어떤 점에서는 그와 비슷한 구석이 있다. 다른 의미에서 그도 하늘을 주름잡고 다니는 사람이기 때문이다. 하느님의 말씀을 사람들에게 알리고 그 말씀의 뜻을 인간과 생명의 자연스런 흐름에 맡겨, 인간이 무거운 상태에서 추락하지 않고 새와 같이 자유롭게 살아 움직일 수 있도록 고민하며 노력하는 사람이다. 오이겐 드레버만은 대학에서 철학, 신학, 정신분석학을 전공하였으며, 파더본가톨릭 신학대학에서 강의와 연구생활에 전념하던 가운데, 가톨릭교회의 도그마와 충돌하는 그의 심층정신분석적 저술활동 때문에 대학에서의 활동을 그만둘 수밖에 없는 상황에 이르렀고, 이후 연구와 창작활동에 몰두하는 신부이자 정신과 의사로 활동하고 있다. 동화와 성경에 관한 심층적 정신분석이 그의 수많은 저서의 중심을 이루고 있다. 대표작으로는 《정신분석과 윤리신학》(3권, 1982~1984), 《심층심리학과 성서해석》(2권, 1984~1985), 《마가복음. 구원의 이미지(2권 1987~1988), 《누이야, 나 좀 들어갈게. 그림동화의 심층분석(1981~1990) 따위가 있다. 《본질적인 것은 보이지 않는다》를 출판한 독일 헤르더 출판사에서 문고판으로 나온 책으로는 그 밖에《불안의 나선(螺線). 전쟁과 기독교》(1991), 《죽음을 불사하는 진보. 기독교의 유산 속에 담긴 지구와 인간의 파괴에 대하여》,《사랑의 시절》,《당신의 이름은 마치 삶의 맛과도 같아요》 따위가 있으며, 환경파괴적인 문명과 거대담론에 대해 신화적, 신학적 틀을 빌린 정신분석적 접근과 비판을 시도하고 있다.

잃어버린 유년시절의 영원한 꿈을 장미와 비행사, 사막

과 뱀, 어린 왕자와 여우 등 아름답고 뭉클한 심상의 이야기로 펼쳐보인 생텍쥐페리의 명작 《어린 왕자》는 오랫동안 독자의 사랑을 받아오고 있다. 그 까닭은 그저 단순히 아름다운 그림과 어린 왕자의 잊혀지지 않는 모습에서 오는 것일까? 드레버만은 '장미의 비밀'과 '이카루스의 비밀'이라는 제목의 장에서 일반 독자가 이 책에서 예상할 수 없는 분석을 통해 《어린 왕자》에 담긴 보편적 호소력의 정체를 보여준다. 이 책의 심층적 정신분석이 여기에서 다루어지고 있기 때문에 한국어 번역본 제목을 《장미와 이카루스의 비밀》이라고 바꾸었다. 독일에서 1984년 이 책이 출판된 이후 벌써 10판을 넘기며 꾸준히 독자의 관심을 끌고 있는 이유는 동화와 성경의 정신분석을 통해 그가 이야기와 꿈이라는 인간 특유의 지적, 창조적 활동에 대해 해박하고 뛰어난 통찰력을 확보하고 있기 때문이다. 신화의 심층분석을 기본으로 하는 그의 시각은 융(C. G. Jung)의 정신분석 이론을 빌려 종교와 문학에 뿌리내린 인간의 욕망과 불안을 적나라하게 드러내며, 가능성으로서 구도의 길로 통하는 타개책을 모색하는 데 그 비중을 두고 있다.

이 책을 읽으면서 독자는, 프로이트가 《꿈의 해석》에서 잘 보여주고 있듯이, 동화와 꿈의 표면에 드러난 발현몽(發顯夢)의 차원을 떠나, 그 발현몽의 무의식적 추진력으로 작용하는 잠재몽(潛在夢)의 차원에서 또 다른 모습의 어린 왕자를 발견할 수 있게 될 것이다. 그리고 그 이해가 우리 모두 자기 자신을 되돌아보며, 새롭게 앞으로 나아갈 길을 찾는 데 도움이 될 수 있을 것을 기대한다.

이해하기 어렵게 번역되고, 서둘다 보니 틀린 곳이 많을 것이다. 이 책 제1부의 번역은 대부분 이인배 학형의 도움으로 이루어졌다. 어려울 때 이 책의 출판을 맡아준 지식산업사의 여러분께도 감사의 말씀을 드린다.

1998년 6월 1일

고　원

작가란 무엇인가

미하일 바흐친 저/박인기 역
신국판/반양장 328쪽

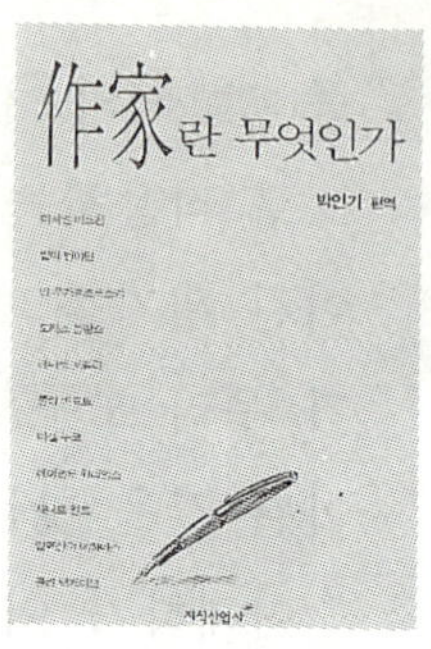

　전통적인 작가 개념이 변화되어 온 과정과 그 결과를 보여주려는 의도에서 나온 최초의 책이다. 이 책의 특징은 어떤 문제에 관한 필자들의 다양한 목소리를 시대별로 들을 수 있을 뿐 아니라 서로 다투고 있는 입장들을 동시에 살펴볼 수 있도록 하였다는 점인데, 금세기에 들어 형성된 작가나 저자에 대한 개념이나 본질의 변화, 이와 연관되는 작품이나 텍스트의 의미 변화에 관해 언급한 문제적인 글 14편이 시대별로 엮어져 있다.

장미와 나이팅게일

이재호 역
신국판/반양장 354쪽

　초서(Geoffrey Chaucer)의 작품에서 현대 영미시에 이르는 약 600년 동안의 영시 가운데, 한국 독자들에게 어필한 것으로 여겨지는 작품, 학교에서 많이 읽히는 작품들을 뽑아 흥미있게 배열했다. 한국어가 허락하는 한 원시의 리듬·어순·의미 등을 충실히 따르려 했으며, '한 페이지 한 시'를 원칙으로 하여 시의 분위기를 보존하려 했으며, 연대순으로 배열한 색인도 실었다.

현대시의 이론

로만 야콥슨 외/박인기 역
신국판/반양장 222쪽

　이 책은 현대시에 관한 근원적인 질문, 즉 시란 무엇이며, 시인이란 무엇이며, 현대시에 널리 쓰이는 자유율의 구조와 기능에 대한 해답과 함께, 시를 읽는 방법, 시와 함께 문학작품을 어떻게 자리매김하고, 가치판단의 기준을 설정하느냐는 데 대한 본원적인 차원에서의 해명을 시도했던 러시아 형식주의자나 체코 프라하학파의 글을 엮은 '현대시론'적 성격을 가진 책이다.